A NOVA PROFECIA

GATOS
GUERREIROS

ERIN HUNTER

A NOVA PROFECIA
GATOS GUERREIROS
MEIA-NOITE

Tradução
MARILENA MORAES

wmf **martinsfontes**

Esta obra foi publicada originalmente em inglês com o título
MIDNIGHT – WARRIORS NEW PROPHECY.
© 2005, Working Partners Limited
Uma série criada por Working Partners Limited
Arte do mapa: © 2015, Dave Stevenson
Arte e design da capa: Hanna Höri, para a edição alemã (Beltz)

© 2024, Editora WMF Martins Fontes Ltda., São Paulo, para a presente edição.

Todos os direitos reservados. Este livro não pode ser reproduzido, no todo ou em parte, armazenado em sistemas eletrônicos recuperáveis nem transmitido por nenhuma forma ou meio eletrônico, mecânico ou outros, sem a prévia autorização por escrito do editor.

1ª edição 2024

Tradução
MARILENA MORAES

Acompanhamento editorial e preparação de textos
Márcia Leme
Revisões
Rafael Bottallo Quadros
Alessandra Miranda de Sá
Produção gráfica
Geraldo Alves
Paginação
Studio 3 Desenvolvimento Editorial

Dados Internacionais de Catalogação na Publicação (CIP)
(Câmara Brasileira do Livro, SP, Brasil)

Hunter, Erin
  Meia-noite / Erin Hunter ; tradução Marilena Moraes. – São Paulo : Editora WMF Martins Fontes, 2024. – (A nova profecia : gatos guerreiros)

  Título original: Midnight
  ISBN 978-85-469-0523-2

  1. Ficção – Literatura infantojuvenil I. Título. II. Série.

23-184589   CDD-028.5

Índices para catálogo sistemático:
1. Ficção : Literatura infantil   028.5
2. Ficção : Literatura infantojuvenil   028.5

Cibele Maria Dias – Bibliotecária – CRB-8/9427

Todos os direitos desta edição reservados à
Editora WMF Martins Fontes Ltda.
Rua Prof. Laerte Ramos de Carvalho, 133 01325-030 São Paulo SP Brasil
Tel. (11) 3293.8150 e-mail: info@wmfmartinsfontes.com.br
http://www.wmfmartinsfontes.com.br

Agradecimentos especiais a Cherith Baldry

Para Chris, Janet e Louisa Haslum

AS ALIANÇAS

CLÃ DO TROVÃO

LÍDER
ESTRELA DE FOGO – belo gato de pelo avermelhado

REPRESENTANTE
LISTRA CINZENTA – gato de pelo longo cinza-chumbo

CURANDEIRA
MANTO DE CINZA – gata de pelo cinza-escuro
APRENDIZ, PATA DE FOLHA

GUERREIROS
(gatos e gatas sem filhotes)
PELO DE RATO – gata pequena, marrom-escura
APRENDIZ, PATA DE ARANHA

PELAGEM DE POEIRA – gato malhado em tons marrom-escuros
APRENDIZ, PATA DE ESQUILO

TEMPESTADE DE AREIA – gata de pelo alaranjado
APRENDIZ, PATA DE CASTANHA

CAUDA DE NUVEM – gato branco de pelo longo

PELO DE MUSGO-RENDA – gato malhado marrom-dourado
APRENDIZ, PATA BRANCA

GARRA DE ESPINHO – gato malhado marrom-dourado
APRENDIZ, PATA DE MUSARANHO

CORAÇÃO BRILHANTE – gata branca com manchas laranja

GARRA DE AMORA DOCE – gato malhado marrom-escuro com olhos cor de âmbar

PELO GRIS – gato cinza-claro (com manchas mais escuras) com olhos azul-escuros

BIGODE DE CHUVA – gato cinza-escuro com olhos azuis

PELO DE FULIGEM – gato cinza-claro com olhos cor de âmbar

APRENDIZES (com idade superior a seis luas, em treinamento para se tornarem guerreiros)
PATA DE CASTANHA – gata branca e atartarugada com olhos cor de âmbar

PATA DE ESQUILO – gata de pelo ruivo escuro e olhos verdes

PATA DE FOLHA – gata malhada marrom-clara com olhos cor de âmbar e patas brancas

PATA DE ARANHA – gato preto de patas longas, barriga marrom e olhos cor de âmbar

PATA DE MUSARANHO – gato pequeno marrom-escuro com olhos cor de âmbar

PATA BRANCA – gata branca com olhos verdes

RAINHAS (gatas que estão grávidas ou amamentando)
FLOR DOURADA – gata de pelo laranja-claro, a rainha mais velha do berçário

NUVEM DE AVENCA – gata cinza-clara (com manchas mais escuras) com olhos verdes

ANCIÃOS (antigos guerreiros e rainhas, agora aposentados)
PELE DE GEADA – gata com belíssimo pelo branco e olhos azuis

CAUDA MOSQUEADA – gata atartarugada, belíssima em outros tempos, a gata mais antiga do Clã do Trovão

CAUDA SARAPINTADA – gata malhada de cores pálidas

RABO LONGO – gato de pelo desbotado, com listras pretas, aposentado precocemente por problemas de visão

CLÃ DAS SOMBRAS

LÍDER **ESTRELA PRETA** – gato branco grande e com enormes patas pretas

<u>REPRESENTANTE</u>	**PELO RUBRO** – gata de pelagem avermelhada em tom escuro
<u>CURANDEIRO</u>	**NUVENZINHA** – gato malhado bem pequeno
<u>GUERREIROS</u>	**PELO DE CARVALHO** – gato pequeno e marrom **APRENDIZ, PATA DE FUMAÇA**
	PELO DE AÇAFRÃO – gata atartarugada com olhos verdes
	CORAÇÃO DE CEDRO – gato cinza-escuro
	GARRA DE SORVEIRA – gato de pelo avermelhado **APRENDIZ, PATA DE GARRA**
	PAPOULA ALTA – gata malhada em tons marrom-claros e com longas pernas
<u>ANCIÃO</u>	**NARIZ MOLHADO** – pequeno gato de pelo cinza e branco, antigo curandeiro

CLÃ DO VENTO

<u>LÍDER</u>	**ESTRELA ALTA** – gato idoso, branco e preto, de cauda muito longa
<u>REPRESENTANTE</u>	**GARRA DE LAMA** – gato marrom-escuro malhado **APRENDIZ, PATA DE CORVO** – gato cinza-escuro esfumado, quase preto
<u>CURANDEIRO</u>	**CASCA DE ÁRVORE** – gato marrom de cauda curta
<u>GUERREIROS</u>	**BIGODE RALO** – gato malhado marrom **APRENDIZ, PÉ DE TEIA** – gato malhado cinza-escuro
	ORELHA RASGADA – gato malhado
	CAUDA BRANCA – gata branca pequena
<u>ANCIÃ</u>	**FLOR DA MANHÃ** – gata atartarugada

CLÃ DO RIO

LÍDER — **ESTRELA DE LEOPARDO** – gata de pelo dourado e manchas incomuns

REPRESENTANTE — **PÉ DE BRUMA** – gata de pelo cinza e olhos azuis

CURANDEIRO — **PELO DE LAMA** – gato cinza-claro de pelo longo
APRENDIZ, ASA DE MARIPOSA – gata dourada com olhos cor de âmbar

GUERREIROS — **GARRA NEGRA** – gato preto-acinzentado

PASSO PESADO – gato malhado e de pelo espesso

PELO DE TEMPESTADE – gato cinza-escuro com olhos cor de âmbar

CAUDA DE PLUMA – gata cinza-clara com olhos azuis

GEADA DE FALCÃO – gato marrom-escuro de ombros largos

PELE DE MUSGO – gata atartarugada

RAINHA — **FLOR DA AURORA** – gata cinza-clara

ANCIÃOS — **PELUGEM DE SOMBRA** – gata de pelo cinza muito escuro

VENTRE RUIDOSO – gato marrom-escuro

GATOS QUE NÃO PERTENCEM A CLÃS

CEVADA – gato preto e branco que mora em uma fazenda perto da floresta

PATA NEGRA – gato negro, magro, com cauda de ponta branca; vive na fazenda com Cevada

BACANA – gato idoso e malhado que mora na floresta perto do mar

VISTA DOS GATOS

PEDRAS ALTAS

FAZENDA DO CEVADA

QUATRO ÁRVORES

ACAMPAMENTO DO CLÃ DO VENTO

QUEDA-D'ÁGUA

ROCHAS ENSOLARAD[AS]

ACAMPAMENTO DO CLÃ DO RIO

RIO

PONTO DE CORTE DE ÁRVORES

PONTO DA CARNIÇA

ACAMPAMENTO DO CLÃ DAS SOMBRAS

...AMINHO DO TROVÃO

ÁRVORE DA CORUJA

ACAMPAMENTO DO CLÃ DO TROVÃO

GRANDE PLÁTANO

ROCHAS DAS COBRAS

VALE DE AREIA

PINHEIROS ALTOS

LUGAR DOS DUAS-PERNAS

LEGENDA dos CLÃS

Clã do Trovão

Clã do Rio

Clã das Sombras

Clã do Vento

Clã das Estrelas

NORTE

VISTA DOS DUAS-PERNAS

- DEDOS DO DIABO (mina desativada)
- FAZENDA DOS VENTOS
- ESTRADA NORTH ALLERTON
- CHARNECA DOS VENTOS
- VALE DOS DRUIDAS
- SALTO DOS DRUIDAS
- RIO CHELL
- ACAMPAMENTO DA FAZENDA MORGAN
- FAZENDA MORGAN
- ALAMEDA MORGAN

PONTA DO RECREIO
NORTH ALLERTON

ESTRADA DOS VENTOS

FLORESTA DO
CERVO BRANCO

FLORESTA DE CHELFORD

MOINHO DE CHELFORD

CHELFORD

LEGENDA do MAPA

Floresta de Folhas Caducas

Coníferas

Brejo

Rochas e penhascos

Trilhas para caminhada

NORTE

PRÓLOGO

A NOITE CAIU SOBRE A FLORESTA. Não havia lua, mas as estrelas do Tule de Prata derramavam seu brilho gelado sobre as árvores. No fundo de um vale rochoso, uma poça refletia o brilho das estrelas. O ar estava pesado com os aromas do final do renovo.

O vento suspirava suavemente por entre as árvores e agitava a superfície tranquila de uma poça de água. No topo do vale, as folhas da samambaia se separaram e revelaram uma gata; seu pelo cinza-azulado brilhava enquanto ela pisava delicadamente de rocha em rocha, até a beira da água.

Sentada em uma pedra chata que se projetava sobre a poça, ela ergueu a cabeça e olhou ao redor. Como se recebessem um sinal, outros gatos começaram a aparecer, deslizando para o vale, vindos de todas as direções. Eles desceram para ficar o mais perto possível da água, até as encostas mais baixas ficarem repletas de formas ágeis olhando a poça.

A gata que apareceu primeiro ergueu-se nas patas. – Uma nova profecia chegou! – miou. – Uma desgraça que mudará tudo foi anunciada nas estrelas.

No lado oposto da poça, outro gato curvou a cabeça amarelada, cor de samambaia. – Eu também já vi isso. Será, sem dúvida, um grande desafio – ele concordou.

– Escuridão, ar, água e céu se unirão e abalarão a floresta até suas raízes – continuou a primeira gata. – Nada será como é agora nem como foi antes.

– Uma grande tormenta se aproxima – miou outra voz, e a palavra *tormenta* surgiu, foi repetida e passada ao redor do círculo até parecer um trovão ressoando entre as fileiras de gatos vigilantes.

Quando o murmúrio cessou, um gato magro e de pelo preto e brilhante falou da beira da água: – Nada pode mudar o que está prestes a acontecer? Nem mesmo a coragem e o espírito do maior guerreiro?

– A desgraça virá – respondeu a gata de pelo cinza-azulado. – Mas, se os clãs enfrentarem o problema como guerreiros, poderão sobreviver. – Erguendo a cabeça, ela percorreu o vale com seu olhar luminoso. – Vocês todos viram o que deve acontecer com a floresta. E sabem o que tem de ser feito. Quatro gatos serão escolhidos para garantir o destino de seus clãs em suas patas. Vocês estão prontos para fazer suas escolhas perante o Clã das Estrelas?

Quando terminou de falar, embora não houvesse qualquer vento, a superfície da poça estremeceu, mas voltou a ficar imóvel.

O gato cor de samambaia ergueu-se sobre as patas, a luz das estrelas prateando o pelo de seus ombros largos. – Serei o primeiro a falar – miou. Olhou de soslaio até encarar um gato malhado de cor clara com a mandíbula torcida. – Estrela Torta, tenho sua permissão para falar pelo Clã do Rio? – O gato malhado concordou com a cabeça. O outro continuou: – Então convido todos vocês a conhecerem e aprovarem minha escolha.

Ele olhou para a água, imóvel como as rochas ao redor. Um borrão cinza pálido apareceu na superfície da poça, e todos os gatos se inclinaram para ver com mais clareza.

– Aquele? – murmurou a gata de pelo cinza-azulado, olhando para a forma na água. – Tem certeza, Coração de Carvalho?

A ponta da cauda do gato cor de samambaia balançava para a frente e para trás. – Pensei que a escolha iria agradá-la, Estrela Azul – ele miou, em tom divertido. – Você não acha que ela foi bem orientada?

– Excelentemente orientada. – A pelagem do pescoço de Estrela Azul levantou-se como se ela tivesse ouvido uma provocação, mas voltou para o lugar. – Os demais membros do Clã das Estrelas estão de acordo? – perguntou.

Os gatos concordaram com um murmúrio e a forma cinza-clara se esgueirou e desapareceu. A água voltou a ficar clara e vazia.

O gato preto se levantou, foi até a beira da poça e anunciou: – Eis aqui a minha escolha. Conheçam e aprovem.

Dessa vez, a forma na poça era magra, atartarugada, com ombros fortes e musculosos. Estrela Azul olhou para a imagem por alguns momentos antes de assentir. – Ela tem força e coragem – reconheceu.

– Mas, Estrela da Noite, ela é leal? – perguntou uma voz. O gato preto girou a cabeça, garras cravadas no chão. – Você a está chamando de desleal?

A resposta foi rápida: – Se estou chamando, é porque há um motivo. Ela não nasceu no Clã das Sombras, nasceu?

– Por isso talvez seja uma boa escolha – Estrela Azul miou calmamente. – Se os clãs não puderem trabalhar juntos agora, todos serão destruídos. Talvez sejam necessários gatos com uma pata em dois clãs para entender o que deve ser feito. – Ela parou por um momento, mas nenhuma outra objeção surgiu. – O Clã das Estrelas aprova?

Depois de certa hesitação, os gatos reunidos deram o "de acordo" com suaves miados. A superfície da poça ondulou brevemente e, quando ficou imóvel, a forma atartarugada havia desaparecido.

Outro gato preto se levantou e se aproximou da beira da água, mancando com uma pata curta e torcida. – Acho que é minha vez – murmurou. – Conheçam e aprovem minha escolha.

Por causa do reflexo do céu noturno, foi difícil ver a forma preto-acinzentada que se delineou na poça, e os gatos a observaram por algum tempo antes de alguém falar.

– *O quê?* – o gato cor de samambaia exclamou por fim. – É um aprendiz!

– Eu notei, obrigado, Coração de Carvalho – o gato preto miou secamente.

– Pé Morto, você não pode enviar um aprendiz para uma operação perigosa como essa – uma voz gritou do fundo da multidão.

– Ele pode ser aprendiz – Pé Morto retorquiu –, mas tem coragem e habilidade para se igualar a muitos guerreiros. Um dia poderá ser um bom líder do Clã do Vento.

– Um dia, não agora – destacou Estrela Azul. – E as qualidades de um líder não são necessariamente as que os clãs precisam para salvá-los agora. Deseja indicar outro candidato?

A cauda de Pé Morto chicoteava furiosamente, o pelo do pescoço eriçado, enquanto ele olhava para Estrela Azul. – Minha escolha é *esta* – insistiu. – Você, ou qualquer outro gato, ousa dizer que ele não é digno?

– O que acham? – Seu olhar percorreu o círculo. – O Clã das Estrelas aprova? Lembrem-se de que todos os clãs estarão perdidos se um de nossos escolhidos fraquejar ou falhar.

Em vez de lançar um murmúrio de aprovação, os gatos sussurraram entre si em pequenos grupos, lançando olhares inquietos para a forma na poça e para o gato ao lado. Pé Morto olhou para trás destilando fúria, o pelo arrepiado fazendo-o parecer ter o dobro do tamanho. Naturalmente, estava pronto para enfrentar qualquer um que o desafiasse.

Por fim, o murmurinho cessou, e Estrela Azul perguntou mais uma vez: – O clã aprova? – Os gatos concordaram, mas em tom baixo e relutante, e alguns se calaram. Pé Morto soltou um grunhido mal-humorado ao voltar, mancando, para o seu lugar.

Quando a água voltou a ficar límpida, Coração de Carvalho miou: – Você ainda não apresentou sua escolha para o Clã do Trovão, Estrela Azul.

– Não, mas agora estou pronta. Conheçam e aprovem minha escolha. – Ela olhou para baixo com orgulho enquanto uma forma escura e malhada se desenhou nas profundezas da poça.

Diante da visão, Coração de Carvalho abriu as mandíbulas em uma gargalhada silenciosa. – *Esse!* Estrela Azul, você não cansa de me surpreender.

– Por quê? – O tom de Estrela Azul não disfarçava sua irritação. – Ele é um jovem gato nobre, adequado para os desafios que a profecia vai trazer.

As orelhas de Coração de Carvalho estremeceram. – E eu disse que ele não era?

Estrela Azul sustentou seu olhar e, sem dirigi-lo aos outros gatos, perguntou ao grupo: – O clã aprova? – Quando a concordância veio, forte e segura, ela provocou Coração de Carvalho com um arrogante movimento de cauda e só então desviou o olhar. – Gatos do Clã das Estrelas – ela miou, levantando a voz. – Suas escolhas foram feitas. Logo a jornada para enfrentar a terrível tormenta que se lançará sobre a floresta deve começar. Voltem para seus clãs e se certifiquem de que todos os gatos estão prontos.

Ela fez uma pausa e seus olhos brilharam com uma luz prateada feroz. – É possível escolher um guerreiro para salvar cada clã, mas é tudo o que podemos fazer. Que os espíritos de todos os nossos ancestrais guerreiros acompanhem esses gatos, aonde quer que as estrelas os levem.

CAPÍTULO 1

As folhas farfalharam quando o jovem gato malhado deslizou por uma brecha entre dois arbustos, com as mandíbulas abertas para sorver o cheiro de presa. Nessa noite quente no final do renovo, a floresta estava cheia de criaturas minúsculas e agitadas. Ele percebia inúmeros movimentos no limite de sua visão, mas, quando virou a cabeça, viu apenas montes de samambaias e amoreiras salpicadas de luar.

De repente, ele chegou a uma ampla clareira e, confuso, olhou ao redor. Não conseguia se lembrar de já ter estado naquela parte da floresta. A grama bem aparada, prateada sob o luar frio, estendia-se à sua frente até uma rocha suavemente arredondada, onde outro gato estava sentado. A luz das estrelas brilhava em seu pelo, e seus olhos eram duas pequenas luas.

A perplexidade do jovem gato malhado aumentou quando ele a reconheceu e miou com voz estridente, sem acreditar: – Estrela Azul?

Ele era aprendiz quando a grande líder do Clã do Trovão morreu, quatro estações atrás, saltando para o desfiladeiro, perseguida por uma matilha faminta de sangue. Como todo o seu clã, ele lamentou o fato e a homenageou pela maneira como desistiu da própria vida para salvá-los. Jamais imaginou voltar a vê-la e achou que estava sonhando.

– Chegue mais perto, jovem guerreiro – Estrela Azul miou. – Tenho uma mensagem para você.

Tremendo de espanto, o gato malhado se arrastou pelo trecho brilhante da relva até se agachar sob a rocha e fixar os olhos nos de Estrela Azul.

– Sou todo ouvidos.

– Um tempo de dificuldades se aproxima. Uma nova profecia deverá ser cumprida se os clãs quiserem sobreviver. Você foi escolhido para se encontrar com três outros gatos na lua nova e devem ouvir o que a meia-noite lhes diz.

– O que isso significa? – O jovem sentiu descer pela espinha um arrepio de pavor, frio como neve derretida. – Que tipo de problema? E como a meia-noite pode nos dizer alguma coisa?

– Tudo ficará claro para você – respondeu Estrela Azul.

Sua voz enfraqueceu, ecoando estranhamente como se ela falasse de uma caverna sob a terra. O luar também começou a escurecer, fazendo surgirem densas sombras negras das árvores ao redor.

– Não, espere! – o gato malhado gritou. – Não vá!

Ele soltou um uivo aterrorizado, sacudindo as patas e a cauda, enquanto era tragado pela escuridão. Sentiu uma cutucada e abriu os olhos, vendo Listra Cinzenta, o representante do Clã do Trovão, por cima dele com uma pata levantada para cutucá-lo novamente. Ele se debatia em meio ao musgo da toca dos guerreiros, com a luz dourada do sol vazando pelos galhos acima de sua cabeça.

– Garra de Amora Doce, sua louca bola de pelo! – o representante miou. – O que é essa barulheira? Você vai assustar todas as presas daqui até Quatro Árvores.

– Desculpe – o gato falou, enquanto se sentava, tirando pedaços de musgo do pelo escuro. – Eu estava apenas sonhando.

– Sonhando! – grunhiu uma outra voz.

Garra de Amora Doce virou a cabeça e viu o guerreiro branco Cauda de Nuvem se erguer de um ninho de musgo próximo e dar uma longa espreguiçada. – Honestamente, você é tão ruim quanto Estrela de Fogo – Cauda de Nuvem continuou. – Quando ele dormia aqui, estava sempre resmungando e se contorcendo durante o sono. Não se consegue descansar à noite por causa de todas as presas que há na floresta.

Garra de Amora Doce contraiu as orelhas ao ouvir a forma desrespeitosa usada pelo guerreiro branco para falar sobre o líder do clã. Então ele lembrou que esse era Cauda de Nuvem, parente de Estrela de Fogo e ex-aprendiz, conhecido por ter língua afiada e por ser desdenhoso. O jeito insolente de falar, no entanto, nunca o impediu de ser um guerreiro leal ao seu clã.

Cauda de Nuvem sacudiu seu longo casaco de pelo branco e saiu da toca, agitando a ponta da cauda para Garra de Amora Doce de forma amigável, para tirar o ferrão de suas palavras enquanto caminhava.

– Vamos, pessoal – miou Listra Cinzenta. – Hora de levantar. – Ele abriu caminho através do musgo no chão da toca e foi despertar Pelo Gris. – As patrulhas de caça sairão em breve. Pelo de Musgo-Renda está encarregado de organizá-las.

– Certo – Garra de Amora Doce miou. Sua visão de Estrela Azul estava desaparecendo, embora sua mensagem sinistra ecoasse em seus ouvidos. Seria mesmo verdade que havia uma nova profecia do Clã das Estrelas? Parecia bastante improvável. Para começar, ele não conseguia imaginar por que tinha sido escolhido, entre todos os gatos do Clã do Trovão. Os curandeiros frequentemente recebiam sinais do Clã das Estrelas, e o líder do Clã do Trovão, Estrela de Fogo, costumava ser guiado por seus sonhos. Mas eles não eram destinados a serem guerreiros comuns. Tentando se convencer de que tudo era fruto de sua incrível imaginação, provocada pelo excesso de presa fresca na noite anterior, Garra de Amora Doce deu uma última lambida no ombro e seguiu Cauda de Nuvem por entre as árvores de galhos pendentes.

O sol mal havia nascido acima da cerca de espinhos que rodeava o acampamento, mas o dia já estava quente. A luz do sol caía como mel na terra nua no centro da clareira. Pata de Castanha, a mais velha dos aprendizes, estava deitada ao lado das samambaias que abrigavam a toca dos aprendizes, trocando lambidas com os colegas Pata de Aranha e Pata de Musaranho.

Cauda de Nuvem tinha ido ao canteiro de urtigas onde os guerreiros comiam e já estava engolindo um estorninho. Garra de Amora Doce notou que a pilha de presas frescas estava muito baixa; como Listra Cinzenta havia dito, o clã precisava caçar imediatamente. Ele estava prestes a se juntar ao guerreiro branco quando Pata de Castanha se levantou e foi saltando pela clareira em sua direção.

– É hoje! – ela anunciou animadamente.

Garra de Amora Doce piscou. – O quê?

– Minha cerimônia de guerreiro! – Com um leve sorriso de felicidade, a gata atartarugada atirou-se sobre Garra de Amora Doce, que caiu com o ataque inesperado, e eles rolaram pelo chão empoeirado, como costumavam fazer no berçário quando eram filhotes.

As patas traseiras de Pata de Castanha golpearam Garra de Amora Doce na barriga, e ele agradeceu ao Clã das Estrelas por suas garras estarem embainhadas. Sem dúvida, ela seria uma guerreira forte e perigosa, respeitada por todos os gatos.

– Tudo bem, tudo bem, já chega – Garra de Amora Doce prendeu delicadamente a orelha de Pata de Castanha e se levantou. – Se vai ser uma guerreira, tem de parar de se comportar como filhote.

– Filhote? – a jovem miou indignada e se sentou à frente dele, com o pelo espetado em tufos e coberto de poeira. – Eu? Nunca! Esperei muito tempo por isso, Garra de Amora Doce.

– Eu sei. Você merece.

Pata de Castanha tinha corrido muitos riscos ao se aproximar demais do Caminho do Trovão enquanto perseguia um esquilo na estação do renovo. Um monstro de um Duas-Pernas lhe desferiu um golpe rasante, ferindo seu ombro. Enquanto ela ficou acamada na toca de Manto de Cinza por três longas e desconfortáveis luas, sob os cuidados delicados da curandeira, seus irmãos, Pelo de Fuligem e Bigode de Chuva, tornaram-se guerreiros. Pata de Castanha estava determinada a segui-los assim que fosse declarada apta para voltar a treinar; Garra de Amora Doce foi testemunha de quanto ela trabalhou duro com sua mentora, Tempestade de Areia, até o ombro ficar bom. Ela nunca demonstrou nenhuma amargura por ser forçada a treinar várias luas além do tempo normal de aprendizado. Realmente merecia sua cerimônia de guerreiro.

– Acabei de levar uma presa fresca para Nuvem de Avenca – ela miou para Garra de Amora Doce. – Que lindos filhotes ela tem! Você já os viu?

– Não, ainda não. – A segunda ninhada de Nuvem de Avenca tinha nascido no dia anterior.

– Vá agora – Pata de Castanha o apressou. – Dá tempo antes de irmos caçar. – Ela deu um pulo e dançou alguns passos para o lado, como se tivesse de canalizar toda a sua energia.

Garra de Amora Doce foi para o berçário, que ficava escondido nas profundezas de uma moita de amoreiras perto do centro do acampamento. Ele se espremeu pela entrada estreita, esquivando-se dos espinhos que arranhavam seus ombros largos. Lá dentro o ar era quente e silencioso. Nuvem de Avenca estava deitada de lado em um confortável ninho de musgo. Seus olhos verdes brilhavam enquanto admirava os três filhotes minúsculos enroscados confortavelmente na curva de seu corpo: um era cinza-claro como ela, os outros dois, malhados de marrom, como o pai, Pelagem de Poeira. Ele também estava no berçário, agachado ao lado de Nuvem de Avenca com as patas sob o corpo; às vezes ele passava a língua afetuosamente sobre a orelha da gata.

– Olá, Garra de Amora Doce – ele miou quando o guerreiro mais jovem apareceu. – Veio ver os bebês? – Ele parecia prestes a explodir de orgulho, bem diferente de seu jeito habitual, severo e distante.

– São lindos – o gato miou, saudando Nuvem de Avenca com toques de nariz. – Já escolheram os nomes?

Nuvem de Avenca balançou a cabeça, piscando, sonolenta. – Ainda não.

– Têm tempo para isso. – Flor Dourada, a rainha mais velha do Clã do Trovão e mãe de Garra de Amora Doce, falou de sua cama coberta de musgo. Ela não tinha filhotes para cuidar, mas, em vez de retomar seus deveres de guerreira, decidiu ficar no berçário e ajudar nos cuidados com os recém-chegados; já se aproximava a hora de se juntar aos anciãos em sua toca, e ela foi a primeira a admitir que sua audição e visão não eram mais aguçadas o suficiente para acompanhar as melhores patrulhas de caça. – São filhotes fortes e saudáveis, isso é o que importa, e Nuvem de Avenca tem muito leite.

Garra de Amora Doce, respeitoso, fez uma reverência:
– Ela tem sorte de ter você para ajudar.

– Bem, eu não fiz um trabalho tão ruim com você – Flor Dourada ronronou com orgulho.

– Há algo que você poderia fazer por mim – Pelagem de Poeira miou para o amigo quando ele estava saindo.

– Claro, se eu puder.

– Fique de olho em Pata de Esquilo, certo? Quero passar um dia ou dois com Nuvem de Avenca, enquanto os filhotes ainda são pequenos, mas essa jovem não deve ficar sem um mentor por muito tempo.

Pata de Esquilo! Garra de Amora Doce gemeu por dentro. A filha de Estrela de Fogo, oito luas de idade, aprendiz havia pouco – e o maior incômodo no Clã do Trovão.

– Será uma boa prática para quando você tiver seu próprio aprendiz – Pelagem de Poeira acrescentou, como se sentisse a relutância do companheiro de clã.

Garra de Amora Doce sabia que Pelagem de Poeira estava certo. Ele esperava que Estrela de Fogo o escolhesse para ser mentor em breve, com um aprendiz próprio para treinar segundo o Código dos Guerreiros, mas também esperava que seu aprendiz não fosse uma gata ruiva espertinha que pensava saber tudo. Ele percebia muito bem que a jovem não aceitava suas ordens.

– OK – ele miou. – Farei o melhor possível.

Quando Garra de Amora Doce saiu do berçário, viu que mais gatos haviam aparecido na clareira. Coração Brilhante, uma linda gata branca com manchas laranja no pelo, espalhadas como folhas caídas, tinha acabado de escolher um pedaço de presa fresca no que restava da pilha e o levava para onde Cauda de Nuvem ainda estava, perto do canteiro de urtigas. O lado ileso de seu rosto estava virado para Garra de Amora Doce, de modo que ele quase esqueceu os ferimentos que a desfiguraram quando foi perseguida na floresta por uma matilha. Um lado do rosto era coberto por cicatrizes, e sua orelha havia sido retalhada; havia apenas um corte onde deveria estar o olho. Mesmo tendo sobrevivido ao ataque cruel, o clã temia que ela nunca se tornasse uma guerreira. Foi Cauda de Nuvem que a treinou e descobriu maneiras de transformar sua cegueira em uma força, para que agora ela pudesse lutar e caçar tão bem quanto qualquer gato.

Cauda de Nuvem a cumprimentou com um movimento de cauda, e ela se sentou ao lado dele para comer.

– Garra de Amora Doce! Aí está você!

O gato se virou e viu um guerreiro marrom-dourado de pernas longas caminhando em sua direção, vindo da toca dos guerreiros. Ele foi encontrá-lo. – Olá, Pelo de Musgo-Renda. Listra Cinzenta disse que você está organizando patrulhas de caça.

– É verdade. Você pode sair com Pata de Esquilo esta manhã, por favor?

Ele inclinou as orelhas para a toca dos aprendizes, e Garra de Amora Doce, pela primeira vez, notou Pata de Esquilo meio escondida na sombra das samambaias. Sentada ereta, a cauda enrolada ao redor das patas, os olhos verdes seguiam uma borboleta de asas brilhantes. Quando Pelo de Musgo-Renda acenou, ela caminhou pela clareira, a cauda levantada e o pelo ruivo escuro brilhando à luz do sol.

– Patrulha de caça – Pelo de Musgo-Renda explicou brevemente. – Pelagem de Poeira está ocupado, então você pode ir com Garra de Amora Doce. Consegue outro gato para ir também?

Sem esperar resposta, ele correu em direção a Tempestade de Areia e Pata de Castanha.

Pata de Esquilo bocejou, espreguiçou-se e disse: – Bem, aonde devemos ir?

– Pensei nas Rochas Ensolaradas – Garra de Amora Doce começou. – Então nós podemos...

– Rochas Ensolaradas? – Pata de Esquilo interrompeu, olhos arregalados, sem acreditar. – Você tem cérebro de rato? Num dia tão quente, todas as presas vão estar escondidas nas frestas. Não vamos pegar nem um bigode.

– Ainda é cedo – ele respondeu, irritado. – As presas vão ficar fora por um tempo ainda.

Pata de Esquilo soltou um suspiro profundo. – Honestamente, você sempre acha que sabe mais do que todo mundo.

– Bem, eu *sou* um guerreiro – Garra de Amora Doce destacou, e logo percebeu que não fora a coisa certa a dizer.

Pata de Esquilo baixou a cabeça em um gesto de intenso e exagerado respeito. – Sim, ó Grande – ela miou. – Farei exatamente o que você diz. E, quando voltarmos com as patas vazias, talvez você admita que eu estava certa.

– Já que você é tão inteligente, então diga onde devemos caçar.

– Na direção de Quatro Árvores, perto do riacho – ela respondeu prontamente. – Um lugar muito melhor.

Garra de Amora Doce ficou ainda mais irritado quando percebeu que a jovem podia estar certa. Apesar dos intermináveis dias de calor que duraram todo o renovo, o riacho ainda corria fresco e profundo, com espessos maços de juncos onde as presas podiam se esconder. Ele hesitou, imaginando como mudar de ideia sem ficar desmoralizado diante da aprendiz.

– Pata de Esquilo. – Uma nova voz salvou Garra de Amora Doce, que percebeu que Tempestade de Areia, a mãe de Pata de Esquilo, havia se aproximado. – Pare de bagunçar o pelo de Garra de Amora Doce. Você tagarela como um ninho de gralhas. – Seu olhar verde e irritado voltou-se para Garra de Amora Doce, e ela acrescentou: – E você é tão ruim quanto ela. Vocês dois estão sempre brigando; não se pode confiar que cacem juntos se não conseguirem sair da clareira sem assustar metade das presas daqui até Quatro Árvores.

– Desculpe – murmurou Garra de Amora Doce, constrangido da ponta das orelhas à ponta da cauda.

– Você é um guerreiro; deveria saber. Vá e pergunte a Cauda de Nuvem se pode caçar com ele. E quanto a você – Tempestade de Areia miou para a filha – pode vir e caçar comigo e Pata de Castanha. Pelo de Musgo-Renda não vai se importar. E você fará o que lhe mandarem; caso contrário, eu saberei o motivo.

Sem olhar para trás, ela foi direto para o túnel de tojos que levava para fora do acampamento. Pata de Esquilo ficou parada por um momento, olhos verdes mal-humorados, e esfregou o chão com as patas dianteiras.

Pata de Castanha se aproximou e lhe deu uma cutucada amigável. – Vamos lá – ela pediu. – Essa é a minha última caçada como aprendiz. Vamos fazer dela uma ocasião especial.

Relutante, Pata de Esquilo assentiu, e partiram juntas após Tempestade de Areia; quando passou por Garra de Amora Doce, a aprendiz de pelo avermelhado escuro disparou-lhe um último olhar.

Garra de Amora Doce deu de ombros. A aprendiz receberia orientação de Tempestade de Areia, mais experiente, então ele não estava desapontando Pelagem de Poeira, mesmo que o guerreiro tivesse pedido que ficasse de olho na gata. E ele não teria de ouvir toda a manhã suas conversas irritantes; não entendia bem sua certa decepção por ser enviado em uma patrulha diferente.

Deixando de lado o sentimento, ele pulou até o caminho de urtiga onde Cauda de Nuvem e Coração Brilhante terminavam de devorar suas presas. A filha única do casal, Pata Branca, acabara de se juntar a eles; quando Garra de Amora Doce se aproximou, ouviu-a dizer: – Você vai caçar? *Por favor*, posso ir também?

Cauda de Nuvem balançou a cauda. – Não. – A jovem pareceu meio decepcionada quando ele acrescentou: – Pelo de Musgo-Renda disse que iria levar você. Afinal, ele é o seu mentor.

– Ele me disse que está muito orgulhoso de você – disse Coração Brilhante. Pata Branca ficou feliz. – Ótimo! Vou procurá-lo.

Cauda de Nuvem fez um gesto carinhoso em sua orelha antes que ela saísse, a cauda acenando, animada.

Garra de Amora Doce esperava que isso não significasse que Cauda de Nuvem e Coração Brilhante quisessem sair sozinhos. – Você se importa se eu for também? – ele perguntou.

– Claro que não, pode vir – respondeu Cauda de Nuvem. Ele pulou e acenou para Coração Brilhante, e os três gatos trotaram juntos pela clareira em direção ao túnel de tojos.

Pouco antes de se dirigir ao caminho de espinhos, Garra de Amora Doce olhou por cima do ombro para a calma que reinava no acampamento. Todos os gatos pareciam bem alimentados, com pelos macios, confiantes de que seu território estava seguro. A mensagem de Estrela Azul voltou a ecoar em sua mente. Seria verdade que algum grande problema estava surgindo na floresta? Garra de Amora Doce sentiu o pelo se arrepiar com um pressentimento. Decidiu que não contaria a ninguém sobre o sonho. Parecia ser a única maneira de se convencer de que aquilo não tinha significado nada, que não havia nenhuma nova profecia vindo para atrapalhar a vida que levavam na floresta.

O sol se punha em uma bola de fogo, transformando as copas das árvores em chamas e lançando longas sombras sobre a clareira. Garra de Amora Doce espreguiçou-se e suspirou, satisfeito. Estava cansado após o longo dia de caça, mas tinha o estômago confortavelmente cheio. Todo o clã também tinha se alimentado, e havia uma grande pilha de presas frescas. O renovo estava mais longo e mais quente do que tinham lembrança, mas a floresta ainda estava cheia de presas e havia muita água no riacho perto de Quatro Árvores.

Um bom dia, Garra de Amora Doce pensou contente. *É assim que a vida deve ser.*

O restante do clã começava a se dirigir para a clareira para se reunir em torno da Pedra Grande, e Garra de Amora Doce percebeu que era hora da cerimônia de guerreiro de Pata de Castanha. Ele se aproximou da Pedra Grande e sentou-se perto do irmão de Nuvem de Avenca, Pelo Gris, que lhe deu um aceno amigável. Listra Cinzenta já estava na base da rocha, parecendo tão orgulhoso como se seu próprio aprendiz estivesse prestes a se tornar um guerreiro. Listra Cinzenta teve dois filhotes, mas eles cresceram no Clã do Rio, onde sua mãe nasceu. Ele não tinha filhotes no Clã do Trovão, mas gostava de ficar de olho no progresso de todos os jovens.

Enquanto Garra de Amora Doce assistia, o representante foi acompanhado por Manto de Cinza, a curandeira, e sua aprendiz, Pata de Folha, irmã de Pata de Esquilo. Ela não se parecia em nada com Pata de Esquilo, era menor e mais magra, com pelo malhado e claro, e peito e patas brancas. As irmãs também eram diferentes no caráter. Quando Pata de Folha se sentou e inclinou a cabeça para ouvir a conversa entre seu mentor e o representante, Garra de Amora Doce se perguntou, mais uma vez, como ela conseguia ficar tão quieta e atenta quando a irmã nunca parava de falar.

Finalmente, Estrela de Fogo, líder do clã, saiu de sua toca no outro lado da Pedra Grande. Era um guerreiro forte e ágil, a pele brilhando como chamas à luz do sol poente. Depois de uma pausa para uma palavra com Listra Cinzenta, ele usou os músculos para saltar ao topo da Pedra Grande, de onde poderia ver o clã do alto.

– Gatos do Clã do Trovão! – anunciou. – Que todos os gatos com idade suficiente para pegar as próprias presas se juntem sob a Pedra Grande para uma Assembleia do clã.

A maioria dos gatos já estava lá, mas, quando a voz de Estrela de Fogo ecoou pela clareira, os últimos membros do clã saíram de suas tocas e se juntaram aos outros.

Por último, veio Pata de Castanha com sua mentora, Tempestade de Areia. Seu pelo atartarugado estava recém-arrumado, o peito branco e as patas brilhavam como a neve. Os olhos cor de âmbar brilhavam com orgulho e empolgação contida ao caminhar pela clareira. A seu lado, Tempestade de Areia estava igualmente orgulhosa; Garra de Amora Doce sabia quanto a gata alaranjada sofreu quando viu a aprendiz ferida no Caminho do Trovão. Ambas precisaram de coragem e perseverança para chegar a essa cerimônia.

Estrela de Fogo desceu da Pedra Grande para encontrar a aprendiz e sua mentora. – Tempestade de Areia – ele começou, usando as palavras formais transmitidas por todos os clãs –, você está convencida de que essa aprendiz está pronta para se tornar uma guerreira do Clã do Trovão?

A gata inclinou a cabeça e respondeu: – Ela será uma guerreira da qual o clã poderá se orgulhar.

Estrela de Fogo ergueu os olhos para o céu, onde as primeiras estrelas do Tule de Prata começavam a aparecer. – Eu, Estrela de Fogo, líder do Clã do Trovão, conclamo meus ancestrais guerreiros para que contemplem essa aprendiz. – O clã se calou quando sua voz ecoou pela clareira. – Ela treinou arduamente para compreender seu nobre código, e eu a entrego a vocês como guerreira. – Ele se virou para Pata de Castanha, olhos nos olhos.

– Pata de Castanha, promete respeitar o Código dos Guerreiros e proteger e defender este clã, mesmo a custo de sua vida?

Lembrando como ele se sentiu no momento de sua própria cerimônia, Garra de Amora Doce observou a jovem tremer de ansiedade quando levantou o queixo e claramente disse: – Sim.

– Então, pelos poderes do Clã das Estrelas, dou a você seu nome de guerreira. A partir de agora você será conhecida como Cauda de Castanha. O Clã das Estrelas homenageia sua bravura e sua força e nós lhe damos as boas-vindas como uma guerreira do Clã do Trovão.

Dando um passo à frente, Estrela de Fogo repousou o nariz no alto da cabeça de Cauda de Castanha, que, em troca, deu-lhe uma lambida respeitosa no ombro antes de se afastar.

Os demais guerreiros a rodearam, dando-lhe as boas-vindas e chamando-a pelo novo nome. – Cauda de Castanha! Cauda de Castanha. Seus irmãos, Pelo de Fuligem e Bigode de Chuva, estavam entre os primeiros, com os olhos brilhando de orgulho pelo feito da irmã, que, finalmente, se juntou a eles como guerreira.

Estrela de Fogo esperou o barulho diminuir. – Cauda de Castanha, de acordo com a tradição, você deve manter vigília em silêncio esta noite e vigiar o acampamento.

– Enquanto o resto de nós tem uma boa noite de sono – acrescentou Cauda de Nuvem.

O líder do clã lançou-lhe um olhar de advertência, mas nada disse enquanto os gatos saíram para deixar Cauda de Castanha assumir sua posição no meio da clareira. Ela se sentou com a cauda enrolada nas patas e o olhar fixo no céu que escurecia, onde a luz do Tule de Prata ficava cada vez mais forte.

Terminada a cerimônia, os demais gatos fugiram para as sombras. Garra de Amora Doce se espreguiçou e bocejou, ansioso por seu confortável ninho na toca dos guerreiros, mas contente em ficar na clareira por um tempo para aproveitar a noite quente. Ele não via nenhum sinal de que outros gatos tivessem compartilhado seu sonho perturbador; ainda assim, Estrela Azul sugeriu que três outros gatos estariam envolvidos na nova profecia. Garra de Amora Doce sentiu um ronronar subir pela garganta, meio divertido com a rapidez com que acreditou que um gato do Clã das Estrelas o havia visitado em sonhos. Isso era bom para ele aprender a não engolir presa fresca pouco antes de dormir.

– Garra de Amora Doce – Estrela de Fogo se aproximou e se acomodou ao lado dele. – Cauda de Nuvem diz que você caçou bem hoje.

– Obrigado, Estrela de Fogo.

O olhar do líder estava fixo nas filhas, Pata de Folha e Pata de Esquilo, que se dirigiam para a pilha de presas frescas.

– Você sente falta de Pelo de Açafrão? – Estrela de Fogo miou inesperadamente.

Garra de Amora Doce piscou, surpreso. Pelo de Açafrão era sua irmã; o ex-representante do Clã do Trovão, Estrela Tigrada, se tornara pai deles antes de ser banido do clã por tentar tomar o poder de Estrela Azul, líder na época. Mais tarde, Estrela Tigrada tornou-se líder do Clã das Sombras, apenas para ser morto por um vilão em uma tentativa fracassada de estender seu poder sobre toda a floresta. Pelo de Açafrão sempre sentiu que o Clã do Trovão a culpava pelos crimes do pai, e decidiu se juntar ao Clã das Sombras logo depois que ele se tornou o líder do clã.

– Sim – Garra de Amora Doce respondeu. – Sim, sinto falta dela todos os dias.

– Não entendia seu sentimento em relação a ela. Até que vi como essas duas são próximas. – Estrela de Fogo apontou as duas irmãs aprendizes, que escolhiam presas da pilha.

– Você não está sendo justo consigo mesmo – Garra de Amora Doce insistiu, desconfortável. – Afinal, você sente falta da sua irmã, não é? – ousou acrescentar.

Estrela de Fogo começara a vida como gatinho de gente, antes de se juntar ao Clã do Trovão, e sua irmã, Princesa, ainda vivia com os Duas-Pernas. Estrela de Fogo a visitava de vez em quando, e Garra de Amora Doce sabia muito bem quanto eles eram importantes um para o outro. Princesa deu a Estrela de Fogo seu primogênito para criar como guerreiro – e esse era Cauda de Nuvem, o leal amigo de Coração Brilhante.

O líder do clã inclinou a cabeça para o lado, pensando.

– Claro que sinto falta de Princesa – miou, por fim. – Mas ela é uma gatinha de gente, nunca poderia viver esse tipo de vida. Provavelmente você desejou que Pelo de Açafrão tivesse permanecido aqui no Clã do Trovão.

– Acho que sim – admitiu Garra de Amora Doce. – Mas ela é mais feliz onde está.

– Isso é verdade – o líder assentiu. – O mais importante é que você encontrou um clã ao qual pode ser leal.

Uma sensação agradável invadiu Garra de Amora Doce. Antigamente Estrela de Fogo duvidava de sua lealdade porque ele se parecia muito com o pai, Estrela Tigrada: o mesmo corpo musculoso, a mesma pelagem escura malhada e os mesmos olhos cor de âmbar.

Garra de Amora Doce de repente se perguntou se um gato do clã verdadeiramente leal mencionaria o sonho perturbador e o aviso de Estrela Azul de que grandes problemas estavam prestes a chegar à floresta. Ele tentava encontrar as palavras para começar quando Estrela de Fogo se levantou, abaixou a cabeça brevemente em despedida e caminhou até onde Tempestade de Areia estava com Listra Cinzenta, perto da Pedra Grande.

Garra de Amora Doce quase o seguiu, mas lembrou que, se o Clã das Estrelas quisesse de fato enviar uma profecia de grande perigo, não a revelaria a um dos guerreiros mais jovens e menos experientes do clã. Contaria ao curandeiro, ou talvez ao próprio líder. E obviamente Estrela de Fogo e Manto de Cinza não tinham recebido o aviso de uma profecia, pois se tivessem recebido, estariam dizendo ao clã o que fazer a respeito. Não, Garra de Amora Doce disse a si mesmo, mais uma vez, não havia absolutamente nada com que se preocupar.

CAPÍTULO 2

O SOL AINDA NÃO HAVIA NASCIDO quando Garra de Amora Doce partiu com a patrulha do amanhecer. Mesmo nos poucos dias seguintes à cerimônia de guerreiro de Cauda de Castanha, as folhas começaram a ficar douradas, e o primeiro frio da estação das folhas caídas tomou a floresta, embora ainda não tivesse chovido por mais de uma lua. O jovem guerreiro estremeceu quando a grama alta, pesada de orvalho, roçou seu pelo. Teias de aranha espalhavam uma película cinza sobre os arbustos, e o ar estava cheio de aromas de folhas úmidas. O chilrear dos pássaros acordando começou a abafar o caminhar macio das almofadinhas das patas dos gatos.

O irmão de Coração Brilhante, Garra de Espinho, que estava na liderança, parou para olhar para Garra de Amora Doce e Pelo Gris, que estavam atrás. – Estrela de Fogo quer que verifiquemos as Rochas das Cobras – miou. – Cuidado com as víboras. Com o calor que está fazendo, são mais comuns.

Garra de Amora Doce instintivamente desembainhou as garras. As víboras deveriam estar agora escondidas em fendas, mas assim que o sol nascesse o calor as faria aparecer. Uma picada daquelas mandíbulas envenenadas poderia matar um guerreiro antes que um curandeiro pudesse fazer qualquer coisa para ajudar.

Não tinham ido longe quando Garra de Amora Doce começou a ouvir sons fracos atrás dele, como se algo se movesse no mato. Fez uma pausa e se virou, na esperança de encontrar uma presa fácil. A princípio, não conseguiu ver nada, até notar as folhas de uma moita espessa de samambaias ondulando, embora não houvesse brisa. Ele cheirou o ar, abrindo as mandíbulas para sorvê-lo, antes de soltar o ar novamente com um suspiro.

– Saia, Pata de Esquilo – ele miou.

Depois de um momento de silêncio, a samambaia agitou-se novamente e os caules se abriram quando a gata laranja saiu da folhagem, os olhos verdes brilhando desafiadores.

– O que está acontecendo? – Garra de Espinho caminhou até Garra de Amora Doce, com Pelo Gris logo atrás.

O jovem guerreiro indicou a aprendiz com um movimento de cauda e explicou: – Eu ouvi algo atrás de nós; ela deve ter nos seguido desde o acampamento.

– Não fale de mim como se eu não estivesse aqui! – a jovem protestou veementemente.

– Você não deveria estar aqui! – ele respondeu; de alguma forma, bastou a gata abrir a boca para que ele se sentisse irritado, como se seu pelo estivesse sendo alisado para o lado errado.

– Parem de brigar, vocês dois – Garra de Espinho rosnou.

– Vocês não são mais filhotes. Pata de Esquilo, conte-nos o que está fazendo. Alguém mandou uma mensagem por você?

– Ela não estaria se escondendo na samambaia se fosse esse o caso – Garra de Amora Doce não resistiu em apontar.

– Não, nada disso – ela miou, com um olhar ressentido para Garra de Amora Doce. Suas patas amassavam a grama. – Eu queria ir com vocês, só isso. Faz *séculos* que não participo de uma patrulha.

– E você não foi chamada para vir – Garra de Espinho respondeu. – Pelagem de Poeira sabe que você está aqui?

– Não, não sabe. Ele prometeu ontem à noite que iríamos treinar, mas todo o mundo sabe que ele passa o dia todo no berçário com Nuvem de Avenca e seus filhotes.

– Não mais – Pelo Gris miou. – Não desde que os filhotes abriram os olhos. Pata de Esquilo, acho que você pode ter problemas se Pelagem de Poeira for procurar você.

– É melhor você voltar para o acampamento imediatamente – Garra de Espinho decidiu.

A raiva brilhou nos olhos da aprendiz, que deu um passo à frente e ficou nariz com nariz com Garra de Espinho.

– Você não é meu mentor, então não me dê ordens!

As narinas de Garra de Espinho se dilataram e ele soltou um suspiro paciente. Garra de Amora Doce admirou seu autocontrole. Se fosse com ele, ah, arranharia as orelhas da aprendiz.

Até Pata de Esquilo pareceu perceber que tinha ido longe demais. – Sinto muito, Garra de Espinho – miou. – Mas é verdade que *faz dias* que não saio em patrulha. *Por favor*, posso ir?

Garra de Espinho trocou olhares com Pelo Gris e Garra de Amora Doce. – Tudo bem – miou. – Mas não me culpe se, na volta, Pelagem de Poeira transformar você em comida de corvo.

Pata de Esquilo deu um pulinho, empolgada. – Obrigada, Garra de Espinho! Aonde estamos indo? Estamos procurando algo especial? Haverá problemas?

Garra de Espinho usou a cauda para silenciá-la com um gesto. – Rochas das Cobras – respondeu. – E cabe a nós garantir que não haverá problemas.

– Mas muito cuidado com as víboras – acrescentou Garra de Amora Doce.

– Estou sabendo! – Pata de Esquilo respondeu rápido.

– E *vamos sem fazer barulho* – Garra de Espinho ordenou. – Não quero ouvir outro miado seu, a menos que haja algo que eu precise saber.

Pata de Esquilo abriu a boca para responder, mas entendeu as palavras e concordou vigorosamente com a cabeça.

A patrulha partiu novamente. Garra de Amora Doce teve de admitir que, agora que havia conseguido o que queria, a aprendiz estava se comportando de maneira sensata, deslizando silenciosamente atrás do líder, alerta a cada som e movimento na vegetação rasteira.

O sol já havia nascido quando os quatro gatos saíram da floresta e viram as formas lisas e arredondadas das Rochas das Cobras à sua frente. Um buraco escuro se abriu ao pé de um deles; era a caverna onde a matilha havia se escondido. Garra de Amora Doce estremeceu, lembrando que Estrela Tigrada, seu próprio pai, tentou levar os animais selvagens para o acampamento do Clã do Trovão num ato de vingança mortal contra seus ex-companheiros de clã.

Pata de Esquilo percebeu sua expressão e provocou: – Medo de víboras?

– Sim. E você também deveria ter.

– Não estou nem aí. – Ela deu de ombros. – Elas provavelmente têm mais medo de nós do que nós delas.

Antes que Garra de Amora Doce pudesse detê-la, a aprendiz saltou para a frente na direção da clareira, obviamente querendo enfiar o nariz no buraco.

– Pare! – A voz de Garra de Espinho a fez derrapar. – Pelagem de Poeira não lhe disse que não vamos sair correndo antes de termos certeza do que vamos encontrar?

Pata de Esquilo parecia envergonhada. – Claro que disse.

– Bem, então, aja como se pudesse ouvi-lo de vez em quando. – Garra de Espinho parou ao lado da aprendiz e sugeriu: – Aspire com vontade, veja se consegue identificar algum odor.

A jovem, com a cabeça erguida, abriu a boca e aspirou o ar da manhã. – Camundongo – ela miou, animada, depois de um momento. – Podemos caçar, Garra de Espinho?

– Mais tarde. Agora se concentre.

Pata de Esquilo aspirou o ar novamente. – O Caminho do Trovão, logo ali – acenou com a cauda –, e um Duas-Pernas com um cachorro. Mas isso é antigo. Acho que eles estiveram aqui ontem.

– Muito bom. – Garra de Espinho parecia impressionado, e a gata enrolou a cauda, feliz.

– Há algo mais – ela continuou. – Um cheiro horrível, que acho que nunca senti.

Garra de Amora Doce ergueu a cabeça, farejou, e logo identificou os cheiros que Pata de Esquilo havia mencionado, e o novo, desconhecido. – Texugo – ele miou.

Garra de Espinho concordou. – Isso mesmo. Parece que foi para a caverna onde estavam os cachorros.

Pelo Gris gemeu. – Que azar!

– Por quê? – Pata de Esquilo perguntou. – Como são os texugos? Eles são um problema?

– Sempre! – Garra de Amora Doce rosnou. – Eles não são bons para ninguém e a matariam assim que pusessem os olhos em você.

Os olhos de Pata de Esquilo se arregalaram, embora ela parecesse mais impressionada do que assustada.

Pelo Gris se aproximou, cauteloso, da caverna escura, farejou, olhou para dentro e disse: – Está escuro como o coração de uma raposa, mas não acho que o texugo esteja em casa.

Enquanto ele falava, Garra de Amora Doce voltou a sentir o cheiro, dessa vez muito mais forte, vindo de algum lugar atrás deles. Deu um salto e viu um rosto pontudo e listrado atrás do tronco de uma árvore próxima, as enormes patas esmagando a grama, farejando o chão.

– Cuidado! – ele uivou, cada pelo do corpo eriçado de medo, pois nunca estivera tão perto de um texugo. Ele girou e disparou para a clareira. – Pata de Esquilo, *corra*!

Assim que Garra de Amora Doce deu o alarme, Pelo Gris mergulhou na vegetação rasteira, enquanto Garra de Espinho saltou em direção à segurança das árvores. Mas Pata de Esquilo ficou onde estava, olhar fixo na enorme criatura.

– Por aqui, Pata de Esquilo! – Garra de Espinho chamou, começando a voltar.

A aprendiz ainda hesitava; Garra de Amora Doce a empurrou em direção às árvores. – Eu disse para correr!

Seus olhos verdes, brilhando de medo e empolgação, encontraram os dele por um tique-taque de coração. O texugo avançava pesadamente, com os pequenos olhos brilhando enquanto farejava os gatos invadindo seu território. Pata de Esquilo disparou em direção à borda da clareira e se lançou para cima da árvore mais próxima. Alcançando um galho baixo, cravou as garras e se agachou, o pelo ruivo eriçado.

Garra de Amora Doce subiu pelo terreno, abrindo caminho para ficar ao lado dela. Lá embaixo, o texugo andava para lá e para cá, como se não soubesse para onde os gatos tinham ido. Sua cabeça preta e branca balançava ameaçadoramente de um lado para o outro. Ele sabia que não podia ver muito bem; geralmente os texugos só saem depois de escurecer, e este estaria voltando para a caverna depois de uma noite se alimentando de vermes e larvas.

– Ele nos comeria? – Pata de Esquilo perguntou sem fôlego.

– Não – Garra de Amora Doce respondeu, tentando desacelerar o coração. – Até uma raposa mata para comer, mas um texugo vai matá-la só porque você apareceu no caminho dele. Não somos presas deles, mas não toleram nenhum invasor em seu território. Por que você ficou lá embaixo em vez de correr como lhe dissemos?

– Nunca tinha visto um texugo antes e queria ver. Pelagem de Poeira diz que devemos obter toda a experiência possível.

– Isso inclui a experiência de ter seu pelo arrancado? – Garra de Amora Doce perguntou secamente; pela primeira vez, Pata de Esquilo não respondeu.

Enquanto ele falava, Garra de Amora Doce não tirava os olhos da criatura abaixo. Deu um suspiro de alívio quando viu que o texugo desistiu da busca e caminhou até a boca da caverna, onde sumiu, depois de se espremer para entrar.

Garra de Espinho saltou da árvore onde havia se refugiado. – Isso se deu mais perto do que eu gostaria – miou quando Garra de Amora Doce e Pata de Esquilo desceram, ágeis, para se juntar a ele. – Onde está Pelo Gris?

– Aqui. – A cabeça cinza pálida de Pelo Gris surgiu de um emaranhado de urzes. – Você acha que aquele texugo é o mesmo que matou Pele de Salgueiro na última estação sem folhas?

– Talvez – Garra de Espinho respondeu. – Cauda de Nuvem e Pelo de Rato o expulsaram do acampamento, mas nunca descobrimos para onde ele foi.

Uma pontada de tristeza percorreu Garra de Amora Doce quando se lembrou da gata cinza prateada. Pele de Salgueiro era a mãe de Cauda de Castanha, Pelo de Fuligem e Bigode de Chuva, mas ela não viveu para ver os filhotes se tornarem guerreiros.

– Então, o que vamos fazer quanto a isso? – Pata de Esquilo perguntou, ansiosa. – Vamos entrar e matá-lo? Somos quatro contra apenas um texugo. Não vai ser difícil.

Garra de Amora Doce estremeceu, enquanto Garra de Espinho fechou os olhos e esperou um momento antes de falar. – Pata de Esquilo, você *nunca* entre na toca de um texugo. Ou de uma raposa, por falar nisso. Eles vão atacar imediatamente, não há espaço suficiente para manobras, e você não pode ver o que está fazendo.

– Mas...

– *Não*. Vamos voltar ao acampamento e relatar o ocorrido. Estrela de Fogo decidirá o que fazer.

Sem esperar que Pata de Esquilo continuasse a discussão, ele partiu na direção de onde eles vieram. Pelo Gris o seguiu, mas Pata de Esquilo parou na beira da clareira. – Poderíamos ter lidado com isso – ela resmungou, olhando ansiosa para trás, para a boca escura da caverna. – Eu poderia tê-lo atraído e então...

– E então ele teria matado você com uma patada, e *ainda* teríamos de voltar e contar – Garra de Amora Doce miou de forma desencorajadora. – O que você acha que teríamos dito? "Desculpe, Estrela de Fogo, mas acidentalmente deixamos um texugo pegar sua filha." Ele arrancaria nosso pelo. Texugos são más notícias, e é isso.

– Bem, você não veria Estrela de Fogo deixando um texugo em território do Clã do Trovão sem fazer nada. – Pata de Esquilo ergueu a cauda, desafiadora, e mergulhou na vegetação rasteira para alcançar Garra de Espinho e Pelo Gris.

Garra de Amora Doce ergueu os olhos e murmurou: – Grande Clã das Estrelas! – e seguiu.

Quando ele saiu do túnel de tojos para a clareira, o primeiro gato que viu foi Pelagem de Poeira. O guerreiro malhado marrom andava de um lado para o outro do lado de fora da toca dos aprendizes, balançando a cauda para lá e para cá. Dois outros aprendizes, Pata de Aranha e Pata Branca, estavam agachados à sombra das samambaias, observando-o apreensivos.

Assim que Pelagem de Poeira avistou Pata de Esquilo, atravessou a clareira em sua direção.

– Ah, não – Pata de Esquilo murmurou.

– Bem... – A voz do guerreiro malhado era gelada. Garra de Amora Doce estremeceu, sabendo como ele tinha o pavio curto; o único gato que nunca sentiu o lado áspero de sua língua era Nuvem de Avenca. – O que você tem a dizer para si mesma?

Pata de Esquilo encarou seu olhar bravamente, mas sua voz tremia ao responder: – Saí em patrulha, Pelagem de Poeira.

– Ah, em patrulha! *Entendo*. E quem mandou você ir? Listra Cinzenta? Estrela de Fogo?

– Ninguém mandou. Mas eu pensei...

– Não, você não pensou. – A voz de Pelagem de Poeira era mordaz. – Eu disse que iríamos treinar hoje. Pelo de Rato e Pelo de Musgo-Renda levaram seus aprendizes ao Vale de Treinamento para praticar seus movimentos de luta. Poderíamos ter ido com eles, mas não fomos, porque você não estava aqui. Percebe que todo mundo ficou procurando por você no acampamento?

Pata de Esquilo balançou a cabeça, arranhando o chão com as patas dianteiras.

– Como ninguém encontrou você, Estrela de Fogo organizou uma patrulha para tentar seguir seu cheiro. Você não se deu conta?

Outro "não" com a cabeça. Garra de Amora Doce percebeu que seguir um odor no orvalho pesado naquela manhã teria sido quase impossível.

– Seu líder do clã tem mais o que fazer no lugar de perseguir aprendizes que não seguem suas ordens – Pelagem de Poeira continuou. – Garra de Espinho, por que você a deixou ir com você?

– Sinto muito – Garra de Espinho desculpou-se. – Achei que ela estaria mais segura conosco do que vagando sozinha pela floresta.

Pelagem de Poeira bufou. – Isso é verdade.

– Ainda podemos ir e fazer o treinamento – sugeriu Pata de Esquilo.

– Ah, não. Nada de treinamento para você até entender o que realmente significa ser uma aprendiz. – Pelagem de Poeira parou por um tique-taque de coração. – Você vai passar o resto do dia cuidando dos anciãos. Certifique-se de que tenham presa fresca suficiente. Troque a roupa de cama, examine a pele deles em busca de carrapatos. – Ele piscou. – Tenho certeza de que Manto de Cinza tem muita bile de camundongo para você.

Os olhos de Pata de Esquilo se arregalaram, desanimados. – Ah, eca! – Bem, o que você está esperando?

A jovem aprendiz o encarou por mais um momento, como se não pudesse acreditar no que ele estava dizendo. Quando viu que o olhar duro do mentor não tinha mudado, ela se virou rapidamente e atravessou a clareira rumo à toca dos anciãos.

– Se Estrela de Fogo está procurando por Pata de Esquilo, teremos de esperar sua volta para que possamos denunciar o texugo – Garra de Espinho observou.

– Texugo? Que texugo? – perguntou Pelagem de Poeira.

Enquanto Garra de Espinho e Pelo Gris começaram a descrever o que tinham visto nas Rochas das Cobras, Garra de Amora Doce saltou pela clareira e alcançou Pata de Esquilo fora da toca dos anciãos.

– O que você quer? – ela disparou.

– Não fique zangada – Garra de Amora Doce miou. Ele não podia deixar de sentir pena, embora ela merecesse algum tipo de punição por deixar o acampamento sem ninguém saber para onde estava indo. – Eu ajudo você com os anciãos, se quiser.

Pata de Esquilo abriu a boca como se estivesse prestes a dar uma resposta grosseira, mas acabou pensando melhor. – OK, obrigada – murmurou sem graça.

– Você vai pegar a bile de camundongo e eu começo a fazer as camas.

Os olhos de Pata de Esquilo se arregalaram em uma expressão vitoriosa. – Você não prefere pegar a bile de camundongo, não é?

– Não, obrigado. Pelagem de Poeira disse especialmente para você fazer isso.

Pata de Esquilo deu de ombros. – Não custava nada tentar. – Com um movimento de cauda, ela saiu para encontrar Manto de Cinza.

Garra de Amora Doce dirigiu-se à toca dos anciãos, que ficava em um trecho de grama protegido por uma árvore caída. A árvore era uma casca queimada; Garra de Amora Doce ainda podia sentir o cheiro acre do fogo que varreu o acampamento mais de quatro estações atrás, quando ele era apenas um filhote. Mas a grama havia crescido novamente em torno do tronco da árvore, espessa e luxuriante, tornando-se um lar confortável para os gatos idosos que tinham servido ao clã.

Quando abriu caminho pela grama, encontrou os anciãos tomando sol na pequena clareira achatada. Cauda Mosqueada, a gata mais velha do Clã do Trovão, dormia enrolada, a pelagem atartarugada irregular subindo e descendo a cada respiração. Pele de Geada, ainda uma bela rainha branca, brincava preguiçosamente com um besouro na grama. Cauda Sarapintada e Rabo Longo estavam agachados juntos como se estivessem no meio de uma boa fofoca. Garra de Amora Doce sentiu o familiar sobressalto de simpatia quando olhou para Rabo Longo; o gato malhado pálido ainda era um jovem guerreiro, mas sua visão havia começado a falhar, e ele não podia mais lutar ou caçar sozinho.

– Olá, Garra de Amora Doce. – A cabeça de Rabo Longo girou quando o gato entrou na clareira, com as mandíbulas abertas para sentir o cheiro do recém-chegado. – O que podemos fazer por você?

– Vim ajudar Pata de Esquilo – explicou. – Pelagem de Poeira a enviou para cuidar de vocês hoje.

Cauda Sarapintada caiu na gargalhada. – Ouvi dizer que ela desapareceu. Todo o acampamento ficou em alvoroço, procurando. Mas soube que ela teria ido embora sozinha.

– Ela se infiltrou na patrulha do amanhecer – Garra de Amora Doce miou.

Antes que ele pudesse dizer mais alguma coisa, ouviu-se o som de outro gato no meio da grama, e Pata de Esquilo apareceu. Ela trazia nas mandíbulas um galho em que estava pendurada uma bola de musgo embebida em bile de camundongo. Garra de Amora Doce torceu o nariz com o cheiro ácido.

– Certo, quem tem carrapatos? – Pata de Esquilo murmurou.

– Você é quem deve procurá-los – Garra de Amora Doce observou.

Pata de Esquilo lançou-lhe um olhar penetrante.

– Posso ser o primeiro – Pele de Geada se ofereceu. – Tenho certeza de que há um no meu ombro, exatamente onde não consigo alcançar.

Pata de Esquilo caminhou até a gata, separando seu pelo branco com a pata dianteira e grunhindo quando descobriu o carrapato. Ela o esfregou com o musgo úmido até que caísse; os carrapatos, obviamente, achavam a bile de camundongo tão nojenta quanto os gatos, pensou Garra de Amora Doce.

– Não se preocupe, jovem – Cauda Sarapintada miou enquanto Pata de Esquilo continuava procurando carrapatos no pelo de Pele de Geada. – Seu pai foi punido muitas vezes quando era aprendiz. E mesmo depois que se tornou guerreiro. Nunca conheci ninguém tão propenso quanto ele a se meter em encrenca, e olhe para ele agora!

Pata de Esquilo se virou para olhar para a anciã, olhos verdes brilhando, obviamente implorando por uma história.

– Bem, agora. – Cauda Sarapintada acomodou-se mais confortavelmente em seu ninho de grama. – Houve um tempo em que Estrela de Fogo e Listra Cinzenta foram pegos alimentando o Clã do Rio com presas de nosso próprio território...

Garra de Amora Doce já tinha ouvido essa história, então começou a recolher as roupas de cama usadas dos anciãos, enrolando o musgo até reuni-lo em uma bola. Quando a levou para a clareira, viu Estrela de Fogo saindo do túnel de tojos, seguido por Tempestade de Areia e Cauda de Nuvem. Garra de Espinho atravessou a clareira correndo para encontrá-los.

– Graças ao Clã das Estrelas, Pata de Esquilo está segura – Estrela de Fogo estava miando quando Garra de Amora

Doce entrou e ouviu. – Um dia desses ela vai ter problemas sérios.

– Ela já está com sérios problemas – resmungou Tempestade de Areia. – Espere só até eu colocar minhas patas nela!

– Pelagem de Poeira já fez isso. – Garra de Espinho deu uma risada, divertido. – Ele a enviou para ajudar os anciãos pelo resto do dia.

Estrela de Fogo fez um gesto: – Ótimo!

– E há algo mais – Garra de Espinho continuou. – Encontramos um texugo nas Rochas das Cobras, morando na caverna onde ficavam os cachorros.

– Achamos que pode ser o que matou Pele de Salgueiro – Garra de Amora Doce acrescentou, colocando a bola de musgo no chão. – Não vimos nenhum vestígio de texugo em nenhum outro lugar da floresta.

Cauda de Nuvem soltou um rosnado. – Ah, *espero* que sim. Eu daria qualquer coisa para colocar minhas garras naquela criatura.

Estrela de Fogo se virou para encará-lo. – Você não fará nada disso sem ordens. Não quero perder mais gatos. – Ele parou por um momento e acrescentou: – Vamos ficar de olho nisso por um tempo. Comunique que ninguém deve caçar nas Rochas das Cobras por enquanto. Com alguma sorte, isso vai mudar antes da estação sem folhas, quando as presas escasseiam.

– E ouriços podem voar – Cauda de Nuvem resmungou, passando por Garra de Amora Doce em direção à toca dos guerreiros. – Texugos e gatos não se misturam, e ponto final.

CAPÍTULO 3

– Pata de Esquilo está chateada – comentou Pata de Folha, observando a irmã deixar a clareira do curandeiro com o galho de bile de camundongo cerrado entre as mandíbulas.

– Culpa dela. – Manto de Cinza ergueu os olhos da contagem de bagas de zimbro. Ela falou com firmeza, embora não sem simpatia. – Se os aprendizes pensam que podem sair sozinhos, sem avisar ninguém, onde estaríamos nós?

– Eu sei. – Enquanto Pata de Folha preparava a bile de rato, ouviu a irmã se enfurecer quanto à injustiça do castigo. A raiva de Pata de Esquilo refletiu no fundo da barriga de Pata de Folha, como se o ar no acampamento fosse água, e sua irmã estivesse enviando ondas de fria frustração para a toca da curandeira. Desde filhotes, uma sempre soube o que a outra estava sentindo. Pata de Folha se lembrava de como seu pelo formigou de empolgação quando Pata de Esquilo se tornou aprendiz, e como sua irmã não conseguira dormir na noite em que Pata de Folha se tornou aprendiz de curandeira na Pedra da Lua. Certa vez, ela sentiu uma dor excruciante na pata e mancou pelo acampamento de sol a sol, até que Pata de Esquilo voltou de uma patrulha de caça com um espinho cravado profundamente na pata.

Pata de Folha balançou a cabeça como se tivesse um carrapicho grudado no pelo, tentando afastar as emoções da irmã e se concentrar na tarefa de separar as folhas de milefólio.

– Pata de Esquilo vai ficar bem – Manto de Cinza a tranquilizou. – Tudo estará esquecido amanhã. Você ficou com alguma bile de camundongo no pelo? Se ficou, é melhor ir lavá-lo.

– Não, Manto de Cinza, estou bem – Pata de Folha sabia que sua voz estava muito tensa, por mais que tentasse esconder.

– Anime-se – Manto de Cinza mancou para fora da toca para se juntar à sua aprendiz, pressionando o nariz contra a lateral do corpo de Pata de Folha, num gesto de consolo. – Você quer vir para a Assembleia hoje à noite?

– Posso ir? – Pata de Folha virou-se para encarar a mentora. Então hesitou. – Pata de Esquilo não terá permissão para vir, não é?

– Depois de hoje? Certamente não! – Os olhos azuis de Manto de Cinza brilharam, compreensivos. – Pata de Folha, você e sua irmã não são mais filhotes. E você escolheu um caminho muito diferente, o de curandeira. Vocês sempre serão amigas, mas não podem fazer tudo juntas, e, quanto antes aceitarem isso, melhor.

Pata de Folha assentiu e se curvou sobre as folhas de milefólio novamente. Lutou para acalmar sua empolgação quanto à Assembleia, para que Pata de Esquilo não se sentisse ainda mais chateada por ter ficado de fora. Manto de Cinza tinha razão, mas mesmo assim ela não podia deixar de desejar que ela e Pata de Esquilo tivessem podido comparecer à Assembleia juntas.

* * *

A lua cheia estava alta no céu quando Estrela de Fogo conduziu os gatos do Clã do Trovão até a encosta de Quatro Árvores. Caminhando ao lado de Manto de Cinza, Pata de Folha estremeceu de ansiedade. Esse foi o lugar onde os territórios de todos os quatro clãs se uniram. Na lua cheia, os líderes do clã aqui se reúnem com seus guerreiros sob a trégua sagrada do Clã das Estrelas para trocar notícias e tomar decisões que afetariam toda a floresta.

Estrela de Fogo parou no topo da encosta e olhou para a clareira. Pata de Folha, bem atrás do grupo, mal conseguia ver as copas dos quatro grandes carvalhos que davam nome à clareira, mas ouvia o barulho de muitos gatos, e a brisa lhe trazia os aromas misturados do Clã das Sombras, do Clã do Rio e do Clã do Vento.

Antes de sua primeira Assembleia, os únicos outros gatos que Pata de Folha conhecia eram os três curandeiros dos outros clãs, quando, na meia-lua, ela fez sua jornada para Pedras Altas para ser formalmente aprendiz. Na sua primeira Assembleia, ela e Pata de Esquilo ficaram impressionadas com tantos desconhecidos e permaneceram perto de seus mentores. Mas, dessa vez, mais confiante, Pata de Folha estava ansiosa para conhecer guerreiros e aprendizes de outros clãs.

Agachada na vegetação rasteira, ela observou o pai esperando o sinal para descer para a clareira. Garra de Amora Doce estava bem na frente dela com Pelo de Rato e Cauda de Castanha. Pata de Folha via, pela tensão nos músculos do jovem gato malhado, que ele estava ansioso pelo início da Assembleia, enquanto todo o corpo de Cauda de Castanha tremia de empolgação com a perspectiva de sua primeira Assembleia como guerreira. Mais à frente, Listra Cinzenta e Tempestade de Areia trocavam algumas palavras, enquanto Cauda de Nuvem se movia impacientemente, passando o peso de uma pata para outra. Por um instante, Pata de Folha sentiu uma pontada de tristeza por Pata de Esquilo não estar lá, mas, para seu alívio, sua irmã não se importou muito em ficar, alegando estar ansiosa por uma boa noite de sono depois de cuidar dos anciãos o dia todo.

Por fim, Estrela de Fogo ergueu a cauda como um sinal para seus gatos seguirem em frente. Pata de Folha saltou sobre a beira do vale e desceu a encosta logo atrás de Garra de Amora Doce, abrindo caminho entre os arbustos até chegar à clareira.

O luar cintilante revelou uma massa de gatos, alguns já sentados ao redor da Pedra do Conselho, outros trotando pela clareira para cumprimentar amigos que não viam há uma lua ou deitados no abrigo dos arbustos para fofocar e trocar lambidas. Garra de Amora Doce juntou-se à multidão imediatamente, e Manto de Cinza foi falar com Nuvenzinha, o curandeiro do Clã das Sombras. Pata de Folha hesitou, ainda um pouco assustada com o número de guerreiros à sua frente, os cheiros desconhecidos e o brilho de tantos olhos que pareciam estar todos fixos nela.

Então ela avistou Listra Cinzenta com um grupo de gatos que cheiravam a Clã do Rio. Pata de Folha reconheceu uma guerreira de pelo denso cinza-azulado que conheceram na última Assembleia; era Pé de Bruma, representante do Clã do Rio. Não conhecia os dois guerreiros mais jovens, mas Listra Cinzenta os cumprimentou afetuosamente, pressionando seu nariz contra o deles.

Pata de Folha se perguntava se seria bem-vinda ao se aproximar quando Pé de Bruma chamou sua atenção e acenou-lhe com a cauda. – Olá, você é Pata de Folha, não é? Aprendiz de Manto de Cinza?

– Isso mesmo. – Pata de Folha se aproximou. – Como vai?

– Estamos todos bem, e o clã está prosperando – respondeu Pé de Bruma. – Você conhece Pelo de Tempestade e Cauda de Pluma?

– Meus filhotes – Listra Cinzenta acrescentou com orgulho, embora já fossem passadas várias luas desde que esses gatos fortes deixaram o berçário.

Pata de Folha trocou toques de nariz com os jovens guerreiros, percebendo que deveria ter adivinhado que Pelo de Tempestade era parente de Listra Cinzenta. Tinham o mesmo corpo musculoso e a pelagem longa e cinza. Cauda de Pluma era malhada em um cinza-prata mais claro; seus olhos azuis brilharam com calor e amizade quando ela cumprimentou Pata de Folha:

– Conheço bem Manto de Cinza. Ela cuidou de mim quando eu estava doente. Você deve se orgulhar de ser sua aprendiz.

Pata de Folha assentiu. – Sim, tenho muito orgulho. Mas ela sabe tanto que às vezes me pergunto se algum dia aprenderei tudo!

Cauda de Pluma ronronou com simpatia. – Eu senti o mesmo quanto a me tornar guerreira. Tenho certeza de que você vai se sair bem.

– Você diz que o clã está prosperando, Pé de Bruma – Listra Cinzenta miou baixinho –, mas tem o ar preocupado. Algum problema?

Agora que ele havia falado nisso, Pata de Folha percebeu um brilho de inquietação nos olhos da representante do Clã do Rio. Pé de Bruma hesitou alguns instantes e deu de ombros. – Provavelmente não é nada além de... Bem, você vai ouvir sobre isso em breve quando a Assembleia começar.

Enquanto falava, ela olhou para a Pedra do Conselho. Pata de Folha viu que dois gatos já esperavam no cume. A silhueta contra o círculo brilhante da lua cheia era Estrela Alta, líder do Clã do Vento, facilmente reconhecível por sua longa cauda. A seu lado, Estrela de Leopardo, a líder do Clã do Rio, olhava impacientemente para os gatos abaixo. Enquanto Pata de Folha observava, viu Estrela de Fogo pular para se juntar ao grupo.

– Onde está o líder do Clã das Sombras? – perguntou Estrela de Leopardo. – Estrela Preta, o que você está esperando?

– Já vou. – Um gato branco e pesado com patas pretas como azeviche abriu caminho, não muito longe de Pata de Folha. Ele se agachou na base da rocha e saltou, colocando-se ao lado do líder do Clã do Rio.

Assim que suas patas tocaram a pedra, Estrela de Leopardo jogou a cabeça para trás e soltou um uivo. Imediatamente o barulho na clareira diminuiu e todos os gatos se voltaram para a Pedra do Conselho. Cauda de Pluma, com um olhar amigável, acomodou-se ao lado de Pata de Folha, que sentiu carinho pela guerreira jovem e educada.

– Gatos de todos os clãs, sejam bem-vindos. – Estrela Alta, o mais velho de todos os líderes de clã, colocou-se à frente da Pedra do Conselho, erguendo a voz para se dirigir aos gatos reunidos. Olhando para seus companheiros líderes, perguntou: – Quem falará primeiro?

– Eu falo! – Estrela de Fogo deu um passo à frente, sua pelagem cor de fogo ficando prateada ao luar.

Pata de Folha prestava atenção enquanto seu pai contava sobre o texugo nas Rochas das Cobras. Causou pouca agitação; era improvável que a criatura se movesse de lá para o território de outro clã enquanto a floresta estivesse cheia de presas.

– E temos uma nova guerreira – Estrela de Fogo continuou. – A aprendiz do Clã do Trovão Pata de Castanha recebeu o nome de Cauda de Castanha.

Um murmúrio de apreciação percorreu a clareira; Cauda de Castanha era popular e bem conhecida entre os outros clãs, tendo participado de mais reuniões do que um aprendiz médio. Pata de Folha a viu sentada muito ereta e orgulhosa ao lado de Tempestade de Areia.

Estrela de Fogo recuou e Estrela Preta tomou seu lugar. Ele havia assumido a liderança do Clã das Sombras após a morte de Estrela Tigrada. Sob sua liderança, o Clã das Sombras era mais confiável do que antes, embora ainda se acreditasse que ventos frios sopravam sobre os corações dos gatos do Clã das Sombras e obscureciam seus pensamentos.

– O Clã das Sombras é forte e as presas são abundantes – Estrela Preta anunciou. – O calor da estação do renovo secou parte dos pântanos em nosso território, mas ainda temos muita água para beber.

Seu olhar percorreu desafiadoramente a clareira, e Pata de Folha refletiu que, mesmo que o Clã das Sombras tivesse menos que uma só gota de chuva em seu território, era improvável que Estrela Preta admitisse isso na Assembleia.

Estrela Alta sacudiu a cauda para Estrela de Leopardo, convidando-a a falar, mas ela recuou, cedendo-lhe a vez. O líder do Clã do Vento hesitou por um momento, e Pata de Folha viu que seus olhos estavam nublados de preocupação.

– Estrela Preta foi verdadeiro ao falar sobre o calor do renovo – começou. – Faz muitos dias que a floresta não vê chuva, e os riachos da charneca no território do Clã do Vento ficaram completamente secos neste último quarto de lua. Não temos água nenhuma.

– Mas o rio margeia seu território – um gato gritou das sombras sob a Pedra do Conselho; Pata de Folha esticou o pescoço e reconheceu Pelo Rubro, a representante do Clã das Sombras.

– O rio corre através de um desfiladeiro profundo e íngreme por toda a extensão de nossa fronteira – respondeu Estrela Alta. – É perigoso demais descer até lá. Os guerreiros tentaram, e Bigode Ralo caiu, mas, graças ao Clã das Estrelas, não se machucou. Nossos filhotes e anciãos não conseguem subir. Estão sofrendo muito e temo que alguns dos filhotes mais jovens possam morrer.

– Seus filhotes e anciãos não podem mastigar grama para obter umidade? – outro gato sugeriu.

Estrela Alta balançou a cabeça. – A grama está seca. Saibam, não há água em parte alguma do nosso território. – Virou-se com clara relutância para a líder do Clã do Rio e miou: – Estrela de Leopardo, em nome do Clã das Estrelas, devo pedir-lhe que nos deixe entrar no seu território para beber a água do rio. – Estrela de Leopardo se colocou ao lado do líder do Clã do Vento, seu pelo dourado malhado ondulando ao luar. – A água do rio está baixa – avisou. – Meu clã não escapou dos efeitos dessa seca.

– Mas há muito mais do que você precisa – observou Estrela Alta, em tom de quase desespero.

Estrela de Leopardo assentiu. – Isso é verdade. – Chegando à beira da rocha, olhou para a clareira e perguntou: – O que meus guerreiros pensam? Pé de Bruma?

A representante do Clã do Rio levantou-se, mas, antes que falasse, um de seus companheiros de clã gritou: – Não podemos confiar neles! Deixe o Clã do Vento colocar uma pata sobre nossa fronteira e eles levarão nossas presas e também nossa água.

Pata de Folha viu que quem falava era um gato de pelo abundante e preto, a algumas raposas de distância, mas não o reconheceu.

– Aquele é Garra Negra – Cauda de Pluma murmurou em seu ouvido. – Ele é leal ao clã, mas... – Ela parou, obviamente não querendo dizer nada de ruim sobre seu companheiro de clã.

Pé de Bruma virou-se, fixou em Garra Negra seu olhar azul-claro e disse: – Você esqueceu as vezes em que o Clã do Rio precisou de ajuda de outros clãs. Se eles não tivessem nos ajudado naquela época, não estaríamos aqui hoje. – E acrescentou para Estrela de Leopardo: – Acho que devemos permitir. Temos água de sobra.

A clareira ficou em silêncio enquanto os gatos esperavam que Estrela de Leopardo tomasse uma decisão. – Muito bem, Estrela Alta – ela miou por fim. – Seu clã pode entrar em nosso território para beber do rio logo abaixo da Ponte dos Duas-Pernas. Mas não poderão ir além nem têm permissão para capturar presas.

Estrela Alta abaixou a cabeça e Pata de Folha sentiu alívio em sua voz ao responder: – Estrela de Leopardo, o Clã do Rio tem nossos agradecimentos, do ancião mais velho ao filhote mais novo. Você salvou nosso clã.

– A seca não vai durar para sempre, e em breve você terá água em seu território. Discutiremos isso novamente na próxima Assembleia – Estrela de Leopardo miou.

– Tenho certeza disso – Listra Cinzenta murmurou num tom sombrio. – Se bem conheço Estrela de Leopardo, ela vai fazer o Clã do Vento pagar por aquela água de alguma forma.

– Esperemos que o Clã das Estrelas já tenha enviado chuva até lá – Estrela Alta miou, recuando para deixar Estrela de Leopardo se dirigir aos gatos presentes à Assembleia.

O interesse de Pata de Folha aumentou quando se perguntou se eles estavam prestes a ouvir o que estava incomodando Pé de Bruma mais cedo, mas a princípio a notícia do líder do Clã do Rio não era digna de nota: uma ninhada havia nascido e os Duas-Pernas haviam deixado lixo no rio, atraindo ratos que foram mortos por Garra Negra e Pelo de Tempestade. Listra Cinzenta parecia prestes a explodir de orgulho quando o filho foi elogiado, enquanto Pelo de Tempestade arranhava o chão com as patas, envergonhado, com as orelhas coladas na cabeça.

Por fim, Estrela de Leopardo miou: – Alguns de vocês conheceram nossos aprendizes Pata de Falcão e Pata de Mariposa. Eles agora são guerreiros e serão conhecidos como Geada de Falcão e Asa de Mariposa.

Os gatos ao redor de Pata de Folha esticaram o pescoço para ver os guerreiros mencionados pelo líder do Clã do Rio; Pata de Folha também se virou para olhar, mas não conseguiu distingui-los na multidão. O tradicional murmúrio de boas-vindas para os novos guerreiros irrompeu com o anúncio, mas, para surpresa de Pata de Folha, se misturou a alguns grunhidos desconcertantes, que ela percebeu serem dos gatos do Clã do Rio.

Estrela de Leopardo olhou para baixo da rocha e pôs fim à agitação com um movimento de cauda. – Estou ouvindo protestos? – disparou com raiva. – Muito bem, vou contar tudo, para acabar com os boatos de uma vez por todas. Seis luas atrás, no início do renovo, uma vilã veio ao Clã do Rio com seus dois filhotes sobreviventes. Seu nome era Sasha, e o parto de seus filhotes a enfraqueceu tanto que ela precisava de ajuda para caçar e cuidar deles. Por um tempo ela pensou em se juntar ao clã, e nós a teríamos recebido como guerreira, mas no final ela decidiu que o Código dos Guerreiros não era o modo de vida adequado para ela. Ela nos deixou, mas seus filhotes escolheram ficar.

Uma enxurrada de protestos surgiu dos gatos ao redor da rocha. Uma voz ergueu-se clara acima do uivo. – Vilões? Levados para um clã? O Clã do Rio enlouqueceu?

Listra Cinzenta lançou um olhar questionador para Pé de Bruma, que deu de ombros.

– Eles são bons guerreiros – ela murmurou, se defendendo.

Estrela de Leopardo não fez nenhuma tentativa de acalmar a reclamação, apenas olhou fixamente para baixo até o clamor desaparecer. – São gatos jovens e fortes e aprenderam bem suas habilidades guerreiras – ela miou quando pôde se fazer ouvir. – Juraram defender o clã à custa de suas vidas, assim como todos vocês o fizeram. – Com um olhar para Estrela Preta, acrescentou: – Alguns dos guerreiros do Clã das Sombras já não foram vilões? – Antes que ele pudesse responder, seu olhar girou para Estrela de Fogo.

– E se um gatinho de gente pode se tornar líder de clã, por que vilões não podem ser bem-vindos como guerreiros?

– Ela tem razão – Listra Cinzenta admitiu.

Estrela de Fogo abaixou a cabeça em direção a Estrela de Leopardo. – Verdade – ele miou. – Ficarei feliz em ver esses gatos cumprirem sua promessa como membros leais de seu clã.

Estrela de Leopardo acenou em resposta; suas palavras claramente o acalmaram.

– Era isso o que a estava preocupando, Pé de Bruma? – Listra Cinzenta perguntou. – Não é motivo para preocupação, se eles tiverem se adaptado bem.

– Eu sei – Pé de Bruma suspirou. – E serei a última a criticar um guerreiro nascido fora do clã, mas...

– Você sabia que a mãe de Pé de Bruma era sua antiga líder, Estrela Azul? – Cauda de Pluma sussurrou para Pata de Folha, que assentiu.

– Mas Estrela de Leopardo não contou tudo – Pé de Bruma continuou. A guerreira cinza parou quando Estrela de Leopardo voltou a falar.

– Asa de Mariposa escolheu um lugar especial dentro do nosso clã – explicou. – Pelo de Lama, nosso curandeiro, está envelhecendo e chegou a hora de preparar um aprendiz.

Dessa vez, sua voz foi completamente abafada pelos uivos de protesto. Os outros três líderes no topo da Pedra do Conselho se reuniram para uma conferência cheia de ansiedade. Estrela Alta claramente não queria falar depois que

Estrela de Leopardo concordou em lhe franquear o acesso ao rio e, no final, foi Estrela Preta quem respondeu, irritado:

– Estou pronto para admitir que um vilão pode aprender o suficiente do nosso código para se tornar um guerreiro. Mas um curandeiro? O que sabem os vilões sobre o Clã das Estrelas? Será que o Clã das Estrelas vai aceitá-la?

– *É isso* o que me incomoda – Pé de Bruma murmurou para Listra Cinzenta.

Pata de Folha sentiu um formigamento percorrer seu pelo. Ela se lembrou do próprio julgamento, quando era pouco mais que um filhote, sobre o fato de curar e confortar seus companheiros de clã e interpretar os sinais do Clã das Estrelas para eles. *Teria Asa de Mariposa sentido o mesmo?*, Pata de Folha se perguntou. Ela *poderia* ter sentido o mesmo, se não tinha nascido no clã? Até mesmo Presa Amarela, a curandeira anterior a Manto de Cinza, havia nascido na floresta, embora o Clã do Trovão não fosse o clã de seu nascimento.

Vozes ao redor da clareira ecoaram as perguntas de Estrela Preta. Na base da rocha, um velho gato marrom ergueu-se sobre as patas e esperou pelo silêncio; era Pelo de Lama, o curandeiro do Clã do Rio.

Quando o barulho diminuiu, ele ergueu a voz. – Asa de Mariposa é uma jovem talentosa. Mas, como nasceu vilã, estou esperando um sinal do Clã das Estrelas de que ela é a curandeira certa para o Clã do Rio. Depois de receber o sinal, vou levá-la para a Boca da Terra na meia-lua. Se eu agir sem a bênção do Clã das Estrelas, então todos vocês podem reclamar; mas não antes. – Ele desceu com um pulo, os bigodes se contorcendo de irritação.

A multidão havia se afastado e Pata de Folha viu a jovem gata agachada a seu lado. Era surpreendentemente bonita, com olhos cor de âmbar brilhantes em um rosto triangular e uma longa pelagem dourada com listras onduladas.

– Aquela é Asa de Mariposa? – sussurrou para Cauda de Pluma, que confirmou e deu uma lambida rápida na orelha de Pata de Folha e acrescentou: – Quando os líderes terminarem, levo você para conhecê-la, se quiser. Ela é bastante amigável, você vai ver.

Pata de Folha assentiu, ansiosa. Tinha certeza de que Pelo de Lama logo receberia o sinal de que Asa de Mariposa poderia ser aceita. Não havia outros aprendizes de curandeiro na floresta, e ela ansiava por fazer amizade com outro curandeiro, alguém com quem pudesse conversar sobre seu treinamento e todos os mistérios do Clã das Estrelas que pouco a pouco lhe eram revelados.

Os protestos diminuíram após o discurso de Pelo de Lama e, como Estrela de Leopardo não tinha mais nada a dizer, Estrela Alta encerrou a Assembleia.

Cauda de Pluma saltou sobre as patas. – Vamos, antes que todos nós tenhamos de sair.

Enquanto Pata de Folha seguia a guerreira do Clã do Rio pela clareira, já sentia simpatia por Asa de Mariposa. A julgar pela resposta dos outros gatos essa noite, era fácil imaginar o difícil caminho que a esperava antes de ser totalmente aceita por seu clã.

Finda a Assembleia, os gatos voltaram para seus clãs e Garra de Amora Doce procurou pela irmã, Pelo de Açafrão. Ele não a vira e imaginou que talvez não tivesse sido escolhida para comparecer dessa vez.

Ele viu Estrela de Fogo parar em frente a um jovem gato malhado, que estava sentado perto de Pelo de Lama, curandeiro do Clã do Rio.

– Parabéns, Geada de Falcão – Estrela de Fogo miou. – Tenho certeza de que você será um bom guerreiro.

Então este é Geada de Falcão, Garra de Amora Doce pensou com interesse, aguçando as orelhas. *O vilão nascido no Clã do Rio.*

– Obrigado, Estrela de Fogo – respondeu o novo guerreiro. – Farei o possível para bem servir ao meu clã.

– Tenho certeza disso. – Estrela de Fogo tocou Geada de Falcão no ombro com a ponta da cauda em um gesto de encorajamento. – Não dê atenção a todo esse alarido. Tudo será esquecido em uma lua.

Ele seguiu em frente, e Geada de Falcão levantou a cabeça para olhar para trás. Garra de Amora Doce não conseguiu reprimir um arrepio quando vislumbrou os olhos do gato, um misterioso azul-gelo que parecia atravessar o líder do Clã do Trovão como se ele fosse feito de fumaça.

– Grande Clã das Estrelas! – ele murmurou em voz alta. – Não gostaria de enfrentá-lo em batalha.

– Enfrentar quem?

Garra de Amora Doce virou-se e viu Pelo de Açafrão. – Aí está você! – exclamou. – Procurei você em todos os lugares. – Respondendo à pergunta, ele acrescentou: – Geada de Falcão. Ele parece perigoso.

Pelo de Açafrão deu de ombros. – Você é perigoso. Eu sou perigosa. É para isso que servem os guerreiros. Essa coisa toda de lua cheia pode ser quebrada pelo golpe de uma garra... e já aconteceu.

Garra de Amora Doce assentiu. – Verdade. Então, como você está, Pelo de Açafrão? Como está a vida no Clã das Sombras?

– Muito boa. – Pelo de Açafrão hesitou, parecendo estranhamente insegura. – Olhe, tem uma coisa que eu queria perguntar. – Garra de Amora Doce sentou-se e aguçou as orelhas com expectativa. – Outra noite tive um sonho estranho...

– O quê? – Ele não conseguiu conter a exclamação, e os olhos verdes de Pelo de Açafrão se arregalaram, assustados. – Não, continue – ele miou, obrigando-se a ficar calmo. – Conte-me sobre o sonho.

– Eu estava em uma clareira na floresta, mas não reconheci exatamente onde era. Havia um gato sentado em uma pedra, um gato preto; acho que era Estrela da Noite. Sabe, o líder do Clã das Sombras antes do nosso pai? Acho que, se o Clã das Estrelas fosse mandar um gato para o Clã das Sombras, não seria Estrela Tigrada.

– O que ele lhe disse? – Garra de Amora Doce perguntou com a voz rouca, já sabendo qual seria a resposta da irmã.

– Que um grande problema surgiria para a floresta e que uma nova profecia tinha de ser cumprida. Eu havia sido escolhida para me encontrar com três outros gatos na lua nova e ouvir o que a meia-noite nos diria.

Garra de Amora Doce congelou e a olhou fixamente.

– Qual é o problema? – perguntou Pelo de Açafrão. – Por que você está me olhando desse jeito?

– Porque eu tive exatamente o mesmo sonho, sendo que quem falou comigo foi Estrela Azul.

Pelo de Açafrão piscou e seu irmão viu um arrepio passar por seu pelo atartarugado. Por fim, ela miou: – Você contou seu sonho a alguém?

Garra de Amora Doce balançou a cabeça. – Eu não sabia o que fazer com a informação. Para ser honesto, pensei que era devido a algo que comi. Quero dizer, por que o Clã das Estrelas enviaria uma visão dessas para mim, em vez de enviar a Estrela de Fogo ou Manto de Cinza?

– Pensei a mesma coisa – a irmã concordou. – E esperei que os outros três gatos fossem do Clã das Sombras, então, quando nenhum gato mencionou isso...

– Sei, eu pensei o mesmo, pensei que seriam do Clã do Trovão. Mas, pelo jeito, estávamos errados...

Garra de Amora Doce olhou ao redor da clareira. A Assembleia estava esvaziando, os gatos começaram a ir embora e, apesar dos protestos sobre Geada de Falcão e Asa de Mariposa, o clima geral era de bom humor. Ninguém mais parecia ter tido sonhos carregados de desgraça. Que possível problema poderia estar por vir? E se houvesse algum problema, o que ele e Pelo de Açafrão poderiam fazer?

– O que você acha que devemos fazer agora? – Pelo de Açafrão verbalizou seus pensamentos.

– Se o sonho for verdade, dois outros gatos também sonharam – Garra de Amora Doce respondeu. – Faz sentido que haja um gato de cada um dos outros dois clãs. Devemos tentar descobrir quem são eles.

– Ah, sim – Pelo de Açafrão falou com certo desdém. – Vai entrar em território do Clã do Vento ou do Clã do Rio e perguntar a todos os gatos se tiveram um sonho esquisito? Eu, não. Eles nos considerariam loucos. Isso se não arrancassem nossas orelhas primeiro.

– O que você sugere, então?

– Todos devemos nos encontrar na lua nova – Pelo de Açafrão miou, pensativa. – Estrela da Noite não disse onde, mas deve ser aqui em Quatro Árvores. Não há outro lugar onde gatos de quatro clãs diferentes possam se reunir.

– Então você acha que devemos vir aqui na lua nova?

– A menos que você tenha uma ideia melhor.

Garra de Amora Doce balançou a cabeça. – Só espero que os outros gatos façam o mesmo. Se... se o sonho for real, é claro.

Ele parou ao ouvir um gato chamá-lo. Virou-se e viu Estrela de Fogo parado a curta distância, rodeado pelos outros gatos do Clã do Trovão. – É hora de ir – Estrela de Fogo disse.

– Estou indo! – Voltando-se para Pelo de Açafrão, ele miou apressado: – Na lua nova, então. Não diga nada a ninguém. E confie no Clã das Estrelas que os outros virão.

Pelo de Açafrão assentiu e deslizou para dentro dos arbustos, seguindo seus companheiros de clã. Garra de Amora Doce correu para se juntar a Estrela de Fogo, esperando que seu espanto e seu medo não estivessem estampados em seu rosto. Ele tentou esquecer o sonho, mas, como Pelo de Açafrão também teve o mesmo sonho, só lhe restava levá-lo a sério. O problema estava chegando, e ele não sabia o que fazer nem entendia como a meia-noite poderia lhe dizer alguma coisa.

Ah, Clã das Estrelas, miou em silêncio. *Espero que você saiba o que está fazendo!*

CAPÍTULO 4

Garra de Amora Doce saiu da toca dos guerreiros e olhou ao redor da clareira. Mais um quarto de lua havia passado e nada de chuva. O ar estava quente e pesado em toda a floresta. Como os riachos perto do acampamento haviam secado, o clã, quando precisava de água, tinha de se deslocar até o riacho que passava por Quatro Árvores. Felizmente, ele corria fundo no solo rochoso, até mesmo no mais seco dos renovos.

O sono de Garra de Amora Doce estava perturbado desde a Assembleia, e todas as manhãs, ao acordar, ele lutava contra o pressentimento de que algo terrível havia acontecido no acampamento durante a noite. Mas tudo parecia tão tranquilo quanto no dia anterior. Essa manhã, Pata Branca e Pata de Musaranho estavam praticando seus movimentos de luta do lado de fora da toca dos aprendizes. Pelo de Rato saiu do túnel de tojos com um esquilo preso nas mandíbulas, seguida por seu aprendiz, Pata de Aranha, e Bigode de Chuva, que também carregava presa fresca.

Estrela de Fogo e Listra Cinzenta estavam conversando na base da Pedra Grande, com Pata de Esquilo e Pelagem de Poeira ouvindo de perto.

Estrela de Fogo acenou com a cauda para Garra de Amora Doce e perguntou: – Você está pronto para uma patrulha extra? Quero verificar a fronteira com o Clã das Sombras, caso tenham a ideia de vir aqui buscar água.

– Mas Estrela Preta disse que o clã dele tem toda a água de que precisam – Garra de Amora Doce o lembrou.

As orelhas de Estrela de Fogo se contraíram. – Verdade. Mas não acreditamos necessariamente no que os líderes do clã dizem em uma Assembleia. Além disso, nunca confiei em Estrela Preta. Se achar que temos presas mais ricas em nosso território, enviará guerreiros para se aproveitarem, com certeza.

Listra Cinzenta grunhiu concordando. – O Clã das Sombras está quieto há muitas luas. Quer saber? Já é hora de começarem a criar problemas.

– Só pensei... – Garra de Amora Doce parou, envergonhado por ser visto contestando a ordem do líder, e surpreso por ver uma possibilidade que Estrela de Fogo não parecia ter considerado.

– Vá em frente – disse Estrela de Fogo.

Garra de Amora Doce respirou fundo. Ele não podia escapar agora, apesar do olhar verde que Pata de Esquilo lhe dirigia por ousar discordar do seu pai. – Só acho que, se houver problema, é mais provável que venha do Clã do Vento – arriscou. – Se o território deles é tão seco quanto Estrela Alta disse, provavelmente terão poucas presas.

– Clã do Vento! – explodiu Pata de Esquilo. – Você tem cérebro de rato? O Clã do Rio deu permissão ao Clã do Vento para beber no rio, então, se eles roubarem presas de qualquer lugar, vão roubar do Clã do Rio.

– E a faixa do território do Clã do Rio é bem estreita entre o rio e a nossa fronteira – retorquiu Garra de Amora Doce. – Se o Clã do Vento caçar, a presa pode facilmente cruzar para o nosso território.

– Você se acha tão esperto! – Pata de Esquilo saltou sobre as patas, o pelo eriçado. – Estrela de Fogo ordenou que você verificasse a fronteira do Clã das Sombras; então você deve obedecer.

– Claro, você nunca desobedeceu a um guerreiro, não é? – Pelagem de Poeira disse secamente.

Pata de Esquilo ignorou seu mentor. – O Clã das Sombras sempre deu problema – ela insistiu. – Mas agora somos amigos do Clã do Vento. Garra de Amora Doce foi ficando cada vez mais furioso. Claro que ele não queria questionar a autoridade de Estrela de Fogo, o herói que salvou a floresta das terríveis ambições de Estrela Tigrada e dos seus desonestos seguidores. Nunca haveria outro igual. No entanto, ele realmente acreditava que o Clã do Trovão deveria levar a sério uma possível ameaça do Clã do Vento. Gostaria de discutir o assunto adequadamente com Estrela de Fogo, mas era impossível, pois Pata de Esquilo insistia em contestar tudo o que dizia.

– Você é que acha que sabe tudo – ele disparou, dando um passo na direção da gata. – Quer ouvir por um momento?

Ele se abaixou para evitar sua patada de garras desembainhadas, e o último resquício de autocontrole o abandonou. Agachando-se, preparou-se para saltar sobre ela, a cauda balançando para a frente e para trás. Se Pata de Esquilo queria uma briga, ia ter!

Mas antes que qualquer um dos jovens pudesse atacar, Estrela de Fogo se colocou entre eles e rosnou: – Já chega!

Garra de Amora Doce congelou, desanimado. Endireitando-se, ansioso, deu uma lambida no próprio peito e murmurou: – Desculpe, Estrela de Fogo.

Pata de Esquilo ficou em silêncio, olhando-o com hostilidade, até Pelagem de Poeira dizer: – E então?

– Desculpe – murmurou Pata de Esquilo, e instantaneamente estragou seu pedido de desculpas acrescentando: – Mas ele é mesmo um cérebro de rato.

– Na verdade, acho que ele tem razão, não é? – Pelagem de Poeira miou para Estrela de Fogo. – Concordo que o Clã das Sombras sempre foi problema e sempre será, mas se os gatos do Clã do Vento por acaso avistarem um suculento rato-silvestre ou um esquilo do nosso lado da fronteira, não acha que podem ficar tentados?

– Você pode ter razão – disse Estrela de Fogo. – Nesse caso, Garra de Amora Doce, é melhor você patrulhar a fronteira do Clã do Rio até Quatro Árvores. Pelagem de Poeira, você e Pata de Esquilo podem ir também. – Seus olhos se estreitaram quando fitou alternadamente sua filha e Garra de Amora Doce. – E vocês *tratem de se comportar*, ou vou querer saber o que houve.

– Sim, Estrela de Fogo – Garra de Amora Doce respondeu, aliviado por ter se safado tão facilmente de quase achatar Pata de Esquilo.

– São duas patrulhas, então – Listra Cinzenta miou alegremente. – Vou arranjar mais alguns gatos para subirem comigo pelo lado do Clã das Sombras. – Saltou sobre as patas e desapareceu na toca dos guerreiros.

Estrela de Fogo acenou para Pelagem de Poeira, dando-lhe autoridade sobre a patrulha, e foi para sua toca do outro lado da Pedra Grande.

– Certo, vamos – miou Pelagem de Poeira. Ele foi em direção ao túnel de tojos, mas olhou para trás, para Pata de Esquilo, que não havia se movido. – Qual é o problema agora?

– Não é justo – resmungou Pata de Esquilo. – Não quero patrulhar com *ele*.

Garra de Amora Doce revirou os olhos, mas teve o bom senso de não recomeçar a briga.

– Então você não deveria ter dito o que disse – Pelagem de Poeira repreendeu a aprendiz. Dando um passo para trás, ele a olhou de modo severo. – Pata de Esquilo, mais cedo ou mais tarde você deve aprender que há momentos para falar e momentos para ficar em silêncio.

Pata de Esquilo soltou um suspiro ruidoso. – Mas parece que é *sempre* hora de ficar em silêncio.

– Pronto, você entendeu. – Pelagem de Poeira tocou a orelha da aprendiz com a cauda, e Garra de Amora Doce teve um vislumbre da afeição entre mentor e aprendiz.

– Vamos, vocês dois. Vamos renovar as marcas de cheiro e, com alguma sorte, encontraremos alguns camundongos enquanto estivermos fora.

Pata de Esquilo recuperou o bom humor quando apanhou um rato-silvestre rechonchudo nas Rochas Ensolaradas. Garra de Amora Doce teve de admitir que ela era uma caçadora eficiente, perseguindo pacientemente sua presa e atacando-a para despachá-la com uma patada.

– Pelagem de Poeira, estou *morrendo* de fome – ela anunciou. – Posso comer?

O mentor hesitou por um tique-taque de coração, então assentiu. – O clã foi alimentado – ele respondeu. – E isso não é uma patrulha de caça.

Pata de Esquilo lançou um olhar para Garra de Amora Doce enquanto se agachava sobre a presa fresca e, ansiosa, dava uma mordida. – Hum, que delícia! – murmurou. Então parou e empurrou as sobras em direção a Garra de Amora Doce. – Quer um pouco?

O gato já ia dizer que poderia pegar a própria presa quando percebeu que a jovem estava tentando fazer as pazes. – Obrigado – ele miou, dando uma mordida na presa.

Pelagem de Poeira saltou do topo da rocha. – Quando terminarem de se empanturrar.... – começou. – Pata de Esquilo, sente cheiro de quê?

– Além do rato-silvestre, você quer dizer? – Pata de Esquilo miou, atrevida. Saltando sobre as patas, aspirou o ar. A brisa soprava do território do Clã do Rio, e ela logo respondeu: – Um cheiro forte e fresco de gatos do Clã do Rio.

– Bom. – Pelagem de Poeira pareceu satisfeito. – Uma patrulha acabou de passar. Nada a ver conosco.

E nenhum sinal do Clã do Vento, pensou Garra de Amora Doce enquanto eles se afastavam novamente. Não que isso significasse que suas suspeitas estivessem erradas. Ele não esperava ver nenhum de seus gatos rio abaixo, em toda a extensão do território do Clã do Trovão longe da própria fronteira.

Ao se aproximarem de Quatro Árvores e passarem pela ponte dos Duas-Pernas, os três gatos pararam para examinar a encosta. A brisa havia diminuído, e o ar estava parado e pesado com o cheiro de gatos.

– Clã do Vento e Clã do Rio – Garra de Amora Doce miou baixinho para Pelagem de Poeira.

O guerreiro mais velho assentiu. – Mas eles têm permissão para descer até o rio – lembrou. – Não há nenhum sinal de que cruzaram nossa fronteira.

– Eu bem que avisei! – Pata de Esquilo não resistiu e acrescentou. Garra de Amora Doce deu de ombros, pensando que preferia estar errado. Não *queria* encrenca com o Clã do Vento.

Pelagem de Poeira rumava a Quatro Árvores quando Garra de Amora Doce sentiu outro cheiro, do Clã do Vento novamente, mas muito mais forte e fresco do que antes. Sem ousar gritar, com a cauda ele sinalizou freneticamente para Pelagem de Poeira, inclinando as orelhas na direção de onde achava que vinha o cheiro. Pelagem de Poeira se agachou na grama alta e sinalizou para os companheiros fazerem o mesmo.

Por favor, Clã das Estrelas, implorou Garra de Amora Doce, *não deixe Pata de Esquilo fazer uma observação espirituosa!*

Mas a aprendiz ficou quieta, barriga no chão, olhando para as moitas de samambaias que Garra de Amora Doce havia indicado. Por um tempo, o único som que se ouvia era o murmúrio do rio próximo. Então ouviu-se um som seco e farfalhante, e um gato marrom malhado espiou por entre as samambaias antes de se esgueirar para o ar livre pela distância de um par de caudas de raposa no lado da fronteira do Clã do Trovão. Garra de Amora Doce reconheceu Garra de Lama, o representante do Clã do Vento, seguido por Bigode Ralo e um pequeno gato cinza-escuro que Garra de Amora Doce nunca tinha visto antes – um aprendiz, imaginou – carregando um rato-silvestre entre as mandíbulas.

Olhando para trás, Garra de Lama murmurou: – Siga para a fronteira. Sinto cheiro de Clã do Trovão.

– Não estou surpreso – Pelagem de Poeira rosnou, erguendo-se da grama.

Garra de Lama recuou e mostrou os dentes em um rosnado. Imediatamente, Garra de Amora Doce saltou para ficar ao lado de seu companheiro de clã, e Pata de Esquilo correu para o outro lado de seu mentor.

– O que você está fazendo em nosso território? – Pelagem de Poeira cobrou. – Como se eu precisasse perguntar.

– Não estamos roubando presas – retrucou Garra de Lama.

– Então o que é isso? – perguntou Pata de Esquilo, sacudindo a cauda na direção do rato-silvestre que o aprendiz carregava.

– Não é uma presa do Clã do Trovão – explicou Bigode Ralo. Velho amigo de Estrela de Fogo, ele parecia completamente envergonhado por ser pego assim em território do Clã do Trovão. – Ele atravessou a fronteira do Clã do Rio.

– Mesmo que seja verdade, você o está roubando do Clã do Rio – pontuou Garra de Amora Doce. – Você pode beber do rio, não pegar presas.

O aprendiz cinza-escuro largou a presa e se lançou pela grama até alcançar Garra de Amora Doce. – Cuide da sua vida! – disparou.

Ele foi para cima de Garra de Amora Doce e o derrubou; o gato, atingido, soltou um uivo surpreso quando os dentes do aprendiz se fecharam na pele flácida de seu pescoço. Torcendo o corpo, ele conseguiu cravar as garras no ombro do jovem, que arranhou sua barriga com as fortes garras traseiras. O aprendiz soltou um grito de fúria, soltou o pescoço e mergulhou na garganta do oponente.

Quando seus dentes encontraram o alvo, Garra de Amora Doce viu que Bigode Ralo pretendia lhe dar uma patada. Ele se preparou para lutar com os dois gatos ao mesmo tempo, quando viu que o guerreiro do Clã do Vento afastou o aprendiz e estava de pé sobre ele, a raiva queimando nos olhos.

– Já chega, Pata de Corvo! – rosnou. – Atacar um guerreiro do Clã do Trovão quando estamos invadindo o território dele? E depois?

Pata de Corvo estreitou os olhos, furioso. – Ele nos chamou de ladrões!

– E ele estava certo, não estava? – Bigode Ralo virou-se para Pelagem de Poeira, que estava parado a algumas caudas de raposa de distância. Garra de Amora Doce se levantou com dificuldade e viu que o guerreiro do Clã do Trovão se lançou na frente de Pata de Esquilo, impedindo-a de entrar na luta.

– Sinto muito, Pelagem de Poeira – continuou Bigode Ralo. – É um rato-silvestre do Clã do Rio, e sei que não deveríamos tê-lo capturado, mas quase não há presas em nosso território. Nossos anciãos e filhotes estão famintos e... – Ele parou como se pensasse que já havia falado demais. – O que você vai fazer agora?

– A situação da presa é entre você e o Clã do Rio – Pelagem de Poeira miou friamente. – Não vejo necessidade de contar o fato a Estrela de Fogo... a menos que isso se repita. Apenas saia do nosso território e não volte.

Garra de Lama cutucou Pata de Corvo. O representante do Clã do Vento ainda parecia furioso por ter sido descoberto, e Garra de Amora Doce notou que ele não se desculpou com Bigode Ralo. Sem uma palavra, ele se dirigiu para a fronteira, Bigode Ralo logo atrás. Pata de Corvo hesitou; então, com um olhar desafiador, agarrou a presa e correu atrás de seus companheiros de clã.

– Suponho que vamos ouvir falar disso pelo resto da vida! – Pata de Esquilo disparou para Garra de Amora Doce. Seus olhos brilharam, aborrecidos. – Feliz agora que você provou que estava certo?

– Eu não disse uma palavra! – Garra de Amora Doce protestou.

Pata de Esquilo não respondeu, saiu com a cauda no ar. Garra de Amora Doce olhou para ela com um suspiro. Ele preferiria que o incidente nunca tivesse acontecido. Seu pelo se arrepiou com a sensação de desastre iminente. Os clãs estavam ficando tão sedentos e desesperados que até gatos decentes como Bigode Ralo estavam preparados para invadir, roubar e mentir. O calor pairava sobre a floresta com o peso de uma pelagem enorme e sufocante, e parecia que todos os seres vivos esperavam o início de uma tempestade. Seria essa a desgraça prevista pelo Clã das Estrelas?

Os próximos dias e noites, enquanto a lua minguava até um mero arranhão no céu, pareceram intermináveis para Garra de Amora Doce. Ao pensar no que poderia acontecer em Quatro Árvores quando fosse ao encontro de Pelo de Açafrão, sentia cada um de seus pelos se arrepiar de pavor. Os outros gatos do clã viriam? E o que exatamente seria revelado à meia-noite? Talvez o próprio Clã das Estrelas descesse e falasse com eles.

Por fim, chegou a noite em que quase não havia lua, mas as estrelas do Tule de Prata brilhavam tão intensamente que Garra de Amora Doce não teve dificuldade em encontrar o caminho pelo túnel de tojos e subir a ravina. As folhas sussurravam enquanto ele avançava pela vegetação rasteira de um pedaço de sombra para o outro, tentando pisar tão levemente como se estivesse rastejando para cima de um rato. Outros guerreiros do Clã do Trovão podem ter saído tarde, e Garra de Amora Doce não queria ser visto nem ter de explicar para onde estava indo. Não havia contado seu sonho a ninguém e sabia que Estrela de Fogo não aprovaria que ele se encontrasse com gatos de outros clãs em Quatro Árvores sem estar protegido pela trégua da lua cheia.

O ar estava frio agora, mas havia um cheiro de poeira no ar, subindo da terra seca. As plantas estavam murchando ou se arrastando pelo chão, sem cor. A floresta toda clamava por chuva como um gatinho faminto, e se ela não viesse logo, não seria só o Clã do Vento que ficaria sem água.

Quando Garra de Amora Doce chegou a Quatro Árvores, a clareira estava vazia. As laterais da Grande Rocha brilhavam com a luz das estrelas, e as folhas dos quatro carvalhos farfalhavam suavemente no alto. Garra de Amora Doce estremeceu. Estava tão acostumado a ver o lugar cheio de gatos que parecia mais assustador do que antes: muito maior, com tantas sombras inexplicáveis. Quase podia imaginar que havia entrado no mundo místico do Clã das Estrelas.

Atravessou a clareira e sentou-se na base da Grande Rocha. Suas orelhas estavam aguçadas para captar o menor som eu fosse; de tanta inquietação, seu corpo se distendeu todo, das orelhas à ponta da cauda. Quem seriam os outros gatos? Com o passar do tempo, sua empolgação virou ansiedade. Nem mesmo Pelo de Açafrão havia chegado. Talvez tivesse mudado de ideia, ou talvez aquele fosse o ponto de encontro errado, afinal.

Por fim, um movimento nos arbustos mais ou menos na metade do lado do vale. Garra de Amora Doce ficou tenso. A brisa soprava para longe, ele não conseguia sentir o cheiro; pelo lado que vinha, podia ser um gato do Clã do Rio ou do Clã do Vento.

Acompanhou o movimento com os olhos até um aglomerado de samambaias na parte inferior da encosta. As folhas ondulavam descontroladamente, e um gato entrou na clareira.

Garra de Amora Doce olhou, ficou congelado por um tique-taque de coração, então saltou sobre as patas, o pelo do pescoço eriçado de fúria.

– Pata de Esquilo!

CAPÍTULO 5

Garra de Amora Doce percorreu a clareira com as pernas rígidas até ficar cara a cara com a aprendiz, a quem sibilou: – O que você pensa que está fazendo aqui?

– Olá, Garra de Amora Doce. – A jovem tentou parecer tranquila, mas seus olhos brilhantes traíam sua empolgação. – Não consegui dormir e o vi saindo, então estou seguindo você. – Ela deu um pequeno ronronar de alegria. – Fiz certinho, não fiz? Você nem desconfiou durante todo o caminho pela floresta.

Isso era verdade, embora Garra de Amora Doce preferisse morrer a admitir que estava impressionado. Em vez disso, soltou um rosnado baixo. Por dois tique-taques de coração, teve vontade de pular na gata ruiva para arrancar a expressão presunçosa de seu rosto. – Por que você não pode cuidar da sua vida?

A gata estreitou os olhos. – É assunto importante para todos quando um guerreiro do clã sai *escondido* do acampamento à noite.

– Eu não estava *saindo escondido* – Garra de Amora Doce protestou, culpado.

– Ah, não? – Pata de Esquilo falou com desdém. – Você sai do acampamento, vem direto para Quatro Árvores e fica sentado esperando por séculos, parecendo achar que todos os guerreiros da floresta vão pular em cima de você. Não me diga que está apenas curtindo a bela noite.

– Não tenho de contar nada a você. – Garra de Amora Doce sentiu sua voz desesperada; tudo o que queria era se livrar da aprendiz irritante antes que chegassem gatos de outros clãs. Como ela não tinha mencionado o sonho, provavelmente não sonhou e, portanto, não tinha o direito de estar ali e descobrir a próxima parte da profecia; se é que era isso o que realmente iria acontecer. – Não tem nada a ver com você, Pata de Esquilo. Por que você simplesmente não vai para casa?

– Não. – A aprendiz se sentou e enrolou a cauda em volta das patas dianteiras, fitando o gato com os grandes olhos verdes. – Não vou embora até descobrir o que está acontecendo.

Garra de Amora Doce soltou um grunhido de pura frustração, até pular quando ouviu: – O que *ela* está fazendo aqui?

Era Pelo de Açafrão, saindo de trás da Pedra do Conselho. Ela caminhou pela clareira e estreitou os olhos para Pata de Esquilo. – Achei que não íamos contar a ninguém.

Garra de Amora Doce sentiu o pelo arrepiar. – Eu *não* contei a ela. Ela me viu saindo e me seguiu.

– E ainda bem que segui. – A aprendiz se levantou e encontrou o olhar de Pelo de Açafrão, as orelhas coladas à cabeça. – Você sai escondido de noite e vem aqui para encontrar uma guerreira do Clã das Sombras! O que Estrela de Fogo vai pensar quando eu contar a ele?

Garra de Amora Doce sentiu um desconfortável nó na barriga. Talvez devesse ter contado a Estrela de Fogo sobre o sonho desde o início, mas agora era tarde demais.

– Ouça – ele miou com insistência. – Pelo de Açafrão não é apenas uma guerreira do Clã das Sombras; ela é minha irmã. Você sabe disso tão bem quanto qualquer gato. Não estamos tramando nada.

– Então por que tanto segredo? – Pata de Esquilo perguntou.

O gato procurava uma resposta quando Pelo de Açafrão o interrompeu, sacudindo a cauda em direção à encosta. – Olhe.

O jovem guerreiro vislumbrou algo cinza se movendo entre os arbustos e um segundo depois Cauda de Pluma e Pelo de Tempestade entraram na clareira. Olharam ao redor com cautela, mas, assim que Cauda de Pluma avistou os outros gatos, correu na direção deles.

– Eu estava certa! – exclamou, derrapando na frente de Garra de Amora Doce e das duas gatas. Seus olhos se arregalaram, começando a parecer intrigados e um pouco assustados. – Você também teve o sonho? Somos nós quatro?

– Pelo de Açafrão e eu tivemos – Garra de Amora Doce respondeu, ao mesmo tempo que Pata de Esquilo perguntou: – Que sonho?

– O sonho do Clã das Estrelas, avisando que teremos problemas pela frente. – Cauda de Pluma soou ainda mais indecisa, e seu olhar tenso se alternou entre os gatos.

– Vocês dois tiveram o sonho? – Garra de Amora Doce perguntou, olhando para Pelo de Tempestade enquanto o guerreiro do Clã do Rio alcançava a irmã.

Pelo de Tempestade balançou a cabeça. – Não, apenas Cauda de Pluma.

– Fiquei com muito medo – Cauda de Pluma confessou. – Não consegui comer ou dormir pensando nisso. Pelo de Tempestade sabia que algo estava errado e me importunou tanto que acabei contando o sonho a ele. Decidimos que eu deveria vir para Quatro Árvores na lua nova, mas Pelo de Tempestade não me deixou vir sozinha. – Ela deu uma lambida amigável na orelha do irmão. – Ele... ele não queria que eu corresse perigo. Mas não estou em perigo, estou? Quer dizer, todos nós nos conhecemos.

– Não confie em outros gatos tão depressa – Pelo de Tempestade rosnou. – Não gosto de encontrar gatos de outros clãs em segredo assim. Não é o que o Código dos Guerreiros diz.

– Mas cada um de nós recebeu uma mensagem do Clã das Estrelas, dizendo para virmos – Pelo de Açafrão pontuou. – Estrela Azul visitou Garra de Amora Doce e Estrela da Noite veio até mim.

– E eu vi Coração de Carvalho... – Cauda de Pluma miou. – Ele disse que um grande problema estava chegando à floresta e que eu teria de me encontrar com três outros gatos na lua nova para ouvir o que a meia-noite teria a nos dizer.

– Também me disseram isso – confirmou Pelo de Açafrão. Com uma contração de orelhas para Pelo de Tempestade, ela acrescentou: – Eu também não gosto muito, mas devemos esperar para ver o que o Clã das Estrelas quer.

– À meia-noite, suponho... – Pelo de Tempestade miou, olhando para as estrelas. – Deve estar quase na hora.

O coração de Garra de Amora Doce doeu quando ele notou os olhos de Pata de Esquilo cada vez mais arregalados. – Quer dizer que o Clã das Estrelas mandou todos vocês se encontrarem aqui? – explodiu a jovem. – E eles dizem que um problema surgirá? Que tipo de problema?

– Não sabemos – respondeu Cauda de Pluma. – Pelo menos, Coração de Carvalho não me contou... – Ela parou, parecendo confusa, mas Garra de Amora Doce e Pelo de Açafrão balançaram a cabeça para mostrar que tampouco eles sabiam do que se tratava, não lhes haviam dito.

Os olhos de Pelo de Tempestade se estreitaram. – Sua companheira de clã não teve o sonho – ele miou para Garra de Amora Doce. – O que ela está fazendo aqui?

– Você também não teve – Pata de Esquilo falou sem medo de enfrentar o guerreiro do Clã do Rio. – Tenho tanto direito de estar aqui quanto você.

– Só que não convidei você – Garra de Amora Doce rosnou.

– Expulse-a, então – Pelo de Açafrão sugeriu. – Eu ajudo.

Pata de Esquilo deu um passo na direção da guerreira do Clã das Sombras, pelo inflado, cauda eriçada. – Se você encostar sua pata em mim...

Garra de Amora Doce suspirou. – Se a expulsarmos agora, ela vai direto contar para Estrela de Fogo – miou. – Ela já ouviu quase tudo, então é melhor ficar.

Com desdém, Pata de Esquilo deu uma fungada e sentou-se novamente. Esticou a língua até a pata e calmamente começou a lavar o rosto.

– Honestamente, Garra de Amora Doce – Pelo de Açafrão rosnou. – Você deveria ter sido mais cuidadoso. Rastreado por uma aprendiz!

– O que está acontecendo? – Outra voz veio de trás deles, aguda e agressiva. – Isso não pode estar certo... Pé Morto disse que deveríamos ser apenas quatro.

Garra de Amora Doce saltou e observou. Seus olhos se estreitaram com fúria quando reconheceu o gato cinza-escuro, patas magras e cabeça pequena e elegante. – Você! – disparou. Parado a algumas raposas de distância estava o aprendiz do Clã do Vento, Pata de Corvo, que havia invadido o território do Clã do Trovão e roubado um rato-silvestre.

– Sim, eu – disse o jovem com o pelo eriçado como se a qualquer momento pudesse saltar e acabar com a discussão.

Pelo de Açafrão elevou as orelhas. – Este é um gato do Clã do Vento, certo? – Ela o olhou de cima a baixo com desdém. – Espécime subdimensionado, não é?

– É um aprendiz – Garra de Amora Doce explicou, enquanto o jovem rosnava, mostrando os dentes. – Chama-se Pata de Corvo.

Ele olhou para Pata de Esquilo, desejando que ela não falasse sobre o incidente com o rato-silvestre. Ele queria que o Clã do Vento fosse levado à justiça pelo roubo de presas, mas de forma adequada, em uma Assembleia, não provocando uma briga aqui. Afinal, o que estava acontecendo já estava muito longe do determinado pelo Código dos Guerreiros. Pata de Esquilo contraiu a ponta da cauda, mas, para alívio de Garra de Amora Doce, não disse nada.

– Você também sonhou? – Cauda de Pluma perguntou; Garra de Amora Doce viu a ansiedade começar a desaparecer de seus olhos azuis, como se ela estivesse ganhando coragem na certeza crescente de que os sonhos eram verdadeiros.

Pata de Corvo deu a ela um breve aceno de cabeça e miou: – Falei com nosso antigo representante, Pé Morto, que me disse para encontrar três outros gatos na lua nova.

– Então é um gato de cada clã – respondeu Cauda de Pluma. – Estamos todos aqui.

– Agora é só esperar a meia-noite – Garra de Amora Doce acrescentou.

– Você sabe do que se trata? – Pata de Corvo deu as costas para Garra de Amora Doce e se dirigiu diretamente para Cauda de Pluma.

– Se fosse *eu* – Pata de Esquilo miou antes que Cauda de Pluma respondesse –, seria um pouco menos rápida em acreditar nesses sonhos. Se houvesse realmente problemas a caminho, você acha que o Clã das Estrelas viria até você primeiro, antes dos líderes do clã ou dos curandeiros?

– Então como você explica isso? – Garra de Amora Doce perguntou, ainda mais na defensiva porque sentira exatamente as mesmas dúvidas que Pata de Esquilo estava expressando. – Por que outro motivo teríamos todos o mesmo sonho?

– Vai ver que vocês andam se empanturrando de presa fresca... – Pata de Esquilo sugeriu.

Pata de Corvo se virou com um silvo raivoso. – Afinal, alguém lhe perguntou alguma coisa?

– Posso falar o que quiser – Pata de Esquilo retrucou. – Não preciso da sua permissão. Você nem é um guerreiro.

– Nem você – disparou o gato cinza-escuro. – O que você está fazendo aqui, afinal? Você não teve o sonho. Ninguém quer você aqui.

Garra de Amora Doce abriu as mandíbulas para defender Pata de Esquilo. Mesmo tendo ficado irritado com ela por segui-lo, não era da conta de Pata de Corvo dizer-lhe o que fazer. Então ele percebeu que Pata de Esquilo não precisava da intervenção dele; com sua língua afiada, ela era perfeitamente capaz de se defender.

– Também não os vejo ansiosos para receber você – ela rosnou.

Pata de Corvo cuspiu, orelhas coladas na cabeça, olhos brilhando em fúria. – Não precisa ficar com raiva – começou Cauda de Pluma.

O pequeno gato preto a ignorou. Balançando a cauda de um lado para o outro, ele saltou sobre Pata de Esquilo. Um instante depois Garra de Amora Doce saltou também, investindo contra ele, girando-o antes que suas garras acertassem a aprendiz.

– Afaste-se – ele sibilou, imobilizando Pata de Corvo, uma pata em seu pescoço. Mal podia acreditar que o aprendiz do Clã do Vento começaria uma briga logo agora, quando esperavam uma mensagem do Clã das Estrelas e estavam, de certa forma, conectados pela profecia anunciada em seus sonhos. Se o Clã das Estrelas realmente os tivesse escolhido para um destino misterioso, certamente não o cumpririam derramando o sangue uns dos outros.

A luz da batalha morreu nos olhos de Pata de Corvo, embora ele ainda parecesse furioso. Garra de Amora Doce deixou que ele se levantasse; ele virou as costas e começou a pentear o pelo bagunçado.

– Obrigado por nada! – Garra de Amora Doce não ficou surpreso ao ver que Pata de Esquilo o olhava com tanta hostilidade quanto Pata de Corvo. – Posso lutar minhas próprias batalhas.

Garra de Amora Doce soltou um silvo de exasperação. – Você não pode começar a lutar aqui. Há coisas mais importantes em que pensar. E se esses sonhos forem verdadeiros, então o Clã das Estrelas quer que os clãs trabalhem juntos.

Ele olhou ao redor da clareira, meio que esperando que um gato do Clã das Estrelas aparecesse para lhes indicar o que fazer, antes que começasse uma briga que ele não conseguiria parar. Mas o Tule de Prata brilharia em uma clareira onde estivessem apenas esses gatos. Ele sentia apenas os aromas noturnos comuns de plantas crescendo e presas distantes, e ouvia apenas o suspiro do vento através dos galhos dos carvalhos.

– Já deve passar da meia-noite agora – Pelo de Açafrão miou. – Acho que o Clã das Estrelas não vem.

Cauda de Pluma virou-se para olhar ao redor da clareira, os olhos azuis mais uma vez arregalados de ansiedade. – Mas eles têm de vir! Por que nós quatro tivemos o mesmo sonho se não era verdade?

– Então por que não está acontecendo nada? – Pelo de Açafrão a desafiou. – Cá estamos, reunidos na lua nova, tal como nos orientou o Clã das Estrelas. Não podemos fazer mais nada.

– Fomos tolos em vir. – Pata de Corvo lançou a todos outro olhar hostil. – Os sonhos não significaram nada. Não há profecia, não há perigo... E, mesmo que houvesse, o Código dos Guerreiros deveria ser suficiente para proteger a floresta. – Ele começou a atravessar a clareira na direção do território do Clã do Vento, dizendo as últimas palavras por cima do ombro. – Vou voltar para o acampamento.

– Boa viagem! – Pata de Esquilo uivou.

Ele a ignorou e, um momento depois, desapareceu nos arbustos.

– Pelo de Açafrão está certa. Nada vai acontecer... – Pelo de Tempestade miou. – Podemos ir também. Vamos, Cauda de Pluma.

– Só um minuto – Garra de Amora Doce miou. – Talvez tenhamos entendido errado... talvez o Clã das Estrelas estivesse bravo por causa da briga. Não podemos simplesmente fingir que nada aconteceu, que nenhum de nós teve esse sonho. Devemos decidir o que fazer a seguir.

– O que podemos fazer? – perguntou Pelo de Açafrão, que balançou a cauda na direção de Pata de Esquilo. – Talvez ela esteja certa. Por que o Clã das Estrelas nos escolheria e não a nossos líderes?

– Não sei, mas acho que eles nos *escolheram* – Cauda de Pluma miou gentilmente. – Mas de alguma forma não entendemos direito. Talvez nos enviem outro sonho para explicar.

– Talvez – o irmão não parecia convencido.

– Vamos todos tentar vir para a próxima Assembleia – Garra de Amora Doce sugeriu. – Pode haver outro sinal até lá.

– Pata de Corvo não saberá nos encontrar lá – murmurou Cauda de Pluma, olhando para o local no mato onde o aprendiz do Clã do Vento havia desaparecido.

– Sem problemas – comentou Pelo de Tempestade, mas, com a ansiedade estampada na irmã, ele acrescentou: – Podemos ficar de olho nele quando vier beber no rio. Se o virmos, passaremos a mensagem adiante.

– Tudo bem, está decidido – miou Pelo de Açafrão. – Nós nos encontramos na Assembleia.

– E o que diremos aos nossos clãs? – Pelo de Tempestade perguntou. – É contra o Código dos Guerreiros esconder coisas deles.

– O Clã das Estrelas não mencionou em nenhum momento que tínhamos de manter o sonho em segredo – interveio Pelo de Açafrão.

– Eu sei, mas... – Cauda de Pluma hesitou e depois continuou: – Só acho que é errado falar a respeito.

Garra de Amora Doce sabia que Pelo de Tempestade e Pelo de Açafrão estavam certos; ele já se sentia culpado por não ter dito nada sobre seu sonho a Estrela de Fogo e Manto de Cinza. Ao mesmo tempo, compartilhava o instinto de Cauda de Pluma de ficar em silêncio.

– Não tenho certeza – miou. – Suponham que nossos líderes nos proíbam de nos encontrarmos novamente. Poderíamos acabar tendo de escolher entre obedecer a eles ou obedecer ao Clã das Estrelas. – Percebendo os olhares inquietos dos outros, ele prosseguiu com seriedade – Não sabemos *o suficiente* para contar a eles. Melhor esperarmos a próxima Assembleia, pelo menos. Podemos receber até lá outros sinais que expliquem o que está acontecendo.

Cauda de Pluma concordou imediatamente, bastante aliviada, e depois de uma pausa Pelo de Tempestade deu um pequeno e relutante aceno de cabeça.

– Mas só até a próxima Assembleia... – Pelo de Açafrão miou. – Se não descobrirmos mais nada até lá, terei de contar a Estrela Preta. – Ela se espreguiçou, costas arqueadas, patas dianteiras estendidas. – Certo, estou indo.

Garra de Amora Doce tocou-lhe o nariz em despedida, sentindo seu cheiro familiar. – Deve significar alguma coisa nós dois termos sido escolhidos – irmão e irmã – ele murmurou.

– Talvez. – Os olhos verdes de Pelo de Açafrão não estavam convencidos. – Os outros gatos não são parentes, no entanto. – Passou a língua na orelha de Garra de Amora Doce em um raro gesto de afeto. – Se o Clã das Estrelas quiser, vejo vocês na Assembleia.

Garra de Amora Doce observou-a atravessar a clareira, antes de se virar para Pata de Esquilo.

– Vamos – ele miou. – Tenho coisas que quero dizer a você.

Pata de Esquilo encolheu os ombros e afastou-se dele, rumo ao território do Clã do Trovão.

Desejando boa noite a Cauda de Pluma e Pelo de Tempestade, Garra de Amora Doce a seguiu na subida da encosta. Quando ele saiu do vale, uma brisa quente e pegajosa soprava em seu rosto, arrepiando seu pelo e revirando as folhas das árvores. Nuvens começaram a se acumular acima de sua cabeça, bloqueando a luz do Tule de Prata. A floresta estava silenciosa, e o ar parecia mais pesado do que nunca. Garra de Amora Doce adivinhou que a tempestade finalmente estava a caminho.

Quando ele começou a trotar em direção ao riacho, Pata de Esquilo parou para esperar por ele. O pelo relaxado nas costas, os olhos verdes brilhando.

– Foi *emocionante*! – exclamou ela. – Garra de Amora Doce, você tem de me deixar ir com você na próxima Assembleia, por favor! Nunca pensei que faria parte de uma profecia do Clã das Estrelas.

– Você não faz parte disso – Garra de Amora Doce miou severamente. – O Clã das Estrelas não mandou o sonho *para você*.

– Mas eu sei a respeito, não é? Se o Clã das Estrelas não me quisesse envolvida, teria me afastado de Quatro Árvores de alguma forma. – Pata de Esquilo o encarou, obrigando-o a parar, e o fitou com olhos suplicantes. – Posso ajudar. Eu faria tudo o que você me dissesse.

Garra de Amora Doce não conseguiu conter uma gargalhada. – E ouriços podem voar.

– Não, eu vou, prometo. – Os olhos verdes se estreitaram. – E eu não contaria a ninguém. Você pode confiar em mim, pelo menos quanto a isso.

Por alguns tique-taques de coração, Garra de Amora Doce devolveu o olhar. Sabia que estaria em apuros se ela contasse a Estrela de Fogo o acontecido. O silêncio dela deve valer alguma coisa.

– OK – concordou, finalmente. – Avisarei se mais alguma coisa acontecer, mas *apenas* se você ficar de boca fechada.

Pata de Esquilo empinou a cauda, olhos brilhantes de alegria. – Obrigada, Garra de Amora Doce!

Garra de Amora Doce suspirou. De alguma forma, sentiu que estaria em apuros ainda maiores por causa do acordo que acabara de fazer. Ele seguiu a aprendiz pelas sombras densas sob as árvores, sentindo um arrepio de medo ao pensar no que poderia estar observando-os, invisível. Mas a floresta ao seu redor não era mais escura nem mais ameaçadora do que a profecia pela metade. Se o problema que estava chegando à floresta fosse tão sério quanto Estrela Azul havia dito, Garra de Amora Doce corria grande risco de cometer um erro fatal simplesmente porque não sabia o suficiente.

CAPÍTULO 6

Durante toda a noite, o sono de Pata de Folha foi perturbado por sonhos estranhos e vívidos. A princípio ela pensou estar seguindo uma trilha de cheiro em direção a Quatro Árvores, correndo pela floresta pelo caminho invisível. Então o sonho mudou, e ela sentiu o pelo do pescoço e dos ombros se arrepiar, como se estivesse enfrentando um inimigo, em uma batalha que ocorria a apenas um tique-taque de coração. A ameaça de perigo se desvaneceu, mas agora ela sentia cada vez mais frio, até que acordou sobressaltada sobre a moita de samambaias pesada de chuva, as gotas tamborilando suavemente na floresta ao seu redor.

Erguendo-se desajeitadamente, ela disparou pela pequena clareira cercada de samambaias e se abrigou na toca de Manto de Cinza. A curandeira dormia profundamente em seu ninho coberto de musgo ao lado da parede dos fundos e não se mexeu quando a gata entrou, sacudindo a água do pelo.

A jovem aprendiz piscou e bocejou enquanto olhava para a clareira. Acima de sua cabeça, ela distinguia apenas os contornos negros das árvores contra um céu que ficava cinza com as primeiras luzes do amanhecer. Parte dela se regozijava porque o longo período de seca estava chegando ao fim com esse aguaceiro de que a floresta tanto precisava. O restante estava preocupado com o significado de seus sonhos. Estaria o Clã das Estrelas lhe enviando algum sinal? Ou ela de alguma forma captou pensamentos de Pata de Esquilo? Essa não seria a primeira vez que ela pressentia o que a irmã estava fazendo.

Pata de Folha soltou um longo suspiro. Por menos que gostasse da ideia, estava quase convencida de que Pata de Esquilo devia ter escapado do acampamento para caçar à noite, enviando-lhe as imagens da corrida pela floresta. Não havia como ela ter estado em uma patrulha oficial. Em que tipo de problema a irmã estaria se Estrela de Fogo descobrisse?

Pata de Folha se agachou e percebeu que a chuva estava diminuindo, e as nuvens se tornavam amarelo-pálido e rareavam. Com um último olhar para Manto de Cinza adormecida, ela saiu de novo, ignorando a água que encharcou seu pelo enquanto avançava pelo túnel de samambaias até a clareira principal. Se pudesse encontrar Pata de Esquilo rapidamente, talvez pudesse ajudá-la a esconder o que estava fazendo.

Mas quando ela alcançou a clareira não havia sinal da irmã. Os outros três aprendizes tinham saído da toca e estavam lambendo ansiosamente uma poça rasa que se formara na terra queimada pelo sol. Os três filhotes de Nuvem de Avenca saíram do berçário, com os olhos arregalados enquanto examinavam essa estranha água nova caída do céu. Nuvem de Avenca os olhou com orgulho enquanto, gritando de empolgação, davam tapinhas nas gotas brilhantes e as atiravam para longe.

Pata de Folha os observou por um momento e se virou quando viu movimento na entrada do túnel de tojos. *Uma patrulha de caça adiantada*, ela se perguntou, *pega pela chuva? Ou poderia ser Pata de Esquilo, retornando após sua saída não permitida?*

Depois percebeu que o recém-chegado não tinha cheiro do Clã do Trovão. Ela respirou fundo para uivar um aviso ao clã antes de reconhecer a pelagem preta e lustrosa: era Pata Negra, que já havia sido aprendiz do Clã do Trovão, mas agora vivia como isolado em um celeiro de Duas-Pernas nos limites do território do Clã do Vento. Pata de Folha o conhecera em sua jornada para Pedras Altas com Manto de Cinza. Vivendo tão perto dos Duas-Pernas, Pata Negra caçava principalmente à noite e sentia-se perfeitamente à vontade para viajar pela floresta na escuridão total. Ele poderia ser o gato certo para contar a Pata de Folha se houvesse um aprendiz do Clã do Trovão caçando na floresta antes do amanhecer.

O visitante atravessou a clareira lentamente, contornando as poças mais profundas e erguendo as patas com cuidado para sacudir a água. – Olá, você é Pata de Folha, não é? – Pata Negra miou, elevando as orelhas na direção da gata. – Isso foi uma tempestade! Eu teria ficado ensopado se não tivesse conseguido me abrigar em uma árvore oca. Entretanto, a floresta precisa da chuva.

Pata de Folha retribuiu a saudação, educada. Tentava encontrar as palavras certas para perguntar se ele tinha visto Pata de Esquilo a caminho do acampamento, quando um uivo alegre a interrompeu. – Ei, Pata Negra!

Pata Branca e Pata de Musaranho correram pela clareira na direção deles. Os filhotes de Nuvem de Avenca abandonaram a brincadeira na chuva e correram atrás.

O maior dos três filhotes derrapou até parar na frente de Pata Negra e fungou com vontade. – Gato novo – ela rosnou. – Cheiro novo.

O isolado baixou a cabeça numa saudação, a ponta da cauda sacudindo para a frente e para trás, brincando.

– Azevinhozinho, este é Pata Negra – Pata de Musaranho disse. – Ele mora em uma fazenda de um Duas-Pernas e se delicia com mais ratos do que vocês três já viram na vida.

Os olhos cor de âmbar de Azevinhozinho se arregalaram. – *Todo* dia?

– Isso mesmo – Pata Branca disse com ar solene: – Todo dia.

– Eu quero ir lá – miou o gatinho cinza. – Podemos ir? Agora?

– Quando você crescer um pouco mais, Betulinha – Nuvem de Avenca prometeu, subindo para se juntar a eles. – Bem-vindo, Pata Negra. É bom... Azevinhozinho! Laricinho! Parem com isso agora mesmo!

Os dois filhotes malhados marrons haviam saltado sobre a cauda de Pata Negra, batendo nela com as patas estendidas. Pata Negra estremeceu. – Não façam isso, crianças! – repreendeu os filhotes delicadamente. – É minha cauda, não um rato.

– Pata Negra, me desculpe – miou Nuvem de Avenca. – Eles ainda não aprenderam a se comportar direito.

– Não se preocupe, Nuvem de Avenca – respondeu Pata Negra, que achou melhor puxar a cauda para perto do corpo, fora de perigo. – Criança é criança.

– E esses filhotes em particular já estão fora há muito tempo. – Nuvem de Avenca reuniu os três usando a cauda e os levou de volta ao berçário. – Agora se despeçam de Pata Negra.

Os três miaram uma despedida e saíram correndo.

– Podemos fazer alguma coisa por você, Pata Negra? – Pata Branca perguntou educadamente. – Gostaria de um pouco de presa fresca?

– Não, comi antes de sair de casa, obrigado – respondeu o gato preto. – Vim ver Estrela de Fogo. Ele está por aqui?

– Acho que está na toca – disse Pata de Musaranho. – Quer que eu o leve até lá?

– Não precisa – miou Pata de Folha, cada vez mais ansiosa para perguntar ao isolado se ele tinha visto Pata de Esquilo em sua jornada pela floresta. Só então Garra de Espinho, mentor de Pata de Musaranho, saiu da toca dos guerreiros. Pata de Folha contraiu as orelhas na direção dele. – Ahn... o seu mentor está procurando por você? – ela perguntou a Pata de Musaranho.

Enquanto ela falava, Garra de Espinho chamou Pata de Musaranho, e o aprendiz saiu correndo com um breve adeus.

Pata Branca também se despediu e foi se juntar a Pelo de Musgo-Renda na pilha de presas frescas.

De repente, os galhos espinhosos que formavam o túnel de tojos tremeram, e Pata de Folha respirou aliviada ao ver Pata de Esquilo surgir, arrastando um coelho pela lama. Pata de Folha deu alguns passos em sua direção antes de se lembrar do visitante do clã e se virar desajeitadamente para ele.

– Essa é sua irmã, não é? – Pata Negra miou. – Vá falar com ela, se quiser. Posso ir sozinho até a toca de Estrela de Fogo.

Liberada, Pata de Folha saltou em direção à irmã, que se dirigia para o túnel de samambaias. Ao avistá-la, Pata de Esquilo parou para esperar, deixando cair no chão o coelho coberto de lama por ter sido arrastado pela clareira; a chuva havia achatado o pelo de Pata de Esquilo contra seus flancos, mas ela tinha os olhos brilhantes de triunfo. – Nada mal, não é? – ela perguntou, apontando para a presa. – É para você e Manto de Cinza.

– Onde você *esteve*? – Pata de Folha sibilou. – Estou muito preocupada com você.

– Por quê? – Os olhos verdes de Pata de Esquilo pareciam magoados. – Aonde você pensou que eu tinha ido? Eu... eu só saí para caçar quando a chuva começou a diminuir. E você podia pelo menos dizer obrigado!

Pegando o coelho, ela mergulhou nas samambaias que levavam à clareira dos curandeiros sem esperar resposta. Pata de Folha seguiu mais devagar, sem saber se ficava aliviada ou furiosa. Tinha a incômoda sensação de que Pata de Esquilo estava mentindo para ela, pela primeira vez. Se ela realmente captou os pensamentos da irmã em seu sonho, então Pata de Esquilo fez muito mais do que apenas escapar do acampamento para uma rápida perseguição a um coelho.

Quando saiu da clareira, viu que Pata de Esquilo já havia largado o coelho na boca da toca de Manto de Cinza. A irmã deu uma fungada com admiração e miou: – Você podia ao menos dizer que fiz bem em pegá-lo. – Ela ainda parecia indignada, mas não encontrou o olhar de Pata de Folha quando falou.

– Fez bem – admitiu Pata de Folha. – É enorme! Especialmente porque você teve uma noite tão conturbada – ela acrescentou mais bruscamente.

Pata de Esquilo congelou; apenas seus olhos verdes se moveram, pousando no rosto da irmã. – Quem disse que eu tive?

– Eu sei que você teve. Ficou acordada quase a noite toda. Qual foi o problema? Foi mais do que uma caçada curta, eu sei.

Pata de Esquilo olhou para o chão e murmurou: – Ah, comi um sapo tarde da noite. Não deve ter caído bem, só isso.

Pata de Folha desembainhou suas garras e as cravou na terra amolecida pela chuva. Por dentro, lutava para manter a calma. Sabia que a irmã estava mentindo, e parte dela queria começar a chorar como um gatinho: *Você é minha irmã! Deveria confiar em mim!*

– Ah, um sapo – ela miou. – Você devia ter-me pedido umas ervas para mascar.

– Sim, bem... – Pata de Esquilo arranhava a terra com a pata branca. Pata de Folha viu que ela estava desconfortável por causa das orelhas achatadas e o ar culpado, mas nem um pouco sentida. Por que estava mentindo?

– Estou bem agora – insistiu Pata de Esquilo. – Não era nada para fazer alarde.

Ela olhou ao redor com alívio quando Manto de Cinza apareceu na boca da toca. Seu pelo cinza esfumaçado estava despenteado, e ela trazia entre os dentes um pacote embrulhado em folhas. – Presa fresca, pelo que vejo – miou, largando o pacote. – Pata de Esquilo, que coelho esplêndido! Obrigada.

Pata de Esquilo deu uma lambida rápida em seu ombro, olhos brilhando com o elogio da curandeira. Mas continuou evitando o olhar da irmã.

Manto de Cinza pegou o pacote novamente e caminhou de forma irregular pela clareira para colocá-lo na frente de Pata de Folha. Muitas estações atrás, quando ela era aprendiz de Estrela de Fogo, machucou a pata traseira em um acidente no Caminho do Trovão. Não conseguiu terminar seu treinamento de guerreira, mas, enquanto se recuperava sob os cuidados de Presa Amarela, a curandeira do Clã do Trovão, ela encontrou um novo caminho a seguir para estar a serviço de seu clã.

– Pata de Folha, leve isso para Cauda Mosqueada, por favor – Manto de Cinza miou. – É semente de papoula para ajudá-la a dormir, porque seus dentes estão doendo muito. Lembre-se de dizer a ela para pegar leve.

– Sim, Manto de Cinza. – A jovem pegou o pacote e saiu correndo da clareira, lançando um último olhar para a irmã. Não havia mais chance de fazer mais perguntas a Pata de Esquilo, e a irmã ainda se recusava a olhar para ela. Pata de Folha sentiu cada um de seus pelos se arrepiar como um pressentimento, enquanto se perguntava o que poderia ter acontecido para esse abismo ter se formado entre elas.

– Água! Socorro! Água pra todo lado! Tenho de nadar! – Garra de Amora Doce uivou e depois se engasgou quando uma onda violenta e salgada encheu sua boca, puxando seu pelo e arrastando seu corpo para baixo. Suas patas não paravam, frenéticas, enquanto lutava para manter a cabeça acima da superfície da água. Esticou o pescoço, tentando encontrar a linha de juncos que esperava que marcasse a margem oposta, mas só via ondas verde-azuladas, infinitas e agitadas. No horizonte, vislumbrou o sol afundando nas ondas em uma poça de chamas, os últimos raios traçando um caminho de sangue que se estendia em sua direção. Sua cabeça então afundou, e a água fria e salgada voltou a inundar sua boca.

– *Estou me afogando!* – gemeu baixinho enquanto lutava pela vida. – *Clã das Estrelas, me ajude!*

Com a cabeça, ultrapassou a superfície da água e uma forte corrente o girou com as patas traseiras balançando, impotentes. Sufocado e ofegante, deu de cara com uma parede de rocha lisa cor de areia. Teria sido arrastado para o desfiladeiro? Não, esses penhascos eram ainda mais altos. Em sua base, as ondas sugavam para um buraco escuro, contornado por rochas irregulares que o faziam parecer uma boca escancarada cheia de dentes. O terror de Garra de Amora Doce aumentou quando percebeu que o redemoinho o estava levando direto para as mandíbulas de pedra.

– Não! Não! – ele uivou. – Socorro!

Ele chutou, debatendo-se em pânico, mas estava perdendo as forças e o pelo encharcado o puxava para baixo. As ondas o impeliam para a frente, fazendo-o bater o corpo contra as rochas; agora a boca negra pairava sobre ele, cuspindo espuma salgada, como se fosse engoli-lo vivo...

Então ele conseguiu abrir os olhos e viu folhas acima dele, não penhascos íngremes; estava apoiado na areia coberta de musgo e não coberto por águas sem fim. Garra de Amora Doce estremeceu de alívio ao perceber que estava deitado em seu ninho na toca dos guerreiros. O trovão das ondas tornou-se o sopro do vento nos galhos acima de sua cabeça; a água escorria pelo espesso dossel de folhas e formava um filete de gelo em seu pescoço, e ele sabia que a chuva devia ter chegado finalmente. Tinha a boca seca, a garganta dolorida como se tivesse engolido um rio de água salgada.

Garra de Amora Doce sentou-se inquieto. Pelagem de Poeira levantou a cabeça e murmurou: – O que há de errado com você? Não pode ficar quieto e deixar o restante de nós dormir?

– Desculpe – Garra de Amora Doce miou. Ele começou a tirar o musgo do pelo, com o coração ainda acelerado como se fosse sair do peito. Estava fraco e exausto como se realmente tivesse lutado para se salvar naquela estranha água salgada.

Gradualmente, a claridade na toca avisou que o sol havia nascido. Ele se ergueu sobre as patas e enfiou a cabeça entre os galhos, piscando enquanto procurava uma poça onde pudesse saciar a sede.

Uma brisa fresca afastava as nuvens. Na frente de Garra de Amora Doce, a clareira estava cheia da luz amarelo-pálida do sol nascente, refletida em poças no chão, com gotas de água penduradas em cada galho e folhagem de samambaia. A floresta inteira parecia estar bebendo da água vital, as árvores levantando suas folhas empoeiradas para receber cada gota brilhante.

– Obrigado, Clã das Estrelas! – Pelo de Rato miou enquanto abria caminho para fora da toca ao lado de Garra de Amora Doce. – Quase me esqueci do cheiro da chuva.

Garra de Amora Doce cambaleou pela clareira até uma poça perto da base da Pedra Grande, onde abaixou a cabeça e tentou limpar a língua na água, tentando se livrar do gosto de sal da boca. Nunca imaginou que a água pudesse ter aquele gosto; como os outros gatos, ele às vezes lambia o sal da superfície das rochas ou o provava no sangue da presa, mas a lembrança de beber aquela água carregada de sal fazia todos os seus pelos se arrepiarem.

Uma rajada final de chuva agitou as poças de água e enxaguou a sensação pegajosa de sal do seu pelo. Erguendo a cabeça para aproveitar o banho frio e cortante, ele viu Estrela de Fogo sair da toca sob a Pedra Grande e virar-se para falar com o gato que o seguiu. Garra de Amora Doce ficou surpreso ao ver que era Pata Negra.

– Os Duas-Pernas estão sempre fazendo coisas estranhas – ouviram Estrela de Fogo dizer quando chegaram perto o bastante. – Estou grato por você ter vindo até aqui para nos contar, mas realmente não acho que tenha algo a ver conosco.

Pata Negra parecia inquieto. – Sei que os Duas-Pernas costumam agir sem razão, mas nunca vi nada parecido. Há muito mais deles no Caminho do Trovão do que antes, caminhando ao longo da margem com pelagens brilhantes e de cores vivas. E eles têm novos tipos de monstros... enormes!

– Sim, Pata Negra, como você disse – Estrela de Fogo parecia levemente impaciente com o velho amigo. – Mas não vimos nenhum deles em nosso território. Eu lhe digo que... – Ele fez uma pausa para pressionar o nariz afetuosamente contra o lado do corpo de Pata Negra. – Vou dizer às patrulhas para manterem os olhos bem abertos para qualquer coisa incomum.

Pata Negra contraiu o pelo dos ombros. – Acho que é tudo o que você pode fazer.

– E você pode passar no Clã do Vento no caminho de casa – Estrela de Fogo sugeriu. – Eles estão mais perto do que nós daquela parte do Caminho do Trovão, então Estrela Alta deve saber se há algo estranho acontecendo.

– Certo, vou fazer isso.

– Espere um pouco, tive uma ideia melhor – miou Estrela de Fogo. – Por que não vou com você até parte do caminho? Eu poderia fazer uma patrulha até Quatro Árvores ao mesmo tempo. Fique aí e eu vou buscar Listra Cinzenta e Tempestade de Areia. – Ele saltou para a toca dos guerreiros sem esperar a resposta de Pata Negra.

Quando o líder do clã se foi, Pata Negra avistou Garra de Amora Doce e deu-lhe um aceno amigável. – Oi, como vai? – miou. – Como está a caçada?

– Ótimo. Tudo bem. – Garra de Amora Doce estava ciente de que sua voz ainda soava trêmula, e não ficou surpreso quando sentiu Pata Negra observá-lo.

– Parece que você foi perseguido a noite toda por uma horda de texugos – miou o isolado. – Algum problema?

– Nada realmente... – Garra de Amora Doce arrastou as patas no chão. – Tive um pesadelo, só isso.

Os olhos de Pata Negra mostravam compreensão. – Você quer falar a respeito?

– Foi um absurdo mesmo – Garra de Amora Doce murmurou. Seus ouvidos se encheram novamente com o som das ondas de água salgada quebrando e rugindo contra os penhascos, e de repente ele se viu contando tudo para Pata Negra: a vasta extensão de água, o gosto salgado que enchia sua boca, as mandíbulas negras escancaradas, o penhasco que ameaçava engoli-lo e, o mais alarmante, o sol mergulhando em uma poça de fogo vermelho-sangue. – Aquele lugar não pode ser real – finalizou. – Não sei por que me afetou assim. Como se eu não tivesse mais nada para pensar – acrescentou sombriamente.

Para sua surpresa, Pata Negra não concordou de pronto com o fato de ele ter tido um sonho sem sentido sobre um lugar que existia apenas em sua imaginação perturbada. Em vez disso, o gato preto ficou em silêncio por um longo tempo, olhos nublados com pensamentos.

– Água salgada, penhascos – ele murmurou. Então, miou: – O lugar é real. Já tinha ouvido falar, mas nunca tinha visto.

– Real? O-o que você quer dizer? – Garra de Amora Doce olhou para ele, pelo arrepiado.

– Vilões vêm à fazenda dos Duas-Pernas às vezes, quando viajam muito e precisam de abrigo para passar a noite ou de alguns poucos camundongos sobrando – explicou Pata Negra. – Gatos que vivem na direção de onde o sol se põe. Eles contaram a Cevada e a mim sobre um lugar onde há mais água do que você imagina, como um rio que tem apenas uma margem e é muito salgado para beber. Todas as noites ele engole o sol em um clarão de fogo, sangrando nas ondas sem fazer barulho.

Garra de Amora Doce estremeceu; as palavras do isolado trouxeram seu sonho de volta muito vividamente, para seu desconforto. – Sim, eu vi o lugar onde o sol mergulha. E a caverna escura com dentes?

– Não posso falar sobre isso – admitiu Pata Negra. – Mas esse sonho deve ter sido enviado a você por algum motivo. Seja paciente, e talvez o Clã das Estrelas lhe mostre mais alguma coisa.

– O Clã das Estrelas? – Garra de Amora Doce sentiu a barriga revirar.

– Como você pode sonhar com um lugar que nunca viu, a menos que o Clã das Estrelas o desejasse? – Pata Negra retrucou.

Garra de Amora Doce teve de admitir a lógica do que o isolado disse. – Digamos que foi o Clã das Estrelas que me mandou esse sonho do lugar de onde o sol mergulha – começou. – Você acha que podem estar me dizendo para *ir* até lá?

Os olhos de Pata Negra se arregalaram de surpresa. – Ir até lá? Por quê?

– Bem, eu tive outro sonho primeiro – Garra de Amora Doce explicou, incomodado. – Pensei ter encontrado Estrela Azul na floresta. Ela me contou sobre uma nova profecia, que um grande problema está chegando à floresta. Disse que eu tinha sido escolhido. – Ele não mencionou os gatos dos outros clãs. Embora Pata Negra não seguisse o Código dos Guerreiros, ele não aprovaria o encontro com os outros em segredo, como Garra de Amora Doce havia feito. – Por que eu? – finalizou, confuso. – Por que não Estrela de Fogo? Ele saberia o que fazer.

O isolado olhou para ele solenemente por um longo momento. – Houve uma vez uma profecia sobre Estrela de Fogo também – miou finalmente. – O Clã das Estrelas prometeu que o fogo salvaria o clã, embora sem dizer exatamente como. Estrela de Fogo nunca entendeu, nunca soube que a profecia era sobre ele, até que Estrela Azul lhe contou pouco antes de morrer.

Garra de Amora Doce encontrou seu olhar, mas não conseguiu achar palavras. Ele tinha ouvido falar sobre a profecia do fogo – todos os gatos a conheciam, como parte das histórias contadas sobre seu líder – mas nunca lhe havia ocorrido que Estrela de Fogo poderia ter se sentido tão confuso quanto ele estava agora.

– Quando Estrela de Fogo era um jovem guerreiro como você... – Pata Negra continuou como se pudesse ler os pensamentos de Garra de Amora Doce – ele sempre se perguntava se estava tomando as decisões certas. Sim, ele é um herói agora, salvou a floresta, mas, no começo, a tarefa dele parecia tão impossível quanto a sua, seja ela qual for. Sua profecia foi cumprida. Talvez seja a sua vez agora. Lembre-se de que o Clã das Estrelas não gosta de deixar as coisas óbvias. Ele nos envia profecias, mas nunca diz exatamente o que devemos fazer. Espera que mostremos coragem e lealdade para conseguir fazer o que tem de ser feito, assim como Estrela de Fogo fez.

Garra de Amora Doce ficou intrigado com a reverência com que Pata Negra, um isolado que optou por não viver em um clã, falava do Clã das Estrelas. Foi desconcertante ouvi-lo murmurar: – Só porque eu moro fora da floresta não significa que rejeite o Código dos Guerreiros. É um caminho nobre para os gatos percorrerem, e eu o defenderia com a mesma boa vontade que qualquer guerreiro.

Ele deu a Garra de Amora Doce um aceno amigável enquanto Estrela de Fogo retornava com Listra Cinzenta e Tempestade de Areia. Garra de Amora Doce murmurou adeus e observou os quatro gatos passarem pela clareira e desaparecerem no túnel de tojos.

Se ambos os sonhos fossem verdadeiros, então uma enorme tarefa estaria à sua frente. Não tinha ideia de como poderia encontrar a água salgada, exceto que precisaria seguir o sol poente. E não sabia a que distância estava: mais longe do que qualquer gato da floresta já havia ido, com certeza.

As palavras de Pata Negra ecoaram em seus ouvidos. *Talvez seja a sua vez agora.* Os outros três gatos também sonharam com o lugar onde o sol mergulha? *E se ele estiver certo?* Garra de Amora Doce se perguntou. *O que devo fazer agora?*

CAPÍTULO 7

Garra de Amora Doce saiu cautelosamente da vegetação rasteira na beira das árvores acima da margem do rio, sentindo o cheiro de gatos no ar. Os vestígios do Clã do Trovão eram todos antigos, embora aromas mais frescos do Clã do Rio flutuassem do outro lado do rio. Esperando que nenhum gato de nenhum dos clãs o visse, deslizou rapidamente pela margem até a beira da água.

A água marrom passou por suas patas. Havia chovido durante o dia, embora agora houvesse menos nuvens, deixando passar um sol pálido, de modo que a floresta emanava vapor. O rio estava cheio, quase escondendo as pedras, e Garra de Amora Doce teve de se preparar antes de ousar pular na primeira delas.

Ia visitar Cauda de Pluma e Pelo de Tempestade. Durante todo o dia pensara no segundo sonho, cada vez mais convencido de que tinham de viajar para o lugar onde o sol mergulha antes de saberem o que o Clã das Estrelas tinha a lhes dizer. O sonho tinha sido real demais para ser ignorado.

Ainda sentia o gosto de sal na boca e se encolheu quando as gotas das pedras espirraram em seu nariz, como se fosse sentir o mesmo sabor forte. E tinham de partir imediatamente; seu pelo se arrepiou com uma estranha sensação de urgência, avisando-o de que não havia tempo para esperar até a próxima Assembleia. Se os outros gatos escolhidos também tivessem tido o sonho, não seria difícil convencê-los.

Ele ainda não havia contado a Pata de Esquilo sobre o segundo sonho. Embora se sentisse culpado por não estar cumprindo sua promessa, estava ciente de que se ela soubesse sobre a viagem que ele estava planejando iria querer ir junto. E o que Estrela de Fogo pensaria se Garra de Amora Doce arrastasse a filha para o desconhecido?

A água fria envolveu suas patas quando Garra de Amora Doce pisou na primeira pedra e se agachou, pronto para pular para a próxima. Antes de partir, ele examinou a outra margem novamente. Embora agora houvesse amizade entre o Clã do Trovão e o Clã do Rio, ele não tinha certeza de que seria bem-vindo se invadisse seu território sem ser convidado. Preferiria encontrar Cauda de Pluma e Pelo de Tempestade antes que qualquer outro gato soubesse que ele estava lá.

Conseguiu alcançar a próxima pedra, e a seguinte, tremendo quando a água fria espirrou em seu pelo. A próxima pedra havia desaparecido completamente; apenas uma ondulação de água fluía sobre ela para indicar onde estava. Mantendo o olhar fixo no local, ele saltou, mas, ao aterrissar, suas patas escorregaram da borda e ele se estatelou no rio, soltando um uivo de alarme quando sua cabeça afundou.

Ficou apavorado ao se ver mergulhando em ondas verde-
-azuladas sem fundo, como as do sonho. Conseguiu chegar à
superfície e viu juncos, não penhascos cor de areia, e água
marrom-acinzentada correndo em ondulações, não ondas.

A corrente o levou para a margem oposta, e Garra de
Amora Doce conseguiu reagir, batendo fortemente as patas
no fluxo de água. Para seu alívio, as patas sentiram pedras;
um tique-taque de coração depois, ele conseguiu se levantar e se movimentar nas águas rasas. Ofegante, arrastou-se
até a margem e se sacudiu vigorosamente.

De repente, o cheiro fresco do Clã do Rio invadiu suas
narinas; ele mergulhou em uma moita de samambaias e
espiou por entre as folhas. Um momento depois agradeceu
ao Clã das Estrelas quando Cauda de Pluma e Pelo de Tempestade – os dois gatos que queria ver – apareceram mais
adiante na margem do rio.

Garra de Amora Doce saltou da moita e ficou tremendo
na frente deles. – Olá – miou.

– Grande Clã das Estrelas! – Pelo de Tempestade o olhou
do bigode à cauda. – Você foi nadar?

– Caí das pedras. Cauda de Pluma, posso falar com você?

– Claro. Você está bem mesmo?

– Sim, estou. Cauda de Pluma, você teve outro sonho?

A gata cinza parecia confusa. – Não. Por quê? Você teve?

– Tive. – Sentando-se na grama para conversarem melhor. Garra de Amora Doce contou-lhes rapidamente sobre o
lugar onde o sol mergulha e a caverna com dentes, sentindo
o pelo arrepiar-se de medo novamente. – Falei com Pata

Negra esta manhã; vocês conhecem o isolado que mora perto de Pedras Altas? Ele diz que o lugar onde o sol mergulha é real. E me falou que as profecias do Clã das Estrelas são sempre vagas. Precisamos da fé e da coragem dos guerreiros para compreendê-las e confiar que o que o Clã das Estrelas quer que façamos é o certo.

– Que é fazer o quê? – questionou Pelo de Tempestade.

– Eu... eu acho que deveríamos ir ao lugar onde o sol mergulha – Garra de Amora Doce respondeu, a barriga revirando de tensão. – É *onde* o Clã das Estrelas nos dirá o que precisamos saber.

Cauda de Pluma ouviu em silêncio, o olhar azul fixo em seu rosto. Quando ele se calou, ela assentiu lentamente. – Acho que você está certo.

– O quê? – Pelo de Tempestade saltou sobre as patas. – Você está louca? Você nem sabe onde fica esse lugar.

Cauda de Pluma o tocou de leve com a cauda. – Não sei, mas o Clã das Estrelas vai nos guiar.

Garra de Amora Doce esperou, tenso. Se Pelo de Tempestade não concordasse, ele acabaria contando a Estrela de Leopardo o que estava acontecendo e o clã poderia impedir Cauda de Pluma de partir com ele.

O guerreiro cinza caminhou ao longo da margem e voltou, a cauda erguida, agitada. – Fé e coragem... certamente necessárias se fôssemos a esse lugar – murmurou. – Ainda não estou convencido de que você esteja certo, veja bem – acrescentou ironicamente a Garra de Amora Doce. – Mas, se não estiver, talvez o Clã das Estrelas mande outro sinal para nos fazer voltar.

Os olhos azuis de Cauda de Pluma brilharam. – Isso significa que você virá conosco?

– Tente me impedir – o irmão miou severamente. Ele se virou para enfrentar Garra de Amora Doce. – Sei que não tive nenhum sonho, mas um guerreiro extra pode ser útil.

– Tem razão – Garra de Amora Doce ficou tão aliviado por ter conseguido o acordo que não tentou discutir. – Obrigado a vocês.

– Então, quando partimos? – Pelo de Tempestade quis saber.

– Pensei na véspera da meia-lua – Garra de Amora Doce sugeriu. – Isso deve nos dar tempo suficiente para conversar com os outros. – Erguendo-se sobre as patas, ele caminhou até a beira da água.

O sol se punha, vermelho, atrás das grades de nuvens escuras. Uma brisa agitou seu pelo que secava, e ele estremeceu de novo, menos pelo frio, mais por pensar no caminho que teriam de percorrer.

– Sei que Pelo de Açafrão virá se eu pedir – miou –, mas e Pata de Corvo? Ele prefere comer cocô de raposa a viajar conosco. Mas se todos os gatos que o Clã das Estrelas escolheu não estiverem juntos, a profecia pode dar errado.

– Pata de Corvo vai entender – Cauda de Pluma tentou tranquilizá-lo, embora Garra de Amora Doce não tivesse a mesma confiança.

– Vamos ajudar você a convencê-lo – ofereceu Pelo de Tempestade. – Ele vem ao rio para beber água todos os dias por volta do pôr do sol. É tarde demais agora, então por que não nos encontramos lá amanhã e conversamos com ele?

– OK – Garra de Amora Doce piscou em gratidão. De alguma forma, a profecia parecia pesar menos quando ele a compartilhava com amigos. – Isso se ele vier, depois dessa chuva toda. O Clã do Vento já deve ter voltado a ter água, lembrem-se.

– Se ele não vier – Cauda de Pluma miou, parecendo determinada –, teremos de pensar em outra coisa.

Choveu mais durante a noite. Os riachos da charneca do Clã do Vento voltariam a correr sem dúvida, deixando Garra de Amora Doce mais ansioso do que nunca para que o aprendiz do Clã do Vento não entrasse em território do Clã do Rio para beber água. Ele ficou inquieto o dia todo; Cauda de Nuvem, em uma patrulha de caça ao lado dele e de Pelagem de Poeira, perguntou se ele tinha formigas no pelo.

Quando a pilha de presas frescas foi reabastecida, Garra de Amora Doce conseguiu escapar do acampamento novamente sozinho. Ele queria evitar sobretudo Pata de Esquilo, que iria perguntar aonde ele estava indo.

O sol baixava quando ele chegou à fronteira do Clã do Rio, de onde se via a ponte dos Duas-Pernas. Logo avistou os dois guerreiros do Clã do Rio, de cabeça baixa, subindo a margem e correndo pela ponte. Pelo de Tempestade acenou com a cauda, e Garra de Amora Doce correu pela fronteira para encontrar os dois perto do final da ponte.

– Melhor se esconder – Pelo de Tempestade miou. – Não sabemos quantos gatos do Clã do Vento virão, e você não deveria estar aqui.

Garra de Amora Doce concordou. Os três gatos se esgueiraram para o abrigo de um espinheiro perto do local onde os gatos do Clã do Vento vinham beber. O rio corria ruidosamente logo abaixo do esconderijo, a água marrom salpicada de espuma ao sair do desfiladeiro.

Não demorou muito até Garra de Amora Doce sentir um forte cheiro do Clã do Vento e um grupo de gatos aparecer na direção de Quatro Árvores. O líder do clã, Estrela Alta, veio primeiro, seguido por Bigode Ralo e um guerreiro ruivo que Garra de Amora Doce não reconheceu. Outros gatos vieram atrás, e o coração de Garra de Amora Doce começou a acelerar num mal-estar quando ele viu Pata de Corvo com seu mentor, Garra de Lama.

Os gatos do Clã do Vento desceram a encosta até a margem e se agacharam à beira da água para beber. Frustrado, Garra de Amora Doce viu que Pata de Corvo ficou no meio do grupo, longe demais para ser chamado sem que os outros ouvissem.

– Terei de ir buscá-lo – Cauda de Pluma murmurou e saiu de debaixo do arbusto e se dirigiu para o rio.

Garra de Amora Doce observou-a cumprimentar os gatos do Clã do Vento, parando para falar brevemente com Flor da Manhã, anciã do Clã do Vento. A conversa foi educada, mas não amistosa; Garra de Amora Doce se perguntou quanto tempo duraria a incômoda aliança dos clãs sobre a água se o Clã do Vento continuasse vindo beber, agora que a seca havia acabado.

Logo Cauda de Pluma foi se agachar ao lado de Pata de Corvo na beira da água. Garra de Amora Doce cravou as garras no chão enquanto a observava se endireitar novamente, sacudir a água do bigode e voltar para o espinheiro. Pata de Corvo não a seguiu; teria o aprendiz do Clã do Vento decidido que não queria mais nada com a missão, ou Cauda de Pluma não conseguira contar a ele sobre o encontro?

– Qual é o problema? – ele sibilou enquanto Cauda de Pluma rastejava de volta para o abrigo dos galhos. – Você falou com ele?

– Está tudo bem. – A gata passou o nariz na lateral do corpo dele. – Ele está vindo. Só não quer que ninguém o veja se distanciar do restante do clã.

Enquanto ela falava, Pata de Corvo se afastou do rio e começou a subir a margem em direção aos arbustos. Seus companheiros de clã ainda estavam bebendo. A algumas raposas de distância, ele olhou ao redor de forma casual e então se embrenhou nos arbustos antes que alguém percebesse.

Enquanto as folhas se acomodavam, ele fitou Garra de Amora Doce com hostilidade nos olhos verdes. – Achei ter sentido o cheiro do Clã do Trovão – rosnou. – O que você quer agora?

Garra de Amora Doce trocou um olhar apreensivo com Cauda de Pluma: não foi um bom começo. – Tive outro sonho – começou, engolindo em seco, nervoso.

– Que tipo de sonho? – A voz de Pata de Corvo era fria. – Eu não tive sonho nenhum. Por que o Clã das Estrelas enviaria um sonho para você e não para mim?

Pelo de Tempestade se arrepiou e Garra de Amora Doce refreou uma resposta afiada. – Não sei – ele admitiu.

Um grunhido foi a única resposta de Pata de Corvo, mas ele ouviu em silêncio a descrição de Garra de Amora Doce. – Pata Negra, o isolado que mora no extremo do seu território, visitou o acampamento ontem e me disse que o lugar onde o sol mergulha é real. Acho que a mensagem do Clã das Estrelas é para irmos lá. Devemos ir logo, e todos nós, caso o resto da profecia se torne realidade e os clãs fiquem mesmo com problemas demais para serem salvos.

Os olhos de Pata de Corvo se arregalaram. – Não acredito que estou ouvindo isso – miou. – Está pedindo que deixemos nossos clãs e partamos para o desconhecido – o Clã das Estrelas sabe até onde! – só porque você teve um sonho que nenhum de nós teve? Quem morreu e fez você se tornar líder?

Garra de Amora Doce teve dificuldade em encará-lo. Pata de Corvo estava apenas ecoando as próprias dúvidas. – Não estou tentando ser líder – gaguejou. – Só estou dizendo o que acho que o Clã das Estrelas quer.

– Estou disposta a ir – acrescentou Cauda de Pluma. – Embora eu não tenha tido outro sonho.

– Então você é mais cérebro de rato do que ele – Pata de Corvo respondeu. – Bem, eu não vou. Em breve serei sagrado guerreiro. Trabalhei duro para isso e não vou deixar o clã tão perto do final do treinamento.

– Mas, Pata de Corvo – Garra de Amora Doce começou a protestar.

– Não! – O aprendiz mostrou os dentes em um rosnado. – Eu não vou. O que meu clã pensaria?

– Talvez eles o elogiem – Pelo de Tempestade miou. Os olhos do guerreiro cinza estavam sérios. – Pense, Pata de Corvo! Se o problema realmente estiver se aproximando, pior do que qualquer coisa já vista, o que os clãs vão pensar dos gatos que os ajudarem? Vão entender quanta fé tivemos de depositar no Clã das Estrelas, que eles estavam nos levando em uma missão genuína, e saberão quanta coragem foi necessária.

– Mas você não foi escolhido! – apontou Pata de Corvo. – Não importa para você de um jeito ou de outro.

– Talvez não, mas vou mesmo assim – Pelo de Tempestade disse. – E a razão pela qual o Clã das Estrelas não nos dá instruções claras é porque eles querem que demonstremos fé e coragem – acrescentou Garra de Amora Doce. – Essas são as qualidades necessárias a um verdadeiro guerreiro.

– Por favor, Pata de Corvo! – Os olhos de Cauda de Pluma brilharam. – A missão pode falhar sem você. Lembre-se de que você *foi* escolhido, o único aprendiz escolhido pelo Clã das Estrelas. Ele deve acreditar que você é capaz.

Pata de Corvo hesitou, olhando para ela. A luz vermelha do pôr do sol tinha se extinguido, deixando-os no crepúsculo, e Garra de Amora Doce ouvia e sentia o cheiro dos gatos do Clã do Vento que passavam pelo mato a caminho do seu território. Pata de Corvo teria de sair com eles antes que sua falta fosse notada; não havia mais tempo para implorar ou argumentar.

– Tudo bem – Pata de Corvo miou por fim. – Eu vou. – Seus olhos se estreitaram quando ele fitou Garra de Amora

Doce. – Só não comece a me dizer o que fazer. Com sonhos ou sem sonhos, não vou aceitar ordens suas!

Garra de Amora Doce abriu caminho ao longo do túnel de pedras sob o Caminho do Trovão, contornando as poças ali formadas desde a chuva. A escuridão pairava por toda parte, junto com o fedor do Clã das Sombras.

Ele veio direto do encontro com Pata de Corvo. Os guerreiros do Clã do Rio se ofereceram para acompanhá-lo, mas Garra de Amora Doce achou muito arriscado. Sozinho, ele seria uma ameaça menor se os guerreiros do Clã das Sombras o encontrassem em seu território. Surgindo do outro lado do Caminho do Trovão, procurou aromas frescos dos guerreiros do Clã das Sombras, mas nada detectou a não ser os odores úmidos do terreno pantanoso. Com a barriga roçando a terra, ele disparou por um espaço aberto e sob o abrigo de alguns arbustos.

Havia poucas árvores altas no território do Clã das Sombras. A maior parte do terreno estava coberta de amoreiras e urtigas, separadas por poças rasas de água. As patas de Garra de Amora Doce afundavam na terra turfosa a cada passo, e ele estremecia à medida que o pelo da barriga encharcava.

– Como o Clã das Sombras aguenta? – murmurou. – Está tão molhado que estou surpreso que os gatos não tenham patas com membranas para nadar!

Ele tinha uma boa ideia de onde poderia encontrar Pelo de Açafrão. Certa vez, ela lhe contara sobre uma enorme castanheira ao lado do riacho que descia para o território do Clã do Trovão. Descreveu esse lugar preferido para apanhar sol e caçar esquilos com brilho nos olhos, fazendo o gato se perguntar se ela estaria secretamente com saudades das árvores do Clã do Trovão. Com alguma sorte, ela pode estar lá agora.

Garra de Amora Doce localizou o riacho e começou a segui-lo, às vezes rangendo os dentes e espirrando pelos charcos na esperança de esconder seu cheiro dos guerreiros do Clã das Sombras. Viu uma patrulha cruzando o riacho um pouco à frente e se agachou atrás de um arbusto de junquinho até os gatos sumirem na vegetação rasteira e seu cheiro desaparecer.

Não muito tempo depois, chegou à castanheira. Suas raízes se retorciam ao redor do caule, estendendo-se até o riacho. Garra de Amora Doce julgou sentir o cheiro da irmã, mas sob a densa copa das folhas estava escuro demais para vê-la.

– Pelo de Açafrão! – chamou baixinho. – Você está aí?

A resposta veio como um peso que caiu sobre ele, derrubando-o. Ele soltou um uivo assustado interrompido quando caiu de cara na terra úmida. Uma pata pousou em seu pescoço, prendendo-o com as garras mal embainhadas, e uma voz rosnou perto de seu ouvido: – O que você está fazendo aqui, sua bola de pelo estúpida?

Garra de Amora Doce soltou um suspiro de alívio. As garras se retraíram, o peso aliviou e ele se levantou desajeitadamente. Pelo de Açafrão o olhava pendurada em uma raiz.

– Se você for encontrado aqui, vai virar comida de corvo – sibilou. – O que deu em você?

– Algo aconteceu. Eu tive outro sonho. – E ele rapidamente lhe contou a respeito.

A gata acomodou-se na raiz para ouvir. – Então Pata Negra acha que é um lugar de verdade – ela refletiu após o relato. – E você acha que o Clã das Estrelas quer que cheguemos lá. Eles não pedem muito, não é?

Garra de Amora Doce sentiu suas orelhas murcharem. – Quer dizer que não vem?

Irritada, a irmã contraiu a cauda. – Eu disse isso? Claro que vou. Mas ninguém diz que eu tenho de gostar. E quanto a Pelo de Tempestade? Por que ele tem de se envolver? O Clã das Estrelas não o escolheu.

Garra de Amora Doce suspirou. – Eu sei. Mas tente impedi-lo. Além disso, ele é um bom guerreiro e seu apoio pode ser valioso. Não sabemos o que vamos encontrar lá fora. E outra coisa – acrescentou. – Ele e Cauda de Pluma fazem tudo juntos. Acho que é por terem o pai em outro clã.

– Entendo. – O tom de Pelo de Açafrão era seco, e o irmão percebeu quanta simpatia ela sentia pelos dois guerreiros do Clã do Rio. Seu pai havia falecido e tanto seu irmão quanto sua mãe, Flor Dourada, permaneceram no Clã do Trovão. Pelo de Açafrão poderia muito bem se sentir como uma estranha no clã que havia escolhido. Mas Garra de Amora Doce reconheceu o orgulho que não a deixava expressar sua solidão e sua determinação em ser uma guerreira leal ao Clã das Sombras. Ele lamentou, não pela primeira vez, pensando na perda que ela representava para o Clã do Trovão.

– Você servirá bem ao seu clã vindo nesta jornada – ele a lembrou.

– É verdade. – Um traço de ansiedade surgiu na voz de Pelo de Açafrão e ficou mais forte à medida que ela prosseguia. – O Clã das Estrelas deve ter nos escolhido porque acha que somos os gatos certos. Devemos ter algo a oferecer que nenhum outro pode dar. – Ela saltou da raiz e, num baque suave, foi parar ao lado de Garra de Amora Doce. – O Clã das Sombras tem muitos guerreiros fortes para manter as patrulhas. Eles podem ficar sem mim por um tempo. Quando partimos?

Garra de Amora Doce soltou um ronronar afetuoso. – Não imediatamente! Eu disse aos outros na noite anterior à meia-lua. Nós nos encontraremos em Quatro Árvores.

A cauda da gata chicoteou com entusiasmo. – Estarei pronta. E agora é melhor eu mostrar-lhe a fronteira. Mesmo um dos escolhidos do Clã das Estrelas pode ter seu pelo arrancado por invasão de propriedade.

CAPÍTULO 8

– As Rochas das Cobras são o melhor lugar na floresta para encontrar cerefólio – Manto de Cinza explicou por cima do ombro enquanto mancava ao longo do caminho sombreado por samambaias. – Mas não podemos ir lá agora, graças a esse texugo miserável.

– Ainda está lá, então? – Pata de Folha perguntou. Ela e a curandeira estavam em uma expedição de coleta de ervas. O sol brilhava forte no céu, que voltou a clarear, mas a chuva reanimara as plantas da floresta, e Pata de Folha desfrutava do delicioso frescor nas patas enquanto seguia a mentora pela estreita vereda.

– Assim falou a patrulha do amanhecer – Manto de Cinza respondeu. – Mantenha os olhos abertos para... Ah!

Ela desviou para as samambaias e subiu uma encosta arenosa, onde cresciam vários tufos de uma erva fortemente perfumada; as flores tinham sumido, mas Pata de Folha reconheceu as folhas largas e espalhadas e, ao se aproximar, sentiu o cheiro adocicado do cerefólio.

– Diga-me para que serve – Manto de Cinza provocou, começando a roer um dos talos na base.

A aprendiz estreitou os olhos e tentou lembrar. – O suco das folhas serve para feridas infeccionadas. E se você mastiga a raiz, é bom para dor de barriga.

– Muito bem – Manto de Cinza ronronou. – Agora você pode desenterrar algumas raízes; mas não demais, ou faltarão nas próximas estações.

Ela continuou mordendo os caules enquanto Pata de Folha começou a raspar o chão obedientemente para descobrir as raízes. O cheiro de cerefólio predominava, deixando-a tonta, mas depois de alguns momentos ela começou a sentir outro cheiro... algo que a lembrou do travo acre do Caminho do Trovão, embora não fosse exatamente a mesma coisa.

Ela olhou para cima e viu um fio fino de fumaça saindo de uma moita de samambaias mortas um pouco mais abaixo na encosta. – Manto de Cinza, olhe – ela miou inquieta, apontando com a cauda. A curandeira olhou em volta e congelou, o pelo do pescoço eriçado e os olhos azuis em chamas.

– Grande Clã das Estrelas, não! – ela engasgou. Desajeitadamente, por causa da perna ferida, ela começou a descer em direção à samambaia em chamas.

Pata de Folha saltou atrás dela e ultrapassou a curandeira em alguns saltos. Quando se aproximou do grupo de samambaias, uma luz abrasadora brilhou, ofuscando seus olhos. Piscando, ela distinguiu algo brilhante e claro saindo do chão, um pedaço pontiagudo de lixo dos Duas-Pernas.

O sol caía direto sobre ele, e a samambaia atrás estava escurecendo lentamente, fazendo subir para o céu um fio de fumaça.

– Fogo! – Manto de Cinza gritou atrás dela. – Rápido!

De repente, a samambaia pegou fogo. Pata de Folha saltou para trás com a onda de calor. Virando-se para fugir, ela viu Manto de Cinza paralisada, fitando as chamas escarlate e laranja que saltavam avidamente nos caules quebradiços.

Ela está congelada de pânico? Pata de Folha imaginou. Tempestade de Areia havia lhe contado sobre o terrível incêndio que uma vez varreu o acampamento do Clã do Trovão. Manto de Cinza havia sobrevivido, mas vários gatos não, e o fogo deve ser especialmente assustador para a curandeira, cuja perna ferida dificultou sua fuga.

Então a aprendiz entendeu que Manto de Cinza não estava com medo, era outra coisa. Tinha o olhar fixo e distante, e Pata de Folha percebeu com um arrepio das orelhas à ponta da cauda que a mentora estava recebendo uma mensagem do Clã das Estrelas.

Tão rápido quanto iniciou, o fogo começou a morrer e a jovem soltou um suspiro de alívio. As chamas se transformaram em brasas brilhantes e começaram a se extinguir, as folhas da samambaia se desintegrando em cinzas. Manto de Cinza deu um passo para trás. Ela estava ainda mais instável do que o normal; Pata de Folha disparou para a frente para pressionar a lateral de seu corpo, apoiando-a e ajudando-a a se sentar.

– Você viu? – Manto de Cinza sussurrou.

– O quê, Manto de Cinza?

– Nas chamas... um tigre saltitante. Eu vi claramente, a cabeça enorme, as patas que pulavam, listras negras como a noite ao longo do corpo – A voz da curandeira era rouca. – Uma profecia do Clã das Estrelas, fogo e tigre juntos. Deve significar alguma coisa, mas o quê?

Pata de Folha balançou a cabeça. – Não sei – confessou, sentindo-se assustada e impotente.

Manto de Cinza levantou-se trêmula, ignorando a tentativa de ajuda de Pata de Folha. – Precisamos voltar direto para o acampamento – miou. – É preciso contar a Estrela de Fogo imediatamente.

* * *

O líder do Clã do Trovão estava sozinho em sua toca sob a Pedra Grande quando Manto de Cinza e Pata de Folha retornaram. Manto de Cinza parou do lado de fora da cortina de líquen que cobria a entrada e gritou: – Estrela de Fogo? Preciso falar com você.

– Entre!

Pata de Folha seguiu a mentora até a sala e viu o pai enrolado na cama de musgo na parede oposta. Sua cabeça estava erguida como se Manto de Cinza o tivesse despertado do sono, e quando a curandeira e a aprendiz entraram, ele se levantou e se espreguiçou, arqueando as costas para que os músculos ondulassem sob a pele cor de fogo.

– O que posso fazer por você?

Manto de Cinza atravessou a toca em sua direção, e Pata de Folha sentou-se silenciosamente ao lado da entrada, enrolando a cauda nas patas enquanto tentava reprimir uma sensação de perigo iminente. Ela nunca tinha visto Manto de Cinza receber uma mensagem de seus ancestrais guerreiros e ficou perturbada com o medo que viu nos olhos da mentora na jornada de volta pela floresta verde e úmida.

– O Clã das Estrelas me mandou uma profecia – começou a curandeira, que descreveu como o lixo dos Duas-Pernas ateou fogo na samambaia depois que pegou os raios do sol. – Nas chamas eu vi um tigre saltando. Fogo e tigre juntos, devorando a samambaia. Tal poder, liberado, seria capaz de destruir a floresta.

Estrela de Fogo, agachado à sua frente, as patas dobradas, fixou em seu rosto os olhos verdes de forma tão intensa, que Pata de Folha quase pensou que o pelo cinza da mentora ia começar a fumegar como a samambaia sob a luz quente do sol. – O que você acha que isto significa?

– Estou tentando descobrir – Manto de Cinza miou. – Não tenho certeza de estar certa, mas, na velha profecia, "o fogo salvará o clã", "fogo" significava você, Estrela de Fogo.

O líder do Clã do Trovão pulou, surpreso. – Você acha que agora se refere a mim? Bem... talvez, mas e quanto a "tigre"? Estrela Tigrada está morto.

Pata de Folha se sentiu inquieta quando o pai mencionou calmamente o temível gato que derramou tanto sangue em sua busca pelo poder.

– Ele está morto, mas seu filho ainda vive – Manto de Cinza mencionou calmamente. Ela olhou para Pata de

Folha sentada nas sombras, como se não tivesse certeza de que a aprendiz deveria estar ouvindo isso. Pata de Folha ficou totalmente imóvel, determinada a ouvir o resto.

– Garra de Amora Doce? – Estrela de Fogo exclamou. – Está dizendo que *ele* vai destruir a floresta? Imagine, Manto de Cinza! Ele é tão leal quanto qualquer outro guerreiro do clã. Veja como lutou por nós na batalha contra o Clã do Sangue.

Pata de Folha sentiu uma vontade repentina de dizer algo em defesa de Garra de Amora Doce, embora não fosse seu papel falar agora. Ela não conhecia o jovem guerreiro particularmente bem, mas algum instinto dentro dela gritava: *Não! Ele nunca prejudicaria seu clã ou a floresta.*

– Estrela de Fogo, use a cabeça. – Manto de Cinza parecia irritada. – Eu não disse que Garra de Amora Doce destruirá a floresta. Mas se "tigre" não se refere a ele, refere-se a quem? E outra coisa, se "tigre" for o filho de Estrela Tigrada, então talvez "fogo" seja a filha de Estrela de Fogo.

Pata de Folha se encolheu como se um texugo tivesse cravado os dentes em seu pelo.

– Ah, não me refiro a você. – Manto de Cinza virou-se para a aprendiz com uma expressão divertida nos olhos azuis. – Vou ficar observando você, não se preocupe. – Olhando para Estrela de Fogo, acrescentou: – Não, acho que é mais provável que signifique Pata de Esquilo. Afinal, ela tem uma pelagem cor de fogo como você.

A breve sensação de alívio de Pata de Folha foi engolida por medo e consternação quando percebeu o rumo da lógica da curandeira. A respeito de sua própria irmã, a gata mais querida entre todas as outras, foi profetizado que faria algo tão terrível que ela teria o nome amaldiçoado por todos os clãs, assim como as rainhas diziam a seus filhotes agora que, se fossem travessos, o terrível Estrela Tigrada viria pegá-los?

– Minha própria filha... ela é teimosa sim, mas não perigosa... – Os olhos de Estrela de Fogo estavam profundamente perturbados; Pata de Folha reconheceu ter muito respeito pela sabedoria de Manto de Cinza para discutir sua interpretação, embora ouvi-la fosse amargo como bile de rato. – O que você acha que devo fazer? – ele perguntou, impotente.

Manto de Cinza balançou a cabeça. – A decisão é sua, Estrela de Fogo. Só posso dizer o que o Clã das Estrelas me mostrou. Fogo e tigre juntos e perigo para a floresta. Mas aconselho que nada conte ao clã ainda, pelo menos até que eu receba outro sinal. Eles só vão entrar em pânico, e isso vai piorar as coisas. – Sua cabeça girou e ela fixou um olhar gelado em Pata de Folha. – Não diga nada sobre isso, por sua lealdade ao Clã das Estrelas.

– Nem para Pata de Esquilo? – Pata de Folha perguntou, nervosa.

– Principalmente para ela.

– Devo dizer a Listra Cinzenta... – Estrela de Fogo miou. – E a Tempestade de Areia. O Clã das Estrelas sabe o que Tempestade de Areia vai pensar a respeito!

Manto de Cinza assentiu. – Isso é sábio, eu acho.

– E pode ser melhor manter os dois separados. – Estrela de Fogo pensou. Pata de Folha via como ele estava dividido entre fazer o melhor por seu clã e o sentimento profundo pela filha e pelo guerreiro que um dia fora seu aprendiz. – Ela é uma aprendiz, ele é um guerreiro; não deve ser difícil... – Estrela de Fogo continuou. – Vamos garantir que fiquem bastante ocupados, mas não na companhia um do outro. Será que o Clã das Estrelas vai mandar outra profecia para nos avisar quando o perigo passar? – sugeriu, olhando esperançoso para Manto de Cinza.

– Talvez. – Mas o tom da curandeira não era tranquilizador. Ela se levantou e balançou a cauda para que Pata de Folha a seguisse. – Se o fizerem, você será o primeiro a saber.

Ela abaixou a cabeça e saiu da toca. Pata de Folha ia segui-la, mas hesitou, correu para perto do pai e enterrou o nariz em sua pelagem, querendo ser consolada, mas também confortá-lo. O que quer que a profecia significasse, ela estava assustada. Ela sentiu a língua de Estrela de Fogo calorosa em sua orelha. Seus olhos encontraram os dele, onde ela viu sua própria tristeza e medo refletidos.

Então Manto de Cinza, do lado de fora, chamou – Pata de Folha! – e o momento de intimidade se acabou. A aprendiz curvou a cabeça para seu líder e o deixou sozinho, esperando por novas notícias do Clã das Estrelas sobre o destino de seus gatos.

CAPÍTULO 9

Garra de Amora Doce escolheu um estorninho rechonchudo da pilha de presas frescas, afastando-se uns passos antes de começar a engoli-lo. O sol alto acabara de passar, e a clareira estava cheia de gatos aproveitando o calor. Garra de Amora Doce teve um vislumbre de Pata de Folha caminhando para a toca dos anciãos, um maço de ervas na boca. Ficou surpreso ao ver como ela parecia infeliz; talvez estivesse com problemas com a mentora, embora fosse difícil imaginar que Manto de Cinza deixaria um gato daquele jeito.

Mais perto do canteiro de urtigas, Estrela de Fogo comia com Listra Cinzenta e Tempestade de Areia. Quando Garra de Amora Doce mordeu sua presa, viu o líder levantar a cabeça e lançar-lhe um olhar duro, como se ele pudesse estar em apuros. Garra de Amora Doce não conseguiu se lembrar de nada que tivesse feito de errado e que seu líder soubesse, mas seu pelo se arrepiou, inquieto; será que Estrela de Fogo descobrira sobre os sonhos?

Ele se preparou para ser chamado pelo líder para explicações, mas, quando ouviu seu nome, era Pata de Esquilo que chamava. Ela pegou um camundongo da pilha de presas frescas e foi se sentar ao lado dele.

– Ufa! – ela exclamou, largando o camundongo. – Pensei que nunca terminaria de alimentar os anciãos. Rabo Longo tem o apetite de uma raposa faminta! – Ela deu uma mordida em sua presa e a engoliu. – Então, o que está acontecendo? – ela perguntou. – Recebeu mais alguma mensagem do Clã das Estrelas?

Garra de Amora Doce engoliu seu bocado de estorninho e sibilou: – Ssshhh, não tão alto.

Era o dia seguinte ao seu encontro com Pata de Corvo e sua visita ao território do Clã das Sombras, e ele ainda não havia decidido sobre contar a Pata de Esquilo sobre o segundo sonho. Se ele desaparecesse na véspera da meia-lua sem confiar nela, teria quebrado sua parte no acordo, mas não sabia o que diria se a gata exigisse acompanhá-los.

– E você? – Pata de Esquilo insistiu, baixando a voz. Garra de Amora Doce mastigava devagar, ganhando tempo. Tinha acabado de decidir que teria de dizer algo à gata intrometida, ao menos para interromper tantas perguntas, quando percebeu Estrela de Fogo no canteiro de urtigas, sobre as plantas. Estava rígido, instintivamente desembainhando suas garras, que afundaram no peito do estorninho.

– Pata de Esquilo, quero que você saia com Garra de Espinho – ordenou Estrela de Fogo. – Ele vai mostrar a Pata de Musaranho os melhores locais de caça perto de Quatro Árvores.

Pata de Esquilo deu mais uma mordida na presa e lambeu os bigodes. – Tenho mesmo de ir? Já estive lá com Pelagem de Poeira várias vezes.

A ponta da cauda de Estrela de Fogo se contraiu para a frente e para trás. – Tem, sim. Quando seu líder lhe dá uma ordem, você obedece.

Pata de Esquilo revirou os olhos para Garra de Amora Doce antes de pegar o resto do camundongo e engoli-lo.

– *Agora*, Pata de Esquilo. – A cauda de Estrela de Fogo se contraiu novamente. – Garra de Espinho está esperando. – Ele acenou com a cabeça em direção ao guerreiro malhado, que atravessava a clareira com Pata de Musaranho.

– Você poderia pelo menos me deixar terminar meu camundongo em paz – reclamou Pata de Esquilo. – Estive ocupada a manhã toda, cuidando dos anciãos.

– E era o que tinha de fazer! – A voz de Estrela de Fogo era afiada. – Ser aprendiz é isso. Não quero ouvir você reclamando.

– *Não* estou reclamando! – Pata de Esquilo saltou sobre as patas, o pelo eriçado. – Só disse que queria um pouco de sossego para comer. Por que você está sempre me importunando? Você não é meu *mentor*, então pare de agir como se fosse. Ou você está apenas com medo de que eu o decepcione e não viva de acordo com seu brilhante exemplo de grande líder?

Sem esperar por uma resposta, ela se virou e correu para encontrar Garra de Espinho e Pata de Musaranho perto da entrada do acampamento. Garra de Amora Doce notou que o guerreiro malhado pareceu surpreso quando Pata de Esquilo falou com ele; embora estivesse longe demais para ouvir o que ela disse, passou por sua cabeça que Garra de Espinho não esperava que ela se juntasse à patrulha. Então o guerreiro assentiu e os três gatos desapareceram no túnel de tojos.

Estrela de Fogo observava Pata de Esquilo com o olhar sombrio. Nada disse a Garra de Amora Doce, mas se virou e foi para perto de Tempestade de Areia e Listra Cinzenta.

Garra de Amora Doce ouviu Tempestade de Areia rosnar. – Você sabe que essa é a maneira errada de lidar com ela. Se lhe der ordens, ela só vai ficar mais teimosa.

Estrela de Fogo respondeu em voz tão baixa que Garra de Amora Doce não conseguiu entender; então os gatos se levantaram e se dirigiram para a toca de Estrela de Fogo.

O que foi aquilo? Garra de Amora Doce se perguntou. *Estrela de Fogo estava irritado com Pata de Esquilo, então ele inventou uma desculpa para tirá-la do acampamento.* Seu sangue gelou. *Para afastá-la de mim, talvez?*

Se ele estivesse certo, só poderia haver uma razão. Pata de Esquilo deve ter contado ao pai o primeiro sonho e o encontro com os outros gatos em Quatro Árvores. Ela pode ter feito isso deliberadamente ou pode ter deixado algo escapar sem querer. O que quer que tenha acontecido, Garra de Amora Doce sabia que haveria mais problemas, mas pelo menos significava que ele não precisava contar a ela sobre o segundo sonho; ela obviamente quebrara o acordo feito em Quatro Árvores.

Tentando afastar da cabeça o medo do que Estrela de Fogo poderia fazer a seguir, ele voltou para a pilha de presas frescas. Se ia fazer uma longa viagem dentro de alguns dias, seria uma boa ideia comer mais e aumentar suas forças. Também perguntaria a Manto de Cinza sobre as ervas de viagem que os gatos comiam para ter força para a jornada para Pedras Altas, desde que desse um jeito de perguntar sem despertar suspeitas na curandeira.

Estava se abaixando para pegar um rato-silvestre de aparência suculenta quando ouviu uma voz atrás dele. – Ei, o que você pensa que está fazendo?

Era Pelo de Rato. Garra de Amora Doce viu a gata marrom a poucas raposas de distância. – Tenho observado você – ela continuou. – Você já comeu. E não caçou o suficiente hoje para comer mais presas.

Garra de Amora Doce, morto de vergonha, murmurou: – Desculpe.

– É para se desculpar mesmo... – Pelo de Rato retrucou.

Cauda de Nuvem, que estava ao lado dela, soltou um ronronar divertido e provocou: – Ele está tentando competir com Listra Cinzenta. Parece que não basta ter só um guloso no Clã do Trovão. Não importa, Garra de Amora Doce. Você quer caçar comigo e Coração Brilhante? Pegaremos o máximo de ratos-silvestres que você puder comer e dobraremos a pilha de presas frescas.

– Ahn..., obrigado – Garra de Amora Doce gaguejou.

– Espere, vou buscar Coração Brilhante. – Cauda de Nuvem correu até a toca dos guerreiros, e Pelo de Rato, com um último olhar para Garra de Amora Doce, o seguiu.

Enquanto Garra de Amora Doce esperava os amigos voltarem, decidiu sugerir ir até Quatro Árvores, onde poderiam encontrar a patrulha de Garra de Espinho. Precisava entrar em contato com Pata de Esquilo e descobrir exatamente o que ela dissera ao pai. Se Estrela de Fogo soubesse que o Clã das Estrelas havia escolhido quatro gatos, cada um de um clã, ele tentaria avisar os outros líderes e interromper a jornada deles antes mesmo de ela começar?

Mas a patrulha de Garra de Amora Doce não viu Pata de Esquilo ou qualquer outro gato enquanto estava fora; quando ele voltou ao acampamento com Cauda de Nuvem e Coração Brilhante, com muitas presas para adicionar à pilha, a noite estava caindo. A maioria dos gatos já estava indo para as tocas. Garra de Amora Doce ficou de guarda até que a patrulha noturna partiu e a lua apareceu acima das árvores, mas não viu Pata de Esquilo. Ele dormiu mal naquela noite, preocupado com a profecia e o envolvimento indesejado de Pata de Esquilo.

Na manhã seguinte, ele saiu da toca dos guerreiros assim que acordou, determinado a encontrar a aprendiz ruiva e obter algumas respostas. Mas parecia que o próprio Clã das Estrelas estava contra ele, fazendo-o sibilar de frustração. Assim que colocou a pata na clareira, Listra Cinzenta o chamou para se juntar à patrulha do amanhecer com Cauda de Castanha e Bigode de Chuva. Quando voltaram, depois de percorrer todo o território, o sol estava quase alto. Garra de Amora Doce viu que a toca dos aprendizes estava vazia e, como tampouco viu Pelagem de Poeira no acampamento, presumiu que Pata de Esquilo havia saído para treinar com o mentor.

Ele tirou uma soneca no calor do dia, suas preocupações abrandadas por um breve momento pelo murmúrio silencioso das abelhas e o suspiro do vento nos galhos; ao acordar viu Pata de Esquilo desaparecer no túnel de tojos, levando na boca um monte de roupas de cama velhas. Saltando sobre as patas, ele estava prestes a segui-la quando ouviu seu nome.

Pelo de Musgo-Renda caminhou em sua direção com sua aprendiz, Pata Branca. Por alguma razão, o gato marrom-dourado parecia inquieto. – Olá, Garra de Amora Doce. Pensei que você gostaria de assistir a uma sessão de treinamento – miou.

Garra de Amora Doce olhou surpreso. Os guerreiros dificilmente assistiam ao treinamento dos aprendizes, a menos que eles fossem os mentores. Com um rápido olhar para o túnel onde Pata de Esquilo estava agora fora de vista, respondeu – Ahn... obrigado, Pelo de Musgo-Renda, mas em outra hora, OK?

Ele se dirigiu rapidamente para a entrada do acampamento, mas percebeu, depois de alguns tique-taques de coração, que Pelo de Musgo-Renda o acompanhava.

– É que Estrela de Fogo achou que poderia ser uma boa prática para você – explicou o guerreiro mais velho. – Para quando tiver seu próprio aprendiz.

Garra de Amora Doce parou e disse: – Deixe-me ver se entendi. *Estrela de Fogo* pediu a você que me dissesse para eu ver você e Pata Branca treinando?

Pelo de Musgo-Renda o olhou extremamente envergonhado. – Isso mesmo – miou.

– Mas *nunca* fazemos isso – Garra de Amora Doce protestou. – De qualquer forma, levará luas até que os filhotes de Nuvem de Avenca estejam prontos para ter mentores.

Pelo de Musgo-Renda deu de ombros. – Ordens são ordens.

Garra de Amora Doce piscou. – É uma *ordem*? – Ele balançou a cabeça, irritado. Não era o Clã das Estrelas que estava contra ele, era seu próprio líder. E não seria surpresa se Pata de Esquilo tivesse contado a Estrela de Fogo que um de seus guerreiros estava tendo sonhos proféticos sem contar ao resto do clã.

Furioso, ele seguiu Pelo de Musgo-Renda e sua aprendiz para fora do acampamento e ao longo da ravina até o vale arenoso onde as sessões de treinamento aconteciam. Ele se sentou na beirada, observando Pelo de Musgo-Renda ensinar a Pata Branca os movimentos de luta. Um pouco depois, Pelo de Rato chegou com Pata de Aranha, e os dois aprendizes começaram uma batalha simulada. Garra de Amora Doce observou Pata Branca avançar e dar uma mordida rápida no pescoço de Pata de Aranha, que girou imediatamente, as patas longas e negras rodando enquanto ele saltava sobre a gata e a prendia no chão. Ambos estavam fazendo progressos, Garra de Amora Doce notou distraidamente, bocejando de tédio.

Eu poderia estar fazendo algo útil, pensou inadequadamente. Faltavam apenas dois dias para ele encontrar os outros gatos nas Quatro Árvores e partir para a viagem. Precisava falar logo com Pata de Esquilo.

Quando Pelo de Rato parou e os dois aprendizes saíram do vale, sacudindo a areia do pelo, Garra de Amora Doce voltou ao acampamento ainda mais determinado a encontrar Pata de Esquilo e obter respostas. Para seu alívio, quando ele saiu do túnel de tojos, ele a viu com Pata de Musaranho ao lado da toca dos aprendizes.

Correndo pela clareira, parou na frente dela e exigiu:
– Quero falar com você.

Ele sabia que dar ordens não era a melhor maneira de lidar com Pata de Esquilo. Pronto para ela rosnar ou cuspir, ficou surpreso ao ouvi-la miar em voz baixa e apressada, com um olhar inquieto para Pata de Musaranho. – OK, mas não aqui. Encontre-me atrás do berçário.

Garra de Amora Doce acenou com a cabeça e se afastou para cumprimentar Fuligem e Pelo Gris, que voltavam com presa fresca. Parou na entrada do berçário onde Nuvem de Avenca observava os filhotes brincando, forçando-se a parecer normal ao comentar como eles estavam crescendo fortes e saudáveis. Finalmente ele se dirigiu para trás do berçário, uma área arenosa delimitada por urtigas onde os gatos iam fazer a suas necessidades.

Pata de Esquilo já o esperava, o pelo ruivo escuro quase escondido nas sombras. – Garra de Amora Doce, eu…

– Você contou alguma coisa para o seu pai, não foi? – Garra de Amora Doce interrompeu. – E mesmo tendo prometido ficar de boca fechada.

Pata de Esquilo endireitou-se para encará-lo, o pelo do pescoço eriçado em fúria. – *Não* contei nada! Não disse uma só palavra a ninguém.

– Então por que Estrela de Fogo quer tanto nos separar?

– Ah, você também percebeu, não é? – Pata de Esquilo tentou parecer calma, mas sua voz se transformou em um lamento ao prosseguir: – Não sei! Juro que não contei nada. Mas ele me olha como se eu tivesse feito algo errado, e eu *não fiz*.

De repente, sentindo pena da gata confusa e infeliz, Garra de Amora Doce se aproximou e pressionou o nariz na lateral de seu corpo, mas ela se afastou, os dentes arreganhados em um rosnado.

– Posso lidar com isso. Pata de Folha também está chateada – acrescentou. – Ela não disse nada, mas eu sei...

Garra de Amora Doce sentou-se e olhou através das urtigas para a sebe de espinhos ao redor do acampamento, mas nem prestava atenção. Não conseguia entender o comportamento de Estrela de Fogo se Pata de Esquilo estava mesmo falando a verdade sobre seu silêncio. Garra de Amora Doce não conseguia pensar que ela estivesse mentindo para ele, o que significava que deveria haver outro motivo para Estrela de Fogo estar zangado com os dois. Mas o que poderia ser?

– Talvez devêssemos perguntar a ele? – sugeriu. – Se ele nos disser qual é o problema, talvez possamos resolver.

Pata de Esquilo não parecia convencida, mas, antes que ela pudesse responder, Garra de Amora Doce ouviu o som de mais gatos abrindo caminho entre as urtigas. Saltando sobre as patas, ele se virou e viu o próprio Estrela de Fogo, com Listra Cinzenta logo atrás.

– Bem... – O líder do Clã do Trovão avançou até ficar entre a filha e Garra de Amora Doce. – Pata de Musaranho disse que eu encontraria vocês aqui.

– Não estávamos fazendo nada de errado! – Pata de Esquilo disparou.

– Mas eu me pergunto o que você pensa que *está* fazendo – Estrela de Fogo lançou à filha um olhar severo, que transferiu para Garra de Amora Doce. – Desperdiçando seu tempo, por exemplo, quando há trabalho a ser feito.

– Trabalhamos duro o dia todo, Estrela de Fogo – Garra de Amora Doce miou, abaixando a cabeça respeitosamente.

– É verdade, Estrela de Fogo, garanto – Listra Cinzenta interveio.

Estrela de Fogo lançou-lhe um olhar rápido, mas não respondeu. – Isso significa que acham que não há mais nada a fazer? – perguntou a Garra de Amora Doce, que abriu a boca para protestar, mas seu líder não deixou. – Se tem tanta certeza – continuou –, então dê uma olhada nos anciãos. Pele de Geada está com carrapichos emaranhados no pelo. Você pode ajudá-la a tirá-los.

A raiva explodiu dentro de Garra de Amora Doce. Essa era tarefa de aprendiz! Mas ele viu, pelo olhar frio e esverdeado de Estrela de Fogo, que não adiantava discutir e murmurou: – Sim, Estrela de Fogo – e caminhou em direção à clareira principal.

Uma vez que as urtigas voltaram ao lugar, escondendo-o do pequeno grupo de gatos, ele parou para ouvir Estrela de Fogo falando com Pata de Esquilo, ainda no mesmo tom duro e descontente. – Pata de Esquilo, você deve ter coisas melhores para fazer do que andar com um guerreiro inexperiente como Garra de Amora Doce. Fique com seu mentor no futuro.

Garra de Amora Doce não conseguiu ouvir a resposta de Pata de Esquilo, e não era seguro ficar ali ouvindo por mais tempo. A tristeza o inundou enquanto ele se dirigia para a toca dos anciãos. De alguma forma, havia perdido o respeito de seu líder, e se Pata de Esquilo realmente não havia contado ao pai sobre o sonho e o encontro com os outros gatos nas Quatro Árvores, ele não imaginava por quê.

Em duas noites ele deveria partir em sua jornada com os gatos dos outros clãs para encontrar o lugar do sol e ver o que a meia-noite lhes dizia. Como poderia ir, Garra de Amora Doce se perguntava desesperadamente, quando Estrela de Fogo o observava tão de perto? Um arrepio o percorreu das orelhas à ponta da cauda ao perceber que, para ser leal à profecia e ao Clã das Estrelas, teria de ser desleal ao seu líder.

CAPÍTULO 10

Garra de Amora Doce mal dormiu naquela noite e, quando o fez, seus sonhos estavam cheios da raiva de Estrela de Fogo e imagens de seu líder afastando-o do acampamento. Quando abriu caminho para sair da toca dos guerreiros na manhã seguinte, ainda se sentia exausto... principalmente ao constatar que era seu último dia no acampamento antes de sua jornada começar.

A luz cinzenta do amanhecer inundava o acampamento e o vento era frio. Aspirando o ar, Garra de Amora Doce pensou ter percebido o primeiro cheiro da estação das folhas caídas, que se aproximava. A mudança estava a caminho, deu-se conta, independentemente do que ele e os outros gatos escolhidos tentassem fazer.

Ao longo do dia, ele nem se deu ao trabalho de tentar falar com Pata de Esquilo. Embora Estrela de Fogo não tivesse ordenado que ficassem separados, obviamente não gostava que ficassem juntos. Não havia sentido procurar problemas. Garra de Amora Doce teve um vislumbre da jovem aprendiz saindo do acampamento com Pelagem de Poeira; ela parecia estranhamente submissa, com a cauda arrastando pela terra e as orelhas coladas na cabeça.

– Parece que você perdeu um coelho e encontrou uma víbora – uma voz enérgica falou ao lado dele.

Garra de Amora Doce olhou para cima; era Pelo de Rato.

– Você quer vir caçar comigo e Pata de Aranha? – miou a gata.

Pela primeira vez, Garra de Amora Doce sentiu que mal tinha energia para caçar ou fazer qualquer outra coisa. Com sua jornada marcada para começar no dia seguinte, as preocupações o cercavam como gatos em uma Assembleia. Ele realmente deveria levar outros quatro gatos para o desconhecido, para enfrentar perigos que nem podiam imaginar?

Pelo de Rato ainda esperava a resposta de Garra de Amora Doce. Ele não pôde deixar de se perguntar se a sugestão dela de caçarem juntos era outra das ordens de Estrela de Fogo para mantê-lo ocupado. Mas a gata marrom piscou para ele de uma forma amistosa, e ele percebeu que seria melhor caçar do que vagar, preocupado, pelo acampamento. Talvez, se trouxesse muitas presas, começaria a recuperar a moral junto a Estrela de Fogo.

Mas a caçada não correu bem. Pata de Aranha se distraía com muita facilidade, brincando como um filhote em sua primeira saída. Certa vez, quando ele estava rastejando para cima de um rato, uma folha caiu em espiral perto de seu nariz e ele ergueu uma pata para atingi-la. Assustado com o movimento desajeitado, o camundongo desapareceu sob uma raiz.

– Sinceramente! – suspirou Pelo de Rato. – Você espera que a presa pule na sua boca?

– Desculpe – Pata de Aranha miou, envergonhado.

Ele fez ainda mais uma tentativa. Quando a patrulha encontrou um esquilo mordiscando uma bolota no meio de uma clareira, Pata de Aranha começou a persegui-lo, movendo furtivamente as pernas pretas. Estava quase pronto para atacar quando o vento mudou e levou seu cheiro para a presa. O esquilo sobressaltou-se, agitando a cauda para cima, e saltou em direção à margem da clareira.

– Que azar! – disse Garra de Amora Doce.

Em vez de responder, Pata de Aranha correu atrás do esquilo e desapareceu no mato.

– Ei! – gritou Pelo de Rato atrás dele. – Você nunca vai pegar um esquilo assim. – Pata de Aranha não reapareceu, e sua mentora mostrou os dentes em um grunhido resignado. – Um dia ele aprende. – Ela se embrenhou no matagal para encontrá-lo.

Deixado sozinho, Garra de Amora Doce ficou parado, ouvindo o som da presa. Houve um leve farfalhar nas folhas sob a árvore mais próxima. Um camundongo apareceu, atrás de sementes. Garra de Amora Doce agachou-se em posição de caça e rastejou para cima dele, tentando fazer as patas flutuarem no chão. Então saltou e matou sua presa com um estalo rápido.

Ele a cobriu com terra para recolhê-la mais tarde, meio que desejando que Pelo de Rato estivesse lá para ver seu sucesso. Pelo menos ela poderia dizer a Estrela de Fogo que ele ainda estava caçando bem para seu clã – qualquer que fosse a reclamação do líder, não poderia ser sobre isso. Procurando mais presas, prometendo a si mesmo uma última boa caçada antes de partir, ele aguçou os ouvidos ao som de algo maior farfalhando entre os arbustos um pouco distantes, na direção oposta de onde Pata de Aranha e Pelo de Rato haviam desaparecido. Aspirou o ar pela boca, mas não conseguiu cheirar nada, exceto os gatos do Clã do Trovão. Começou a avançar, apenas para acelerar o passo quando o farfalhar ficou mais alto e foi seguido por um uivo furioso. Ele contornou às pressas uma moita de amoras e parou.

Havia um arbusto de tojos na frente dele, e Pata de Esquilo se movimentava entre seus galhos grossos e pontiagudos. As patas dianteiras fora do chão, o pelo emaranhado nos espinhos. Garra de Amora Doce não conseguiu reprimir uma gargalhada. – Está se divertindo?

Instantaneamente, a cabeça de Pata de Esquilo girou, os olhos verdes brilharam, furiosos. – Isso mesmo, dê uma boa gargalhada, sua bola de pelo estúpida! – ela disparou. – Então talvez você tenha tempo de me tirar daqui!

Ela falava mais como a antiga Pata de Esquilo do que como a criatura abatida que havia deixado o acampamento naquela manhã e Garra de Amora Doce se sentiu melhor imediatamente. Acenando com a cauda, ele caminhou em sua direção. – Como você conseguiu ficar presa assim?

– Eu estava perseguindo um rato-silvestre – Pata de Esquilo parecia exasperada. – Cauda Mosqueada disse que gostaria de um, então achei melhor atender, visto que Estrela de Fogo parece querer que eu alimente os anciãos, tipo, para sempre. Ele correu aqui para baixo, e pensei que havia espaço para eu correr atrás.

– Não há – Garra de Amora Doce apontou prestativamente.

– Agora já sei, cérebro de rato! Faça alguma coisa!

– Fique quieta, então. – Aproximando-se do arbusto, Garra de Amora Doce localizou os piores emaranhados e começou a soltar o pelo da aprendiz com cuidado, usando dentes e garras. Alguns espinhos machucaram seu nariz, fazendo os olhos lacrimejarem, mas ele continuou sem reclamar.

– Espere – resmungou Pata de Esquilo, depois de um tempo. – Acho que já estou livre.

Garra de Amora Doce deu espaço para a aprendiz mergulhar para a frente, as patas dianteiras raspando a terra enquanto ela arrastava a parte traseira do corpo livre dos galhos. Um momento depois ela saiu, irritada ao ver os tufos de pelo ruivo que haviam ficado para trás.

– Obrigada, Garra de Amora Doce.

– Você está ferida? Talvez você devesse deixar Manto de Cinza dar uma olhada em…

– Pata de Esquilo!

Garra de Amora Doce congelou e seu coração apertou. Ele lentamente se virou e viu Estrela de Fogo se aproximar.

O líder do clã tinha uma expressão de gelo nos olhos ao fitar alternadamente Garra de Amora Doce e a filha. – É assim que você obedece a ordens? – ele rosnou.

A injustiça de Estrela de Fogo tirou o fôlego de Garra de Amora Doce, que, por alguns instantes, não conseguiu retrucar; quando o fez, sabia que pareceria culpado. – Não estou desobedecendo a ordens, Estrela de Fogo.

– Ah, é? Sinto muito. – A voz do líder era seca como uma rocha queimada pelo sol. – Achei que você deveria estar em uma patrulha de caça, mas devo ter ouvido errado.

– *Estou* em uma patrulha de caça – Garra de Amora Doce miou desesperado.

Estrela de Fogo olhou ao redor teatralmente. – Não vejo Pelo de Rato nem Pata de Aranha.

– Pata de Aranha saiu atrás de um esquilo – o jovem guerreiro apontou com a cauda. – Pelo de Rato foi atrás.

– Por que você está fazendo isso? – Pata de Esquilo interrompeu, encarando o pai. – Ele não está fazendo nada de errado.

– Mas não está fazendo o que lhe foi dito para fazer – Estrela de Fogo rosnou. – Isso não é o que diz o Código dos Guerreiros.

Pata de Esquilo saltou para a frente para ficar nariz com nariz com o pai e ergueu a voz em um uivo de pura fúria. – Eu estava presa no mato! Garra de Amora Doce me ajudou! Não é culpa dele!

– Fique quieta – Estrela de Fogo murmurou. Garra de Amora Doce ficou impressionado com a semelhança entre pai e filha: olhos verdes brilhantes, pelos ruivos eriçados de raiva. – Isso não tem nada a ver com você.

– Parece que sim – argumentou Pata de Esquilo. – Você rosna para Garra de Amora Doce toda vez que ele olha para mim...

– *Silêncio!* – Estrela de Fogo sibilou.

Garra de Amora Doce olhou sobressaltado. Nesse exato momento, Listra Cinzenta abriu caminho para a clareira, com um rato-silvestre preso entre as mandíbulas.

– Estrela de Fogo? – ele miou, largando a presa. – O que está acontecendo?

O líder chicoteou a cauda, então se endireitou com um aceno impaciente de cabeça. Garra de Amora Doce forçou-se a relaxar o pelo do pescoço.

– Ah, certo. – Os olhos cor de âmbar de Listra Cinzenta brilharam com compreensão ao observar os outros gatos na clareira, e Garra de Amora Doce percebeu que, o que quer que estivesse fazendo Estrela de Fogo agir assim, era do conhecimento de seu representante. – Vamos, Estrela de Fogo – ele continuou, aproximando-se do líder do clã e lhe dando uma cutucada. – Esses dois não estão fazendo mal algum.

– Tampouco nada de bom – Estrela de Fogo retorquiu. Ele encarou os dois gatos mais novos. – Minhas decisões, e as ordens que dou, são para o bem de todo o clã – lembrou. – Se não conseguem entender isso, então talvez não estejam aptos para ser guerreiros.

– O quê? – As mandíbulas de Pata de Esquilo se abriram em um uivo de indignação, mas um silvo furioso do pai a silenciou.

Garra de Amora Doce estava confuso demais até mesmo para tentar protestar. Alguma coisa – algum conhecimento que Estrela de Fogo e Listra Cinzenta compartilhavam – virou Estrela de Fogo contra ele. Se Pata de Esquilo não havia contado ao pai sobre o sonho, então tinha de ser outra coisa. Mas ele não tinha ideia do que poderia ser, ou o que fazer a respeito.

– Você – continuou Estrela de Fogo energicamente, sacudindo a cauda para Pata de Esquilo –, leve aquele rato-silvestre de Listra Cinzenta para os anciãos e depois continue a caçar para eles. Você... – disse com um toque de cauda em Garra de Amora Doce – encontre Pelo de Rato e veja se pode trazer alguma presa fresca antes de escurecer. Faça isso agora.

Sem esperar para conferir se suas ordens foram obedecidas, ele se virou e saiu andando entre os arbustos.

Listra Cinzenta fez uma pausa antes de segui-lo. – Ele tem muita coisa na cabeça – murmurou, desculpando-se. – Não leve muito a sério. Tudo vai dar certo, você vai ver.

– Listra Cinzenta! – ouviu-se um uivo da direção onde Estrela de Fogo havia desaparecido. O representante mexeu as orelhas, acenou em despedida para os dois gatos mais jovens e correu atrás do líder.

Pata de Esquilo ficou olhando para eles. Agora que Estrela de Fogo se fora e ela não precisava mais desafiá-lo, sua cauda caiu e ela olhou para Garra de Amora Doce com angústia.

– Não consigo fazer nada direito – ela miou. – Você ouviu o que ele disse. Ele acha que não sirvo para ser guerreira. Nunca vai me dar meu nome de guerreira.

Garra de Amora Doce ficou sem palavras. Sua perplexidade estava se transformando em uma raiva lenta e furiosa. *Sabia* que não tinha feito nada de errado. O que quer que estivesse causando esse comportamento de Estrela de Fogo, não era culpa dele. Nem de Pata de Esquilo. Ela podia ser irritante, mas era uma aprendiz leal e trabalhadora. Qualquer líder que valesse um par de rabos de rato poderia ver que grande guerreira ela seria.

Ele olhou para o chão e, quando Pata de Esquilo pronunciou seu nome, ele mal a ouviu. Ele sentiu sua mente clarear, como um céu cinza quando o vento afasta as nuvens e o sol brilha. No dia anterior, após o confronto atrás do berçário, ele se sentiu dividido entre as exigências da profecia e a lealdade a Estrela de Fogo. Agora olhava para o futuro, mas só via sua luta diária para agradar seu líder sem chance de sucesso, pois, em primeiro lugar, não sabia a causa da raiva de Estrela de Fogo. Só havia uma solução: partir nessa jornada apenas com a palavra do Clã das Estrelas para guiá-lo e só voltar quando tivesse as respostas que provariam ao líder sua lealdade. Ou jamais retornar...

– Continue... – Garra de Amora Doce miou asperamente, acenando para a presa caída. – Pegue isso de volta, ou ele vai escapar.

– E você? – Pata de Esquilo, geralmente tão inteligente e confiante, parecia nervosa.

– Eu... – Ele estava prestes a mentir para ela e dizer que ia procurar Pelo de Rato. Então percebeu como ela se sentiria profundamente traída se ele não voltasse. Afinal, estavam nisso juntos, pelo menos no que dizia respeito à hostilidade de Estrela de Fogo. – Estou indo embora.

– Indo embora? – Pata de Esquilo ecoou consternada. – Deixando o Clã do Trovão?

– Não para sempre – Garra de Amora Doce interveio rapidamente. – Pata de Esquilo, escute...

Ela se sentou na frente dele, fitando-o com os grandes olhos verdes enquanto ele lhe contava sobre o segundo sonho, em que se afogava em água salgada sem fim e era arrastado para a caverna com dentes.

– Pata Negra diz que é um lugar real – explicou. – Acho que o Clã das Estrelas está me mandando ir até lá, e os outros gatos concordam. Partiremos ao nascer do sol amanhã.

A mágoa nos olhos de Pata de Esquilo era clara. – Você contou a eles e não a mim? – lamentou. – Garra de Amora Doce, você *prometeu*!

– Eu sei – Garra de Amora Doce sentiu uma culpa terrível. – Eu ia, mas depois começou todo esse problema com Estrela de Fogo. O Clã das Estrelas sabe por quê, mas eles não me contam nada, como quase nada disseram sobre a profecia.

– E você vai mesmo assim? Mas você nem sabe a distância.

– Nenhum de nós sabe – admitiu Garra de Amora Doce. – Mas Pata Negra falou com gatos que viram o lugar, então deve ser possível chegar lá. Não vou voltar para o acampamento. Vou passar a noite em algum lugar da floresta e encontrar os outros nas Quatro Árvores pela manhã. Por favor, Pata de Esquilo, não nos entregue. Não conte a ninguém para onde fomos.

Enquanto ele falava, os olhos de Pata de Esquilo brilhavam cada vez mais. O jovem guerreiro sabia o que ela ia dizer um tique-taque de coração antes de ela começar.

– Não direi uma palavra a ninguém – ela prometeu. – Não posso, porque vou com você.

– Ah, não, não vai! Você não é um dos escolhidos. Você nem é guerreira ainda.

– Pata de Corvo tampouco! E aposto uma lua de patrulhas da madrugada que Pelo de Tempestade vai. Ele nunca deixaria Cauda de Pluma ir sem ele. Então, por que tenho de ficar de fora? – Ela hesitou e depois acrescentou: – Não disse uma só palavra a ninguém sobre o primeiro sonho, Garra de Amora Doce. Nunca disse uma palavra. Nem mesmo para Pata de Folha.

Garra de Amora Doce sabia que era verdade. Se ela tivesse dado uma dica, todo o acampamento já saberia.

– Não prometi que você viria. Prometi contar a você... e contei.

– Mas você não pode me deixar para trás! Se eu não souber o que vai acontecer agora, meu pelo vai cair de tanto pensar!

– É perigoso demais, Pata de Esquilo; você não entende? A profecia é um fardo pesado o suficiente para eu suportar, sem ter de cuidar de você também.

– Cuidar de mim? – Os olhos da gata brilharam indignados. – Posso cuidar de mim mesma, obrigada. Eu vou, quer você goste ou não. Se não me deixar ir, vou atrás. Pense no que aconteceu hoje. Não quero voltar para o acampamento e ser repreendida por nada, o tempo todo, mais do que você já faz!

Garra de Amora Doce a olhou, indeciso. Ele não queria a responsabilidade de colocar uma jovem aprendiz em perigo, mas o perigo seria maior se ela tentasse segui-lo sozinha por um território desconhecido. E, se ela voltasse para o acampamento, quando Estrela de Fogo percebesse que Garra de Amora Doce havia desaparecido, iria atormentá-la até ela contar o que sabia, e talvez até enviasse uma expedição para trazê-lo de volta. Por alguns tique-taques de coração Garra de Amora Doce entendeu o que significava ser um líder, seu pelo carregado de dúvidas e perguntas mais pesadas do que o fluxo de um rio que transborda. Ele soltou um suspiro que pareceu descer até a ponta das patas.

– Tudo bem, Pata de Esquilo – miou. – Você pode vir.

CAPÍTULO 11

– Onde vamos dormir? – Pata de Esquilo perguntou.

Assim que Garra de Amora Doce concordou em levá-la na jornada, a mágoa e a raiva desapareceram como a névoa do amanhecer sob um sol quente. Ele tinha a impressão de que ela não havia parado de falar por um momento sequer desde que deixaram a clareira onde Estrela de Fogo os encontrara.

– *Silêncio!* – ele sibilou. – Se estiverem procurando por nós, poderão ouvir você do outro lado da floresta.

– Mas onde vamos dormir? – Pata de Esquilo teimou, embora tivesse baixado o tom.

– Em algum lugar não muito longe de Quatro Árvores. Então estaremos prontos para encontrar os outros ao nascer do sol.

A escuridão havia caído enquanto seguiam o caminho pela vegetação rasteira. As nuvens se aglomeraram cobrindo o céu, de modo que não se via qualquer brilho de estrela ou lua. Uma brisa fria soprava a grama, e mais uma vez

Garra de Amora Doce sentiu o cheiro da estação das folhas caídas que se aproximava.

Temendo uma possível perseguição, havia pensado em encontrar abrigo perto das Rochas das Cobras, que o clã tinha ordens de evitar, mas o risco de encontrar o texugo caçador noturno era grande demais. Decidiu, então, seguir para o Caminho do Trovão, esperando que o odor acre dos monstros dos Duas-Pernas encobrisse o próprio cheiro e o de Pata de Esquilo.

– Conheço uma boa árvore no Caminho do Trovão – sugeriu Pata de Esquilo. – Dá para entrarmos nela. Poderíamos nos esconder lá.

– E vamos enfrentar aranhas e besouros rastejando em nosso pelo a noite toda? – Garra de Amora Doce miou, desencorajador. – Não, obrigado.

Pata de Esquilo fungou. – Por que você sempre sabe de tudo?

– Talvez porque eu seja um guerreiro?

Distraída por um farfalhar no mato, a aprendiz não respondeu. Mal parando para rastrear uma presa, mergulhou em uma moita de samambaias e voltou alguns segundos depois com um camundongo pendurado nas mandíbulas.

– Muito bem – miou Garra de Amora Doce.

A visão da presa fresca o fez perceber como estava faminto. Não muito tempo depois, conseguiu apanhar um camundongo também, e os dois gatos pararam para comer em bocadas rápidas e cautelosas, orelhas em pé para captar os mais tênues vestígios de uma patrulha do Clã do Trovão.

Mas Garra de Amora Doce não conseguia ouvir nada, exceto os sons noturnos comuns da floresta e o rugido próximo de monstros no Caminho do Trovão. O fedor deles era tão forte aqui que mascarava a maioria dos outros, como Garra de Amora Doce esperava, embora rejeitasse a ideia de passar a noite com o cheiro lhe subindo pelas narinas.

Enquanto comiam, uma chuva fina e fria começou a cair, ficando cada vez mais pesada, até que o pelo de Garra de Amora Doce ficou encharcado, e ele sentiu mais frio do que conseguia se lembrar de sentir em muitas luas.

– Precisamos de abrigo – Pata de Esquilo miou, tremendo. Parecia pequena e vulnerável, com o pelo grudado no corpo. – Que tal procurar aquela árvore?

Garra de Amora Doce estava prestes a concordar quando saíram da vegetação rasteira no topo de uma margem coberta de erva e viram o Caminho do Trovão lá embaixo. Um monstro dos Duas-Pernas passou rugindo, os olhos cintilantes cortando a noite com raios amarelos e brilhantes. Antes de desaparecer, a luz mostrou a Garra de Amora Doce uma forma escura e ameaçadora, o maior monstro que já tinha visto, agachado à beira do Caminho do Trovão. O mau cheiro inundou seus sentidos.

– O que é *isso*? – exclamou Pata de Esquilo, chegando bem pertinho do jovem guerreiro.

– Não sei. Nunca vi nada parecido. Fique aqui enquanto dou uma olhada.

Ele avançou com cuidado até ficar a algumas raposas de distância do monstro. Estaria morto, imaginou, e foi por isso que seu Duas-Pernas o abandonou aqui? Ou estava agachado, observando, esperando para saltar, como se salta sobre um camundongo indefeso?

– Olhe, podemos no esconder embaixo dele – ressaltou Pata de Esquilo, trotando para se juntar a ele; é claro que não tinha obedecido à ordem de esperar no alto da margem. – Poderíamos nos proteger da chuva.

Havia luz suficiente para Garra de Amora Doce distinguir um vão mais escuro entre a barriga do monstro e o chão. Seu pelo se arrepiou com a ideia de rastejar para o espaço estreito, mas não queria se mostrar covarde na frente da aprendiz, que dera uma boa sugestão. O cheiro horrível certamente os esconderia de qualquer perseguidor.

– Tudo bem – miou. – Mas deixe que eu... – Interrompeu o que dizia quando Pata de Esquilo saltou para a frente, atirou-se no chão e se contorceu sob o monstro.

– ... vá na frente. – Resignado, ele acabou por segui-la.

A luz fraca do amanhecer infiltrando-se sob a barriga do monstro despertou Garra de Amora Doce na manhã seguinte. Pata de Esquilo estava enrolada ao seu lado. Por um tique-taque de coração, ele não conseguiu se lembrar por que a gata estava dormindo com ele e não com os demais aprendizes. Então o fedor acre do monstro e um rugido contínuo vindo do Caminho do Trovão próximo o lembraram de onde estava e por quê. A jornada começaria naquela manhã! Mas, em vez de empolgação, sentia apenas a incerteza arrastando suas patas, junto ao pensamento sombrio de que havia se exilado de seu clã, desaparecendo sem a permissão do líder.

O gato rastejou para fora do esconderijo sob o monstro e levantou a cabeça para sorver o ar. A grama ainda estava molhada da chuva da noite anterior, e os arbustos no topo da margem se dobravam sob o peso das gotas. A névoa ondulava por entre as árvores na aurora cinzenta. Não havia som ou cheiro de outros gatos.

Voltando-se para o monstro, ele gritou para Pata de Esquilo: – Acorde! É hora de partirmos para Quatro Árvores.

Já começava a pensar que teria de deslizar para baixo da barriga do monstro para despertar a aprendiz quando ela se arrastou para fora, piscando e reclamando: – Estou morrendo de fome.

– Teremos tempo para pegar presas no caminho, mas *precisamos* nos mexer. Os outros estão esperando.

– OK – Pata de Esquilo subiu a margem correndo e rumou para Quatro Árvores, seguindo a linha do Caminho do Trovão. Garra de Amora Doce a alcançou e, por algum tempo, correram lado a lado. A névoa se dissipou e uma luz dourada se formou no horizonte onde o sol nasceria. Os pássaros começaram a cantar nos galhos das árvores.

Devidamente acordada, Pata de Esquilo parecia ter esquecido que ia caçar. Estava apressada, sem prestar atenção em nada ao redor. Garra de Amora Doce dividia-se entre querer chegar a Quatro Árvores o mais rápido possível e ficar alerta para possíveis problemas. Quando ouviu um farfalhar nos arbustos atrás deles, parou, erguendo as orelhas e abrindo os maxilares para detectar o cheiro do perseguidor.

– Pata de Esquilo! – sibilou. – Se esconda!

Mas ela girou num tique-taque de coração antes de falar e fixou na direção do som os olhos verdes arregalados. No mesmo instante, Garra de Amora Doce sentiu o cheiro forte e familiar de um gato do Clã do Trovão. Então os galhos de um arbusto próximo estremeceram e se abriram. Pata de Folha apareceu.

As irmãs ficaram imóveis por um momento, seus olhares se encontraram. Então Pata de Folha avançou e colocou o pacote de ervas que carregava aos pés de Pata de Esquilo.

– Trouxe algumas ervas para a viagem – murmurou. – Vão precisar.

Garra de Amora Doce olhou para uma e outra e reclamou com Pata de Esquilo. – Achei que você tinha dito que não tinha contado a ninguém! – Ele falou alto, ofendido. – Como ela sabe? Você está mentindo para mim!

– Não estou! – disparou Pata de Esquilo.

– Não, ela não mentiu – a voz mais suave de Pata de Folha acrescentou. – Mas não precisava me dizer nada. Eu apenas sabia, isso é tudo.

Garra de Amora Doce estremeceu e perguntou: – Quer dizer que você sabe de tudo? Sobre os sonhos e a viagem ao lugar onde o sol mergulha?

Pata de Folha voltou seu olhar sério para ele, que viu na gata um ar infeliz e perplexo. – Não – ela miou. – Só sei que Pata de Esquilo vai embora. – Ela hesitou, fechando os olhos por um instante. – E que corremos um grande perigo.

Uma pontada de pena atravessou Garra de Amora Doce, afiada como um espinho, mas ele não podia se dar ao luxo de fraquejar. Precisava saber o que Pata de Folha fizera com o conhecimento que tinha.

– Quem mais sabe? – perguntou asperamente. – Você contou ao seu pai?

– Não! – O brilho de raiva nos olhos de Pata de Folha de repente a fez parecer com a irmã. – Não contaria sobre Pata de Esquilo nem mesmo para Estrela de Fogo.

– Ela não faria isso – Pata de Esquilo acrescentou.

Garra de Amora Doce assentiu com um gesto.

– Quase gostaria de ter contado... – Pata de Folha continuou, com amargura na voz. – Talvez pudesse ter impedido tudo e mantido você aqui. Pata de Esquilo, você realmente precisa ir?

– Tenho de ir! Essa é a coisa mais emocionante que já me aconteceu. Você não vê? É uma ordem do *Clã das Estrelas*, então não estamos indo contra o Código dos Guerreiros.

Ela começou a despejar para Pata de Folha toda a história dos sonhos de Garra de Amora Doce e o encontro com os gatos de outros clãs. A irmã ouviu, olhos arregalados de desânimo. Garra de Amora Doce ficou alternando as patas no chão, extremamente consciente da passagem das horas à medida que a luz do dia aumentava.

– Mas *você* não precisa ir! – Pata de Folha lamentou no final. – Você não foi escolhida.

– Bem, não vou voltar. Para Estrela de Fogo, não consigo fazer nada direito. Você sabia que ele até me disse que eu não servia para ser guerreira? Vou mostrar-lhe se sirvo ou não!

Garra de Amora Doce olhou para Pata de Folha. Os dois sabiam bem como era inútil discutir com Pata de Esquilo quando ela já havia se decidido. Mas ele viu algo mais também nos olhos cor de âmbar de Pata de Folha: um sinal de preocupação, como se soubesse mais do que estava contando.

– Mas talvez você não volte. – A voz de Pata de Folha tremeu, e Garra de Amora Doce lembrou-se ainda mais intensamente de que, além de curandeira, Pata de Folha era irmã de Pata de Esquilo, – O que vou fazer sem você?

– Vou ficar bem, Pata de Folha – Garra de Amora Doce se encantou com a gentileza da voz de Pata de Esquilo e a maneira como ela pressionou o focinho afetuosamente contra a lateral do corpo da irmã. – Tenho de ir. Você entende, não é?

Pata de Folha assentiu.

– E você não vai contar a ninguém para onde fomos? – Pata de Esquilo insistiu.

– Não sei para onde vocês estão indo, e vocês também não – destacou Pata de Folha. – Mas não, não vou falar nada. Apenas lembre-se de que Estrela de Fogo ama você e tem preocupações que você ignora. – Respirou fundo. – Agora pegue as ervas e vá embora.

Pata de Esquilo pegou o pacote de ervas, dividindo-as com Garra de Amora Doce. Enquanto engoliam as folhas amargas, Pata de Folha observava com olhos enormes e sombrios.

– Mesmo que não tenha um curandeiro com você, ainda poderá encontrar ervas à medida que avança. Não se esqueça da calêndula para as feridas – miou rapidamente. – E tanaceto para tosse... Ah, e bagas de zimbro para dor de barriga. E as folhas de borragem são melhores para a febre, se conseguir encontrar. – Parecia estar tentando passar todo o seu treinamento nos poucos momentos que lhes restavam.

– Não vamos esquecer – prometeu Pata de Esquilo. Terminou a última bocada de ervas e passou a língua pelos lábios. – Vamos, Garra de Amora Doce.

– Adeus, Pata de Folha – Garra de Amora Doce miou. – Tomem cuidado, você e o resto do clã. Se o problema realmente estiver chegando à floresta, talvez não voltemos a tempo de ajudá-los a combatê-lo.

– Isso está nas patas do Clã das Estrelas – Pata de Folha concordou tristemente. – Farei o possível para estar preparada, prometo.

– E não se preocupe que cuidarei de Pata de Esquilo – o gato acrescentou.

– E cuidarei dele. – Pata de Esquilo lançou ao guerreiro um olhar desafiador antes de se aproximar da irmã e tocar seu nariz. – *Voltaremos* – murmurou.

Pata de Folha baixou a cabeça, olhos nublados de tristeza. Enquanto Garra de Amora Doce se dirigiu mais uma vez para Quatro Árvores, ele olhou para trás e percebeu que ela os observava, uma figura marrom-clara imóvel contra as samambaias. Quando levantou a cauda em um gesto de despedida, ela se virou rapidamente, e a vegetação rasteira a engoliu.

CAPÍTULO 12

PATA DE FOLHA PEGOU UM RATO-SILVESTRE no caminho de volta para o acampamento e deslizou pela ravina com a presa às mandíbulas, esperando que, se a vissem, pensassem que ela voltava de uma expedição de caça. A sua mente ainda girava com a partida da irmã e em como as profecias do Clã das Estrelas pareciam envolver Pata de Esquilo e Garra de Amora Doce como a névoa se agarra aos ramos de um arbusto de tojos.

Ao sair na clareira, ouviu a voz de Pelo de Rato – Aquele Garra de Amora Doce é um preguiçoso! Já passou do nascer do sol e ele ainda não acordou. Quero que saia numa patrulha de caça.

– Vou acordá-lo – Coração Brilhante, que estava sentado com Pelo de Rato perto do canteiro de urtigas, levantou-se e foi até a toca dos guerreiros.

Pata de Folha sentiu um frio na barriga ao pensar no que aconteceria quando o restante do Clã do Trovão descobrisse que Garra de Amora Doce e Pata de Esquilo haviam desaparecido. Naquele momento, Pelagem de Poeira veio do berçário e foi até a toca dos aprendizes, onde Pata Branca e Pata de Musaranho tomavam banho de sol.

– Olá – o guerreiro marrom os cumprimentou. – Já viram Pata de Esquilo hoje? Ela não está doente, está? A essa hora, normalmente, já está ansiosa para sair, antes mesmo de eu ter tempo para engolir um pedaço de presa fresca.

Pata Branca e Pata de Musaranho trocaram um olhar – Não a vimos – Pata Branca miou. – Não dormiu na toca ontem à noite.

Pata de Folha viu Pelagem de Poeira revirar os olhos – O que ela estará aprontando agora?

Coração Brilhante saiu da toca dos guerreiros e, com alguns saltos, juntou-se a Pelo de Rato. Pata de Folha trotou até a pilha de presas frescas com seu rato-silvestre para ouvir o que estavam dizendo.

– Garra de Amora Doce não está aqui – Coração Brilhante avisou.

– O quê? – A cauda de Pelo de Rato se contorceu de surpresa. – Onde está, então?

Coração Brilhante deu de ombros – Deve ter ido caçar sozinho. Não importa, Pelo de Rato. Cauda de Nuvem e eu vamos com você.

– Tudo bem. – Pelo de Rato deu de ombros e, assim que Cauda de Nuvem saiu da toca, piscando para tirar o sono dos olhos, ela despertou Pata de Aranha e os quatro deixaram o acampamento.

Enquanto isso, Pelagem de Poeira se dirigiu à pilha de presas frescas, perguntando, irritado, ao Clã das Estrelas como poderia ser o mentor de uma aprendiz que nunca estava onde deveria estar.

– Se vir sua irmã – rosnou para Pata de Folha –, diga-lhe que estou no berçário. E é melhor que ela tenha uma boa desculpa para ter saído sozinha de novo – pegou um estorninho e voltou para Nuvem de Avenca.

Pata de Folha o observou partir antes de seguir para o túnel de samambaias que levava à toca da curandeira. Ficou aliviada por Pelagem de Poeira não ter parado para questioná-la sobre Pata de Esquilo, mas sabia que, conforme o tempo passasse e os dois gatos não aparecessem, certamente haveria perguntas. E muitas. E não tinha a menor ideia de como responder.

Por volta do meio-dia, a fofoca começou a circular pelo acampamento. No caminho pela clareira principal para buscar presa fresca para Manto de Cinza, Pata de Folha ouviu Estrela de Fogo ordenando às patrulhas que ficassem de olho nos gatos desaparecidos.

– Então Garra de Amora Doce está indo atrás de Pata de Esquilo, não é? – Cauda de Nuvem observou, seus olhos brilhando, divertidos – Bem, é uma jovem muito atraente; tenho de dizer isso em seu favor.

– Não consigo imaginar o que estão fazendo – Estrela de Fogo parecia mais aborrecido do que preocupado. – Vão ouvir quando voltarem.

Pata de Folha se agachou, fingindo estar escolhendo a melhor presa, enquanto os guerreiros dispersavam, deixando o pai e a mãe sozinhos.

– Você sabe... – Tempestade de Areia miou para Estrela de Fogo. – Listra Cinzenta me contou o que aconteceu ontem à noite, quando você os encontrou caçando sozinhos. Parece que Pata de Esquilo e Garra de Amora Doce não voltaram desde então. Pelo que Listra Cinzenta disse sobre a maneira como você falou com eles, não me surpreende vocês quererem fugir por um tempo.

– Será que os aborreci tanto assim? – Estrela de Fogo parecia ansioso. – A ponto de deixarem o acampamento?

Tempestade de Areia o encarou com seus grandes olhos verdes, iguais aos de Pata de Esquilo. – Já lhe disse várias vezes que não se chega a lugar nenhum com Pata de Esquilo criticando-a e dando-lhe ordens. Ela fará o oposto apenas para ser difícil.

– Eu sei – Estrela de Fogo soltou um suspiro pesado. – É essa profecia... fogo e tigre juntos e problemas para a floresta. Achei que depois de lidarmos com o Clã do Sangue os clãs ficariam em paz.

– Tivemos muitas luas de paz – Tempestade de Areia aproximou-se de Estrela de Fogo e pressionou o focinho contra sua bochecha. – Tudo graças a você. Se houver mais problemas, não é sua culpa. Estive pensando sobre essa profecia – continuou, com um rápido olhar ao redor para se certificar de que nenhum dos guerreiros a ouviria.

Pata de Folha teve um sobressalto de culpa, imaginando se deveria sair das sombras do outro lado da pilha de presas frescas, mas, se a mãe sabia que ela estava lá, não prestara atenção nela; e, afinal, Pata de Folha já sabia do recado do Clã das Estrelas.

– Menciona fogo, tigre e problemas – Tempestade de Areia continuou –, mas não diz que fogo e tigre *causarão* problemas, não é?

Pata de Folha viu um arrepio percorrer o corpo de Estrela de Fogo, ondulando seu pelo avermelhado.

– Tem razão! – ele murmurou. – A profecia talvez signifique que eles vão nos *salvar* do problema.

– Talvez.

Estrela de Fogo se endireitou, de repente parecendo muito jovem – Então é ainda mais importante que voltem! – explodiu – Eu mesmo vou liderar essa busca.

– Vou com você – miou Tempestade de Areia. Elevando a voz, acrescentou: – Pata de Folha, você teve tempo de cheirar cada pedaço de presa fresca naquela pilha. Manto de Cinza deve estar esperando. E lembre-se de que você prometeu não contar nada a ninguém sobre essa mensagem do Clã das Estrelas.

– Sim, Tempestade de Areia – a aprendiz agarrou um rato-silvestre e voltou para a toca da curandeira. Perguntava-se se deveria confessar o que a irmã lhe confiara sobre a viagem, mas também havia prometido silêncio a Pata de Esquilo. O fardo das duas profecias secretas pesava em seu pelo como gotas de chuva. Não sabia como manter as duas promessas e permanecer fiel aos votos de curandeira, de agir apenas para o bem do clã, tudo ao mesmo tempo.

Pelo resto do dia, Manto de Cinza manteve Pata de Folha ocupada revisando os estoques de ervas, separando o que precisava ser reabastecido antes que a estação das folhas caídas começasse de vez. O sol se punha e o ar esfriava com o cheiro de folhas úmidas quando ouviram o barulho de um gato roçando o túnel de samambaias.

– É Estrela de Fogo – Manto de Cinza miou, olhando para fora da entrada da toca. – Você continua com isso enquanto eu vou ver o que ele quer.

Pata de Folha agradeceu por ficar escondida na rocha oca e contar bagas de zimbro. Teve um vislumbre do pai na clareira do lado de fora, o sol transformando sua pelagem em uma chama brilhante, e se encolheu mais para trás para que ele não a visse.

– Não há sinal deles em lugar nenhum – Estrela de Fogo parecia cansado. – Tentei seguir o cheiro, mas a chuva da noite passada deve tê-lo apagado. Podem estar em qualquer lugar. Manto de Cinza, o que acha que devo fazer?

– Não vejo o que mais você pode fazer exceto parar de se preocupar. – a voz de Manto de Cinza era viva, mas simpática. – Lembro-me de alguns aprendizes que sempre fugiam por um motivo ou outro. Nenhum mal jamais lhes aconteceu.

– Eu e Listra Cinzenta? Isso foi diferente. Pata de Esquilo...

– Pata de Esquilo está com um guerreiro jovem e forte. Garra de Amora Doce cuidará dela – interrompeu a curandeira.

Houve um curto silêncio. Pata de Folha arriscou outro olhar pela abertura na rocha e viu o pai sentado, com a cabeça baixa. Parecia totalmente derrotado, e o coração dela se contorceu de pena. Queria confortá-lo, mas não havia como fazer isso sem quebrar sua palavra.

– A culpa é minha – Estrela de Fogo continuou com a voz baixa e trêmula. – Nunca deveria ter dito o que eu disse. Se eles não voltarem, nunca vou me perdoar.

– Claro que vão voltar. A floresta está segura no momento. Onde quer que estejam, estarão bem alimentados e protegidos.

– Talvez – Estrela de Fogo não parecia convencido. Sem dizer mais nada, levantou-se e desapareceu no túnel de samambaias.

Quando se foi, Manto de Cinza voltou para a caverna e miou: – Pata de Folha, você *sabe* onde está sua irmã agora?

Pata de Folha deu uns tapinhas numa baga de zimbro que rolava pelo chão, tentando evitar o olhar da mentora. Quando pensava em Pata de Esquilo, tinha uma sensação de calor e segurança, e da presença de outros gatos. Imaginou que estavam no celeiro de Pata Negra, mas não tinha certeza. Respondeu com sinceridade: – Não, Manto de Cinza, não sei onde ela está.

– Hum – Pata de Folha estava ciente do olhar de Manto de Cinza, e fitou os olhos azuis da mentora, que não mostravam raiva, apenas profunda fonte de sabedoria e compreensão. – Se soubesse, me contaria, não é? A lealdade de um curandeiro não é igual à dos outros gatos, mas no final somos todos leais ao Clã das Estrelas e aos quatro clãs da floresta.

Pata de Folha assentiu e, para seu alívio, a mentora se virou e começou a examinar os estoques de folhas de calêndula.

Não menti para ela, Pata de Folha disse a si mesma, com tristeza. Mas não ajudou. Profecia do Clã das Estrelas ou não, conhecia o Código dos Guerreiros tão bem quanto qualquer outro gato do clã. Uma das piores coisas que um aprendiz poderia fazer era mentir para seu mentor, e, mesmo que as palavras que disse fossem a expressão da verdade, Pata de Folha se sentia desesperadamente culpada.

Ah, Pata de Esquilo, ela protestou. *Por que você teve de partir?*

CAPÍTULO 13

– Esse não é o caminho mais rápido para Quatro Árvores – Pata de Esquilo protestou quando Garra de Amora Doce parou na beira de um bosque de amoreiras. Ela balançou a cauda. – Deveríamos ir naquela direção.

– Tudo bem – o gato suspirou. Pata de Esquilo ficara quieta depois de se despedir da irmã, mas infelizmente o silêncio durou pouco. – Vá por ali, se estiver com vontade de nadar. O riacho é mais estreito por aqui, e há uma pedra que podemos usar como trampolim.

– Ah, OK – Pata de Esquilo pareceu desconcertada por um momento, mas então deu de ombros e correu por entre as árvores ao lado de Garra de Amora Doce; cruzaram o riacho em alguns saltos e subiram a última encosta que levava a Quatro Árvores. O jovem guerreiro percebeu que, no momento em que alcançaram a extremidade do vale, o disco do sol estava completamente acima do horizonte.

Ele parou e usou a cauda para segurar Pata de Esquilo, evitando que disparasse em direção à clareira antes que soubessem o que encontrariam lá. Sorvendo o ar, identificou os aromas misturados dos três outros clãs e, quando olhou para baixo da encosta, viu Pelo de Açafrão, Cauda de Pluma e Pelo de Tempestade sentados na base da Pedra Grande, enquanto Pata de Corvo, inquieto, andava para cima e para baixo na frente deles.

– Até que enfim! – Pelo de Açafrão saltou sobre as patas quando Garra de Amora Doce e Pata de Esquilo irromperam dos arbustos ao pé da encosta – Pensamos que vocês não viriam.

– O que *ela* está fazendo aqui? – Pata de Corvo perguntou, olhando para Pata de Esquilo.

A aprendiz devolveu o olhar, o pelo do pescoço eriçado de raiva – Posso falar por mim mesma, obrigada. Eu vou com vocês.

– O quê? – Pelo de Açafrão aproximou-se do irmão. – Garra de Amora Doce, você perdeu o juízo? Não pode trazer uma aprendiz. Vai ser perigoso.

Antes que o gato pudesse responder, Pata de Esquilo sibilou: – *Ele* também é um aprendiz! – e chicoteou a cauda, apontando para Pata de Corvo.

– Fui escolhido pelo Clã das Estrelas – Pata de Corvo salientou imediatamente. – Você não. – Parecendo achar que estava tudo resolvido, sentou-se e começou a lavar as orelhas.

– Ele tampouco foi escolhido – protestou Pata de Esquilo, transferindo o olhar para Pelo de Tempestade. – Não me diga que ele está aqui apenas para se despedir da irmã!

Os dois gatos do Clã do Rio nada disseram, limitando-se a trocar um olhar preocupado.

– Ela vem e pronto – a paciência de Garra de Amora Doce estava se esgotando rapidamente. Nesse ritmo, a missão desmoronaria em brigas e mau humor antes mesmo de começar. – Agora vamos embora.

– Não me dê ordens! – vociferou Pata de Corvo.

– Não, ele está certo – Pelo de Açafrão suspirou. – Se não pudermos impedir que Pata de Esquilo venha...

– Vocês não podem – Pata de Esquilo interveio.

– ... então podemos muito bem prosseguir e fazer o melhor possível.

Para alívio de Garra de Amora Doce, até mesmo Pata de Corvo parecia ver sentido nisso. Ele se levantou, virando as costas para Pata de Esquilo como se ela não existisse. – Pena que você não pode deixar seu clã sem arrastar uma rebarba agarrada ao pelo – zombou de Garra de Amora Doce.

Os dois gatos do Clã do Rio também se levantaram e se juntaram ao grupo – Não se preocupe – murmurou Cauda de Pluma, tocando rapidamente o ombro de Pata de Esquilo com o nariz. – Estamos todos um pouco nervosos. Ficará melhor assim que nos pusermos a caminho.

Os olhos de Pata de Esquilo brilharam como se ela estivesse prestes a dar uma resposta incisiva, mas, ao encontrar o olhar gentil de Cauda de Pluma, pensou melhor e abaixou a cabeça, o pelo do pescoço começando a voltar ao normal.

Como se obedecessem a um comando não verbal, os seis caminharam pelos arbustos até o topo da encosta, saindo na fronteira do território do Clã do Vento. Quando Garra de Amora Doce olhou para as encostas do pântano, a grama dura e flexível arrepiada pelo vento como o pelo de um animal enorme, seu coração disparou, quase saltando do peito. Esse era o momento pelo qual havia esperado desde que Estrela Azul falara com ele em sonho. O tempo da nova profecia havia chegado, e a jornada tinha começado!

Mas ao dar os primeiros passos pela charneca, sentiu uma pontada de arrependimento por tudo o que estava deixando para trás: a floresta familiar, seu lugar no clã, seus amigos.

De agora em diante, tudo seria diferente.

Podemos realmente viver de acordo com o Código dos Guerreiros fora da floresta? Garra de Amora Doce se perguntou. Olhando para trás em direção à linha escura das árvores, pensou: *Será que algum de nós verá seu clã novamente?*

Garra de Amora Doce, agachado, abrigou-se sob uma sebe e olhou para baixo, para o grupo das construções de uma fazenda de um Duas-Pernas. Atrás dele, os outros gatos se moviam, inquietos.

– O que estamos esperando? – Pata de Corvo perguntou.

– Esse é o celeiro onde Pata Negra e Cevada vivem – Garra de Amora Doce respondeu, apontando com a cauda.

– Sim, eu sei – miou o aprendiz do Clã do Vento. – Garra de Lama me levou lá quando fui para as Pedras Altas, na minha jornada de aprendiz. Não vamos parar lá agora, vamos?

– Acho que talvez devêssemos – Garra de Amora Doce teve o cuidado de não parecer estar dando uma ordem ao aprendiz suscetível. – Pata Negra sabe sobre o lugar onde o sol mergulha. Ele pode ter algo útil a nos dizer.

– E seu celeiro está cheio de camundongos – Pelo de Açafrão lambeu os bigodes.

– Passar a noite lá não é uma ideia ruim – Garra de Amora Doce concordou. – Algumas boas refeições ajudarão a aumentar nossa força.

– Mas, se continuarmos, poderemos facilmente chegar a Pedras Altas antes de escurecer – observou Pata de Corvo.

Maldosamente, Garra de Amora Doce suspeitou que o aprendiz do Clã do Vento estivesse discutindo apenas pelo prazer de discutir. – Ainda acho que seria melhor ficarmos aqui esta noite – miou. – Assim, chegaremos a Pedras Altas de manhã e teremos a maior parte do dia para nos movermos em território desconhecido.

– Você prefere dormir na pedra nua e sem presas – murmurou Pelo de Tempestade – ou quentinho e confortável, com o estômago cheio? Eu voto no celeiro de Cevada.

– Eu também! – Pata de Esquilo miou.

– Você não tem direito a voto – retrucou Pata de Corvo.

Pata de Esquilo não se deixou abater. Com os olhos verdes brilhando, ansiosa, saltou sobre as patas – Vamos!

– Não, espere – Cauda de Pluma se colocou à frente da inquieta aprendiz um tique-taque de coração antes de Garra de Amora Doce. – Há ratazanas por aqui. Temos de ter cuidado.

– Cães também – acrescentou Pelo de Açafrão.

– Ah, tudo bem.

Garra de Amora Doce lembrou que Pata de Esquilo ainda não havia feito a jornada obrigatória para aprendizes até

Pedras Altas antes de se tornarem guerreiros. Na verdade, essa devia ser a primeira vez que ela deixava o território do Clã do Trovão para além de Quatro Árvores. Particularmente, tinha de admitir que ela estava se saindo bem até agora, cruzando o território do Clã do Vento sem problemas e sendo sensata em evitar as patrulhas para que a partida de Pata de Corvo permanecesse em segredo. Talvez ela conseguisse lidar melhor do que o esperado com o caminho mais longo que os aguardava.

Garra de Amora Doce saiu da sebe e passou pelas construções da fazenda em direção ao celeiro. Congelou brevemente ao ouvir o latido de um cachorro, mas parecia distante, e o cheiro que chegou até ele era fraco.

– Se vamos mesmo, vamos logo – Pata de Corvo murmurou por sobre o ombro.

O celeiro ficava um pouco longe do ninho principal dos Duas-Pernas. Havia buracos no teto, e a porta estava cedendo nas dobradiças. Garra de Amora Doce aproximou-se cautelosamente e cheirou uma brecha na parte inferior da porta. O cheiro de camundongo inundou seus sentidos; começou a salivar e teve de se concentrar muito para distinguir um cheiro de gato quase apagado.

Uma voz familiar veio lá de dentro – Sinto cheiro de Clã do Trovão. Entrem e sejam bem-vindos.

Era Pata Negra. Garra de Amora Doce deslizou pela abertura e viu o isolado preto de pelo lustroso bem à sua frente. Cevada, o gato preto e branco que dividia o celeiro com ele, estava atrás, agachado a poucos passos de distância, os olhos arregalados e inquietos quando os companheiros de Garra de Amora Doce entraram também. O guerreiro percebeu que Cevada provavelmente não tinha visto tantos gatos desde que viera para a floresta ajudar os clãs na luta contra o Clã de Sangue, quatro estações atrás.

– Segui seu conselho, Pata Negra – Garra de Amora Doce miou. – Acho que o Clã das Estrelas me enviou o sonho porque quer que eu viaje para o lugar onde o sol mergulha. Esses são os gatos que o Clã das Estrelas escolheu para irem também.

– Pelo menos alguns de nós somos... – Pata de Corvo murmurou com antipatia.

Garra de Amora Doce o ignorou e apresentou o restante dos gatos a Pata Negra e Cevada. O isolado mais velho saudou-os baixando a cabeça e deslizou para as profundezas sombrias do celeiro.

– Não ligue para Cevada – Pata Negra miou. – Não é sempre que temos tantos visitantes de uma só vez. Então, essa é Pata de Esquilo – continuou, trocando toques de nariz para cumprimentar a jovem aprendiz.

– A filha de Estrela de Fogo! Já vi você antes, com Tempestade de Areia, quando era um filhote no berçário, mas você não vai lembrar. Disse à época que você ficaria igualzinha a seu pai, e agora vejo que estava certo.

Pata de Esquilo arrastou as patas, constrangida; Garra de Amora Doce imaginou que, pela primeira vez, ela estivesse sem palavras ao conhecer o gato que tinha desempenhado um papel tão importante na história de seu clã.

– O que Estrela de Fogo pensa sobre a jornada? – Pata Negra perguntou a Garra de Amora Doce. – Estou surpreso que tenha deixado Pata de Esquilo ir tão longe, já que ela ainda não é uma guerreira.

Garra de Amora Doce e Pata de Esquilo trocaram um olhar inquieto. – Não foi bem assim – admitiu o gato. – Saímos sem contar a ele.

Os olhos de Pata Negra se arregalaram com o choque e, por um tique-taque de coração, Garra de Amora Doce se perguntou se ele os mandaria embora novamente.

Mas Pata Negra apenas balançou a cabeça e miou: – Lamento saber que você não pôde contar a ele o que está acontecendo. – Talvez você me fale mais a respeito depois de ter se alimentado. Estão todos com fome?

– Morrendo de fome! – Pata de Esquilo exclamou.

Uma gargalhada escapou de Pata Negra – Sintam-se à vontade para caçar – ele os convidou. – Há muitos camundongos.

Pouco tempo depois, Garra de Amora Doce estava confortavelmente enrolado na palha, com o estômago estufado, cheio de camundongos que quase se alinharam para pular em sua boca. Se Pata Negra e Cevada comiam assim todos os dias, não era de admirar que parecessem tão fortes e saudáveis.

Os companheiros estavam esparramados ao seu redor, igualmente fartos e cada vez mais sonolentos à medida que o sol se punha, enviando feixes de luz vermelha pelos buracos no teto do celeiro. Ao redor ouviam-se ruídos de luta e guinchos fracos na palha, como se a caçada não tivesse feito nenhuma diferença para o número de presas.

– Se você não se importa, vamos dormir aqui esta noite e partir logo pela manhã – Garra de Amora Doce miou.

Pata Negra assentiu – Irei com vocês até Pedras Altas.

Antes que Garra de Amora Doce pudesse protestar que não havia necessidade, continuou: – Há ainda mais Duas-Pernas do que antes à volta do Caminho do Trovão. Como estou de olho neles, conheço os caminhos mais seguros a seguir.

Garra de Amora Doce agradeceu, sentindo Pata de Corvo se aproximar e murmurar em seu ouvido: – Podemos confiar nele?

A orelha de Pata Negra estremeceu; obviamente tinha ouvido o comentário. Garra de Amora Doce pensou que ia afundar no chão de vergonha, e Pata de Esquilo ergueu a cabeça para disparar um silvo furioso para Pata de Corvo.

– Não fique com raiva dele – Pata Negra miou. – É uma boa pergunta, Pata de Corvo. Pensando como um guerreiro, na verdade. Para onde vocês vão, não devem confiar em nada e em nenhum gato sem uma boa razão.

Pata de Corvo abaixou a cabeça, parecendo satisfeito com o elogio do isolado.

– Mas você pode confiar em mim – Pata Negra continuou. – Talvez eu não possa ajudar muito no resto da jornada, mas ao menos posso garantir que cheguem a Pedras Altas em segurança.

O vento atingiu Garra de Amora Doce bem no rosto, achatando seu pelo na lateral e quase o derrubando. Quando ele desembainhou as garras para se firmar, elas rasparam contra a rocha nua.

Ele e os companheiros estavam no cume das Pedras Altas, contemplando territórios desconhecidos e infinitos.

Partiram nas primeiras luzes do amanhecer e alcançaram as encostas pedregosas bem antes de o sol nascer, conduzidos rapidamente por Pata Negra, que ia ao lado de Garra de Amora Doce, que tinha as orelhas eretas captando sons distantes.

– Você vai evitar aquele emaranhado do Caminho do Trovão – ele miou, apontando com a cauda a espessa mancha cinza na paisagem. – Melhor assim. Foi o lugar onde o Clã do Vento se refugiou quando Estrela Partida os expulsou. Está cheio de camundongos e carniça.

– Conheço essa história! – Pata de Esquilo interveio. – Listra Cinzenta me contou como ele e Estrela de Fogo foram buscar o Clã do Vento de volta.

– Existem muitos Caminhos do Trovão menores para cruzar – Pata Negra continuou. – E ninhos dos Duas-Pernas para evitar. Já percorri esse caminho algumas vezes, não muito longe, mas o suficiente para saber que não é um lugar para guerreiros.

Pata de Esquilo lançou um olhar nervoso para o isolado – Não há mais floresta? – ela perguntou.

– Não que eu tenha visto.

– Não se preocupe – Garra de Amora Doce miou, tranquilizando-a. – Vou cuidar de você.

Para sua surpresa, ela se virou para ele com um brilho de fúria nos olhos verdes e disparou: – Quantas vezes tenho de dizer que *não* preciso de cuidados? Se vai se comportar como Estrela de Fogo durante todo o caminho até o lugar onde o sol mergulha, era melhor eu ter ficado em casa.

– Ah, não é o que desejamos – Pata de Corvo murmurou, revirando os olhos.

Pelo de Açafrão dirigiu a Pata de Esquilo um olhar curioso – Você vai deixar uma aprendiz falar assim com você? – perguntou ao irmão.

O gato encolheu os ombros. – Tente impedi-la.

As orelhas da irmã se contraíram – Clã do Trovão!

Cauda de Pluma trocou um olhar com Pelo de Tempestade e se colocou ao lado de Pata de Esquilo. – Também estou nervosa – admitiu. – Sinto arrepios na espinha quando penso estar tão perto de todos aqueles Duas-Pernas. Mas o Clã das Estrelas vai nos ajudar.

Pata de Esquilo assentiu, embora com o olhar ainda preocupado.

– Se vocês já terminaram – Pata de Corvo miou alto –, está na hora de seguir.

– OK – Garra de Amora Doce virou-se para Pata Negra: – Obrigado por tudo. É importante que você entenda por que estamos fazendo isso.

O isolado baixou a cabeça – Não acho nada. Boa sorte a todos vocês e que o Clã das Estrelas ilumine seu caminho.

Afastou-se um pouco e, um a um, os seis gatos começaram a descer a encosta mais distante da colina. O sol nascente projetava longas sombras azuis à frente deles enquanto davam os primeiros passos da mais longa jornada da vida deles.

CAPÍTULO 14

Garra de Amora Doce soltou um suspiro de alívio ao descer de Pedras Altas e sentir a grama sob as patas novamente. Estavam sozinhos agora, um pequeno bando de gatos em um território vasto e desconhecido. Pata Negra tinha indicado um caminho através dos campos divididos por cercas brilhantes e afiadas dos Duas-Pernas, e havia muitos cheiros de Duas-Pernas e de cachorros, embora nenhum fosse recente. Com focinhos cobertos de lã, as ovelhas olhavam para os gatos passando, cabeças baixas e orelhas para trás, desconfortáveis por estarem ao ar livre.

– Diria que nunca viram um gato antes – resmungou Pelo de Tempestade.

– E talvez não tenham visto mesmo – respondeu Pelo de Açafrão. – Não há razão para os gatos virem aqui. Desde que saímos do celeiro, não senti um só cheiro de presa.

– Bem, eu nunca tinha visto uma ovelha antes – salientou Pata de Esquilo, aproximando-se da que estava mais perto. Garra de Amora Doce discretamente se moveu na retaguarda; até onde sabia, as ovelhas não eram perigosas, mas não queria correr riscos. A aprendiz parou a uma cauda de distância, aspirou com vontade e torceu o nariz. – Que nojo! Elas podem ter pernas que lembram nuvens fofas, mas têm um cheiro horrível!

Pelo de Açafrão bocejou. – Pelo amor do Clã das Estrelas, podemos continuar?

– Tento entender por que o Clã das Estrelas está nos mandando para o lugar onde o sol mergulha – Cauda de Pluma miou, desviando de uma ovelha que pastava perto demais. – Por que não nos contaram o que precisamos saber na floresta? E por que temos de ouvir a mensagem à meia-noite?

Pata de Corvo bufou: – Quem sabe? – Estreitou os olhos e fitou Garra de Amora Doce. – Talvez o guerreiro do Clã do Trovão possa nos dizer. Afinal, ele é o único de nós que já viu este lugar, ou pelo menos é o que ele conta.

O jovem guerreiro cerrou os dentes e miou: – Você sabe tanto quanto eu. Só temos de confiar no Clã das Estrelas, e tudo ficará claro no final.

– Fácil falar – Pata de Corvo retorquiu.

– Deixe-o em paz! – Para surpresa de Garra de Amora Doce, Pata de Esquilo avançou e plantou-se à frente do aprendiz do Clã do Vento. – Garra de Amora Doce não pediu o segundo sonho. Não é culpa dele que o Clã das Estrelas o tenha escolhido.

– E o que você sabe disso? – Pata de Corvo rosnou. – No Clã do Vento, os aprendizes sabem quando ficar com a boca fechada.

– Ah, então você vai ficar quieto de agora em diante? – Pata de Esquilo miou, atrevida. – Ótimo.

Com a boca repuxada em um rosnado, Pata de Corvo a rodeou e continuou.

O jovem guerreiro do Clã do Trovão caminhou até a companheira de clã e murmurou. – Obrigado por me apoiar lá em cima.

Os olhos de Pata de Esquilo brilharam com raiva. – Não estou fazendo isso por você! – ela vociferou. – Só não vou deixar aquela bola de pelo estúpida pensar que o Clã do Vento é muito melhor do que o Clã do Trovão. – Saiu correndo com um silvo irritado, passando por Cauda de Pluma e Pelo de Tempestade, que tinham parado para assistir.

– Não vá longe demais! – Garra de Amora Doce a chamou, mas ela o ignorou.

Ao sair para buscá-la, o jovem guerreiro do Clã do Trovão estava desalentado, ciente de que nenhum dos gatos havia tentado defendê-lo, nem mesmo Pelo de Açafrão. Todos deviam estar cheios de dúvidas sobre sua visão do lugar onde o sol mergulha e por que tiveram de ir para lá, assim como Cauda de Pluma. Um senso de responsabilidade se estabelecia mais pesadamente em Garra de Amora Doce a cada passo, e ele sabia que se algum de seus companheiros fosse ferido ou mesmo morto na jornada seria sua culpa. Talvez o Clã das Estrelas tenha entendido errado dessa vez. Talvez, no final, nem mesmo a fé e a coragem dos guerreiros fossem suficientes para mantê-los em segurança.

Não muito depois do sol alto, chegaram ao seu primeiro Caminho do Trovão. Era mais estreito do que aquele com que estavam acostumados, e também tão curvo que só veriam os monstros se aproximando no último momento. No lado oposto, uma sebe alta se estendia até onde podiam ver em ambas as direções.

Pata de Corvo se aproximou cautelosamente e cheirou a dura margem preta do Caminho do Trovão. – Eca! – exclamou, franzindo o nariz. – Que coisa nojenta. Por que os Duas-Pernas espalham isso por todo lugar?

– Seus monstros viajam nele – disse Pelo de Tempestade.

– Sei disso! – Pata de Corvo vociferou. – Os monstros deles também fedem.

Pelo de Tempestade encolheu os ombros. – É assim que eles são!

– Vamos ficar sentados aqui até o pôr do sol discutindo os hábitos dos Duas-Pernas? – Pelo de Açafrão interrompeu. – Ou vamos cruzar este Caminho do Trovão?

Garra de Amora Doce agachou-se na beirada da grama, orelhas em pé para captar o som de monstros se aproximando. – Quando eu disser "agora", corra – ele disse a Pata de Esquilo, agachada ao seu lado. – Você vai ficar bem.

A aprendiz não olhou para ele. Estava de mau humor desde a briga com Pata de Corvo. – Você sabe que não estou com medo – ela sibilou.

– Mas deveria estar – Pelo de Açafrão resmungou do outro lado. – Não ouviu o que dissemos quando cruzamos o Caminho do Trovão perto de Pedras Altas? Entenda bem:

eles são perigosos, mesmo para guerreiros experientes. Muitos morreram nele.

A aprendiz a olhou e acenou com a cabeça, os olhos verdes arregalados.

– Bom – miou a guerreira do Clã das Sombras. – Então ouça Garra de Amora Doce, e, quando ele disser para você ir, corra como nunca correu antes.

– Antes de atravessarmos – Garra de Amora Doce ergueu a voz para que todos o ouvissem –, acho que devemos decidir o que vamos fazer do outro lado. Não podemos ver além daquela sebe e não consigo captar nenhum cheiro por conta do fedor do Caminho do Trovão.

Pelo de Tempestade levantou a cabeça e abriu as mandíbulas para provar o ar. – Nem eu – concordou. – Sugiro que atravessemos, passemos direto pela sebe e nos encontremos novamente do outro lado. Se houver algo perigoso por lá, nós seis juntos poderemos resolver.

Garra de Amora Doce ficou impressionado com a sensatez de Pelo de Tempestade. – Tudo bem – miou, e o restante dos gatos, inclusive Pata de Corvo, murmurou seu consentimento.

– Garra de Amora Doce, você dá o sinal – Pelo de Tempestade miou.

Mais uma vez o jovem guerreiro do Clã do Trovão se esforçou para ouvir. Um rosnado baixo a distância rapidamente se transformou em um rugido, e um monstro saltou na curva, sua pele brilhante e antinatural reluzindo enquanto passava. Esbofeteou os gatos com um vento quente e arenoso e os deixou sufocados com o fedor que ficou para trás.

Quase imediatamente mais um monstro passou, na direção oposta. Então o silêncio voltou pesado como um manto de neve; quando Garra de Amora Doce apurou as orelhas, não conseguiu ouvir nada além do latido distante de um cachorro.

– Agora! – ele uivou e saltou para a frente, ciente de que Pata de Esquilo o acompanhava de um lado e Cauda de Pluma do outro. Suas patas tamborilaram na superfície dura do Caminho do Trovão; ele alcançou a estreita faixa de grama do outro lado e foi avançando pela sebe, galhos pontiagudos se prendendo a seu pelo.

Forçando, irrompeu em campo aberto. Por um momento, não conseguiu entender o que viu e quase congelou de pânico. Teve um vislumbre de uma chama saltitante, e um cheiro acre de fumaça encheu sua garganta. Houve um grito agudo, e um filhote de Duas-Pernas veio correndo em sua direção, não muito mais alto que uma raposa, com pernas grossas e instáveis. O latido do cachorro ficou subitamente muito mais alto.

– Pata de Esquilo, fique comigo! – arfou, mas, quando se virou para procurá-la, a aprendiz ruiva havia desaparecido.

Ele ouviu Pelo de Tempestade uivando: – Fiquem juntos! Por aqui!

Garra de Amora Doce olhou em volta, mas não conseguiu ver nenhum de seus companheiros, e suas patas o levavam para as profundezas de um arbusto de azevinho, o refúgio mais próximo que podia ver. Com a barriga roçando a terra, ele se arrastou para um abrigo e sentiu seu pelo tocar em outro pelo. Ouviu um gemido assustado, e, na penumbra, distinguiu uma pelagem cinza-clara e reconheceu Cauda de Pluma.

– Sou eu – ele murmurou.

– Garra de Amora Doce! – a voz de Cauda de Pluma tremia. – Por um momento pensei que fosse aquele cachorro.

– Você viu os outros? – Garra de Amora Doce perguntou. – Você viu para onde foi Pata de Esquilo?

Cauda de Pluma balançou a cabeça, os olhos azuis arregalados de medo. – Não se preocupe, tenho certeza de que eles estão bem – miou, dando-lhe uma lambida reconfortante na orelha. – Vou ver o que está acontecendo lá fora.

Rastejou para a frente uns dois comprimentos de cauda até poder espiar. O fogo, felizmente, era apenas uma pilha de galhos queimando, confinado a uma pequena área não muito longe de onde ele havia entrado; um Duas-Pernas adulto o alimentava com mais galhos. O filhote de Duas-Pernas se juntou a ele. Garra de Amora Doce ainda ouvia o cachorro latindo, mas sem vê-lo, e a fumaça o impedia de sentir o cheiro. Mais importante, ele não via nenhum de seus companheiros desaparecidos.

Voltando-se para Cauda de Pluma, sussurrou: – Vamos, siga-me. Os Duas-Pernas não estão prestando atenção.

– E o cachorro?

– Não sei onde é, mas não é aqui. Ouça, é isso que faremos – Garra de Amora Doce sabia que tinha de bolar um plano imediatamente, para tirar Cauda de Pluma de lá antes que o pânico a congelasse completamente. O azevinho crescia perto de uma cerca de madeira, e um pouco mais longe, ao longo de uma pequena árvore, estendia seus galhos para o próximo jardim.

– Ali – miou, contraindo as orelhas e mostrando. – Suba na árvore; então podemos ficar em cima da cerca. Podemos ir a qualquer lugar por ali.

Passou brevemente pela cabeça do gato o que faria se Cauda de Pluma, de tão assustada, congelasse, mas a gata cinza assentiu com determinação.

– Agora? – ela perguntou.

– Sim, estarei bem atrás de você.

Na mesma hora, Cauda de Pluma saltou de seu refúgio, correu ao longo da base da cerca e deu um salto para a árvore. Garra de Amora Doce, firme em suas patas, ouviu o filhote de Duas-Pernas gritar novamente. Estava agarrado ao tronco, arranhando com força até alcançar a segurança de um galho e o abrigo de folhas grossas. Sentiu o cheiro de Cauda de Pluma e viu preocupação em seus olhos azuis.

– Garra de Amora Doce – ela miou –, acho que encontramos o cachorro. – Ela contraiu os bigodes apontando para o próximo jardim. O jovem guerreiro espiou por entre as folhas e viu o cachorro, um brutamontes marrom, pulando e raspando a cerca com garras afiadas, fazendo força para escalar e atacá-los. Quando Garra de Amora Doce olhou para baixo, o cão soltou uma rajada de latidos histéricos.

– Cocô de raposa! – Garra de Amora Doce disparou.

Ele se perguntou quais seriam suas chances de escapar pelo topo da cerca, mas ela era mais frágil do que as que ele havia escalado na fronteira do território do Clã do Trovão, e o cachorro a sacudia tanto que qualquer gato tentando se equilibrar ali provavelmente seria jogado no jardim. Garra de Amora Doce imaginou aqueles dentes se fechando em sua perna ou pescoço e decidiu ficar parado.

– Nunca encontraremos os outros nesse ritmo – Cauda de Pluma choramingou.

Então Garra de Amora Doce ouviu a porta do ninho do Duas-Pernas se abrir. Um Duas-Pernas adulto estava parado ali, gritando com o cachorro. Ainda latindo loucamente, a criatura manteve seu ataque contra a cerca. O Duas-Pernas gritou de novo e entrou no jardim, agarrou o cachorro pela coleira e o arrastou, protestando, para dentro do ninho. A porta se fechou; o latido continuou por mais um momento, e então cessou.

– Viu? – Garra de Amora Doce miou para Cauda de Pluma. – Até os Duas-Pernas têm sua utilidade.

Cauda de Pluma assentiu, os olhos cheios de alívio. Garra de Amora Doce deslizou da árvore para o topo da cerca e, equilibrando-se com cuidado, caminhou ao longo dela até chegar à sebe que margeava o Caminho do Trovão. Dali tinha uma boa visão dos jardins de ambos os lados. Tudo parecia quieto.

– Não consigo ver ou ouvir os outros – Cauda de Pluma miou quando se juntou a ele.

– Não, mas isso pode ser um bom sinal – Garra de Amora Doce observou. – Se tivessem sido pegos pelos Duas-Pernas, fariam tanto barulho que certamente ouviríamos.

Não tinha certeza se isso era verdade, mas parecia tranquilizar Cauda de Pluma.

– O que você acha que devemos fazer? – ela perguntou.

– O perigo está dentro desses jardins – decidiu Garra de Amora Doce. – Estaremos mais seguros do outro lado da sebe, ao lado do Caminho do Trovão. Os monstros não vão nos incomodar se ficarmos na beirada, e assim que chegarmos ao fim desses ninhos dos Duas-Pernas não haverá mais problemas.

– Mas e os outros?

Essa era a pergunta a que Garra de Amora Doce não conseguia responder. Era impossível procurar seus companheiros com cachorros e Duas-Pernas por toda parte. A ansiedade o golpeou no fundo do estômago quando pensou em Pata de Esquilo sozinha e desnorteada nesse lugar estranho e assustador.

– Eles provavelmente farão o mesmo – miou, esperando soar convincente. – Eles podem até estar esperando por nós. Caso contrário, voltarei para dar uma olhada depois de escurecer, quando os Duas-Pernas estiverem em seus ninhos.

Cauda de Pluma assentiu, e os dois gatos pularam da cerca, pousando levemente com as patas dianteiras na grama curta e verde. Eles deslizaram de volta pela sebe e ao longo do Caminho do Trovão, mantendo-se bem longe de sua superfície lisa e negra. Monstros passavam de vez em quando, mas Garra de Amora Doce estava tão preocupado com os gatos desaparecidos que mal notou o rugido gutural e a rajada de vento que o balançava sobre as patas.

Por fim, chegaram ao fim da sebe. O Caminho do Trovão fez uma curva para se juntar a outro um pouco mais à frente. Entre os dois havia uma cunha de terreno aberto, quase coberto por um emaranhado de arbustos de espinheiro. Do outro lado do Caminho do Trovão, os campos se estendiam a distância. Uma brisa fria agitou o pelo do flanco de Garra de Amora Doce enquanto ele olhava através dos campos para onde o sol estava começando a se pôr.

– Obrigada, Clã das Estrelas! – Cauda de Pluma suspirou.

Garra de Amora Doce liderou o caminho para os arbustos, onde estariam mais seguros e alguns de seus amigos já poderiam estar esperando. Deixando Cauda de Pluma de vigia, ele mergulhou mais fundo, procurando e chamando o nome deles em voz baixa. Não houve resposta e ele não conseguiu captar nenhum cheiro familiar.

Quando voltou para ter com Cauda de Pluma, ela estava sentada com a cauda enrolada nas patas, um camundongo morto a seu lado.

– Você quer compartilhar? – ela miou. – Peguei, mas não estou com vontade de comer agora.

A visão da presa lembrou a Garra de Amora Doce como estava faminto. Havia comido bem naquela manhã no celeiro de Pata Negra, mas tinham viajado muito desde então.

– Tem certeza? Posso pegar um para mim.

– Não, pode comer. – Ela empurrou o camundongo para ele com a pata.

– Obrigado. – Garra de Amora Doce se agachou ao lado da gata e deu uma mordida, os sabores quentes inundando sua boca. – Tente não se preocupar – ele miou enquanto Cauda de Pluma inclinava a cabeça para dar uma mordida desanimada. – Tenho certeza de que nos encontraremos com os outros em breve.

Cauda de Pluma parou de comer e olhou-o com ansiedade. – Espero que sim. É estranho estar sem Pelo de Tempestade. Sempre fomos mais próximos do que a maioria dos irmãos de ninhada. Suponho que seja por ter o pai em um clã diferente.

Garra de Amora Doce assentiu, lembrando-se de como se sentira próximo de Pelo de Açafrão quando eram filhotes, enquanto lutavam para entender a herança manchada de sangue de seu pai, Estrela Tigrada.

– Claro, você vai entender. – Com uma contração de orelhas, Cauda de Pluma o convidou a pegar mais um pedaço da presa.

– Sim – Garra de Amora Doce respondeu. Encolheu os ombros. – Mas não sinto falta do meu pai tanto quanto você deve sentir falta de Listra Cinzenta. Gostaria de poder honrar sua memória, mas não posso.

– Isso deve ser muito difícil – Cauda de Pluma pressionou o nariz contra o ombro dele. – Pelo menos vemos Listra Cinzenta nas Assembleias. E ficamos muito orgulhosos quando ele foi nomeado representante do clã.

– Ele também está orgulhoso de vocês – miou Garra de Amora Doce, feliz por deixar para trás o assunto sobre seu pai.

Ele pegou o resto de sua parte do camundongo e, enquanto Cauda de Pluma se forçava a terminar a dela, começou a planejar o que fazer em seguida. Aventurando-se para fora dos arbustos, viu o sol se pondo em raios de fogo, iluminando o caminho que deveriam seguir. Mas não havia esperança de continuar até que encontrassem os outros.

– Eles não estão aqui – Cauda de Pluma murmurou, subindo para se juntar a ele para poder falar baixinho.

– Não, vou ter de voltar. Você fica aqui caso…

Um uivo furioso o interrompeu: as vozes de gatos zangados e assustados, vindo do último jardim da fileira. Saltando sobre as patas, ele encontrou o olhar assustado de Cauda de Pluma.

– Ali estão eles! – ele arfou. – E estão com problemas!

CAPÍTULO 15

Pata de Folha abriu os olhos e viu folhas de samambaia acima de sua cabeça, delineadas contra um céu pálido. Imediatamente se lembrou de que esse era o dia da meia-lua, quando todos os curandeiros e seus aprendizes faziam a jornada para Pedras Altas para se encontrar com o Clã das Estrelas na misteriosa Pedra da Lua. Um arrepio de empolgação a percorreu; estivera lá apenas uma vez, quando o Clã das Estrelas a recebeu como aprendiz de curandeira, e se lembraria da experiência pelo resto da vida.

Saltando de seu confortável ninho coberto de musgo, ela se espreguiçou e bocejou, piscando para espantar os últimos vestígios de sono. Ouvia Manto de Cinza se movendo dentro da toca, e alguns momentos depois a curandeira botou a cabeça para fora e cheirou o ar.

– Sem cheiro de chuva – miou. – Devemos fazer uma boa viagem.

Sem mais demora, liderou o caminho para fora do acampamento. Pata de Folha lançou um olhar pesaroso para a pilha de presas frescas ao passarem por ela; nenhum gato que quisesse trocar lambidas com o Clã das Estrelas tinha permissão para comer antes.

Pelo Gris, que estava de guarda ao lado da entrada do túnel de tojos, baixou a cabeça quando Pata de Folha e sua mentora passaram. Pata de Folha sentiu-se ligeiramente envergonhada. Estava consciente de que era apenas uma aprendiz e não estava acostumada com a honra com que os guerreiros tratavam todos os curandeiros.

Ainda havia sombras na ravina e sob as árvores enquanto Manto de Cinza mancava em direção a Quatro Árvores, onde ela e Pata de Folha cruzariam o território do Clã do Vento. Um farfalhar fraco na vegetação rasteira indicava onde a presa se movia, mas as pequenas criaturas estavam a salvo de virarem caça por enquanto. De vez em quando, um pássaro emitia um grito de alarme quando as duas gatas passavam, nada mais do que sombras na luz cinzenta.

– Pratique suas habilidades de faro – Manto de Cinza instruiu Pata de Folha depois de um tempo. – Se encontrar ervas úteis, nós as colheremos no caminho de volta.

A aprendiz obedeceu, concentrando-se o máximo possível, até chegarem ao riacho. Ela e Manto de Cinza se agacharam para beber água, depois caminharam ao longo da margem até chegarem ao local onde uma rocha no meio do rio facilitava a travessia. Pata de Folha ficou de olho na mentora, preocupada que sua perna machucada lhe causasse problemas, mas ela conseguiu saltar com a facilidade de uma longa prática.

Enquanto subiam a encosta que levava a Quatro Árvores, Pata de Folha começou a sentir o cheiro de outros gatos. – Clã das Sombras – ela murmurou. – Deve ser Nuvenzinha.

Manto de Cinza assentiu – Ele geralmente espera por mim.

Pata de Folha sabia que sua mentora havia salvado a vida de Nuvenzinha quando a doença se alastrou por Clã das Sombras; por causa disso, Nuvenzinha escolheu ser curandeiro, e desde então criou-se um vínculo de amizade entre ele e Manto de Cinza, além até mesmo da lealdade comum compartilhada por todos os curandeiros.

Quando chegaram ao topo, Pata de Folha avistou o curandeiro do Clã das Sombras sentado na base da Grande Rocha. A pequena mas digna figura malhada estava sozinha, pois ele não tinha aprendiz. Ele saltou sobre as patas assim que as viu, gritando uma saudação. No mesmo momento, os arbustos ao redor do vale farfalharam, e Pelo de Lama, do Clã do Rio, entrou na clareira com sua aprendiz, Asa de Mariposa.

Pata de Folha ficou satisfeita em ver a aprendiz do Clã do Rio. Desceu a encosta para se juntar a ela quando Manto de Cinza e os outros dois curandeiros se encontraram no centro da clareira e começaram a trocar notícias.

– Asa de Mariposa! – miou. – É bom ver você.

O sol já estava por completo acima das árvores, e o pelo dourado de Asa de Mariposa brilhava como âmbar. Pata de Folha pensou novamente em como ela era bonita, mas ficou desconcertada quando sua saudação amigável não foi retribuída.

Em vez disso, Asa de Mariposa assentiu friamente. – Saudações. Estava me perguntando se Manto de Cinza traria sua aprendiz.

Algo na maneira como ela falava fez Pata de Folha se sentir pequena, como se Asa de Mariposa tentasse colocá-la em seu lugar. Claro, Asa de Mariposa já era uma guerreira, talvez esperasse respeito e não amizade de uma aprendiz. A decepção apunhalou Pata de Folha como um espinho; abaixou a cabeça e recuou um passo para seguir os outros gatos enquanto eles caminharam até a lateral do vale e através da fronteira em território do Clã do Vento.

Seu ânimo se recuperou quando começaram a cruzar a charneca; a brilhante luz do sol do início da estação das folhas caídas, a brisa agitando a grama que parecia flexível sob suas patas, os aromas de tojo e urze – tudo era muito diferente da exuberante e sombria floresta do Clã do Trovão. Vendo que Asa de Mariposa estava andando atrás de seu mentor sem se juntar à conversa dos curandeiros, Pata de Folha se aproximou dela.

– Achei que não a encontraria aqui – ela miou. – Pensei que Pelo de Lama já teria levado você para a Boca da Terra.

Asa de Mariposa se virou para olhá-la de frente, os olhos cor de âmbar ardendo como se tivesse ouvido algo ofensivo. Pata de Folha se encolheu. – Sinto muito... – ela começou.

De repente, Asa de Mariposa relaxou e a luz hostil desapareceu de seus olhos. – Não, eu é que lhe devo desculpas – ela miou. – Não é sua culpa. Você ouviu o que Pelo de

Lama disse na última Assembleia, sobre esperar por um sinal do Clã das Estrelas de que eu seria a curandeira certa para o clã?

Pata de Folha assentiu.

– O sinal não veio – Asa de Mariposa fez uma pausa e começou a puxar a dura grama do pântano com as garras de uma das patas dianteiras. – Não houve sinal nenhum! Achei que isso significava que o Clã das Estrelas havia me rejeitado; e os outros gatos foram rápidos o suficiente para começar a falar sobre isso! Só porque minha mãe era uma ladra e eu não nasci no clã. – A luz feroz brilhou brevemente em seus olhos mais uma vez e depois desapareceu.

– Ah, não, eu sinto muito! – Pata de Folha exclamou, os olhos arregalados de simpatia.

– Pelo de Lama apenas me disse para ser paciente – os lábios de Asa de Mariposa se torceram ironicamente. – Ele pode ser bom nisso, mas eu não. Tentei, mas ainda assim o sinal não veio. Estava pronta para deixar o clã, mas Geada de Falcão – você se lembra do meu irmão, Geada de Falcão? – me disse para esquecer isso. Disse que eu não precisava provar minha lealdade a gatos ciumentos, apenas ao Clã das Estrelas, e ele tinha certeza de que finalmente enviariam o sinal.

– E ele estava certo – miou Pata de Folha –, ou você não estaria aqui agora.

– Sim, ele estava certo – Asa de Mariposa respirou aliviada. – Foi apenas duas madrugadas atrás. Pelo de Lama saiu de sua toca e encontrou uma asa de mariposa na entrada.

Mostrou para Estrela de Leopardo e a todos os outros gatos do clã. Ele disse que não poderia haver um sinal mais claro.

– E Estrela de Leopardo... – Pata de Folha foi interrompida por um uivo distante e olhou para cima. Os três curandeiros haviam parado no topo de uma elevação distante e olhavam para trás, na direção das duas gatas.

– Vocês vêm conosco ou não? – a voz de Pelo de Lama veio fraca por causa do vento.

Pata de Folha trocou um olhar assustado com Asa de Mariposa e deu uma risada. O sinal fora enviado pelo Clã das Estrelas, Asa de Mariposa não tinha com que se preocupar. A Pedra da Lua as aguardava, pronta para deixá-las entrar nos mistérios de seus ancestrais guerreiros. Naquele momento, Pata de Folha não conseguia imaginar nada melhor do que ser aprendiz de curandeira. – Vamos – ela miou animadamente para a companheira –, estamos sendo deixadas para trás!

Ao nascer do sol, eles se encontraram com Casca de Árvore, o curandeiro do Clã do Vento, ao lado da nascente de um dos riachos da charneca. Pata de Folha observou Casca de Árvore e Pelo de Lama se cumprimentando com miados amigáveis, apesar da tensão entre seus clãs sobre a determinação do Clã do Vento de beber no rio até a próxima Assembleia. Rivalidades usuais entre clãs não existiam entre curandeiros; a lealdade deles era para com o Clã das Estrelas, que se estendia por todos os limites da floresta.

Depois de um tempo, Pata de Folha notou que Manto de Cinza estava começando a mancar muito e imaginou que seu antigo ferimento a estava incomodando. Mas a curandeira do Clã do Trovão nunca admitiria que o ritmo era demais para ela, então a aprendiz decidiu ela mesma desacelerar os gatos: – Não podemos descansar? – ela implorou, deixando-se cair em um pedaço de urze macia. – Estou muito cansada!

Manto de Cinza lançou-lhe um olhar perspicaz, como se adivinhasse o que ela estava fazendo, e então concordou.

– Aprendizes – Casca de Árvore murmurou. – Falta resistência.

– *Ele* não viajou tão longe quanto nós – Asa de Mariposa sussurrou enquanto se acomodava ao lado de Pata de Folha. – E ele não tem um aprendiz, então o que ele sabe?

– Ele não é realmente indelicado – Pata de Folha murmurou de volta. – Acho que ele só gosta de parecer mal-humorado. – Ela se deitou de lado e caprichou no banho, querendo ter a melhor aparência possível quando estivesse diante do Clã das Estrelas.

Asa de Mariposa começou a fazer o mesmo e então parou. – Pata de Folha, você pode me testar? – ela implorou.

– Testar você? Em quê?

– Ervas – os olhos de Asa de Mariposa estavam arregalados e ansiosos. – No caso de Pelo de Lama esperar que eu conheça todas elas. Não quero decepcioná-lo. Usamos calêndula para curar infecção e mil-folhas para expelir veneno, mas o que é melhor para dor de barriga? Nunca consigo lembrar.

– Bagas de zimbro ou raiz de cerefólio – respondeu Pata de Folha, perplexa. – Mas por que você está tão preocupada? Você sempre pode perguntar ao seu mentor. Ele não espera que você já saiba tudo.

– Não quando eu conhecer o Clã das Estrelas! – Asa de Mariposa estava quase chorando de angústia. – Tenho de mostrar a eles que estou apta para ser curandeira. Podem não me aceitar se eu não me lembrar das coisas que devo saber.

Pata de Folha quase caiu na gargalhada. – Não é assim – ela miou, paciente. – O Clã das Estrelas não fará perguntas. Ele... Bem, é difícil de explicar, mas tenho certeza de que você não tem nada com que se preocupar.

– Para você é fácil – para a surpresa de Pata de Folha, havia um toque de amargura nessas palavras. – Você nasceu uma gata da floresta. Eu tenho de ser melhor do que todos, apenas para ser aceita no clã.

Seus olhos estavam enormes, brilhando com uma mistura de raiva e determinação. A pena que sentiu da gata apertou o coração de Pata de Folha, e ela girou a cauda para tocar o ombro da jovem.

– Isso pode ser verdade para o Clã do Rio – ela miou –, mas não para o Clã das Estrelas. Você não *ganha* a aprovação do Clã das Estrelas, eles a dão de presente.

– Bem, pode ser que não me deem – Asa de Mariposa murmurou.

Pata de Folha olhou espantada para a amiga. Era tão forte e bonita que tinha todas as habilidades de uma guerreira, bem como a chance de aprender as de um curandeiro, mas ainda assim tinha medo de nunca pertencer à floresta.

Pata de Folha se aproximou e pressionou seu focinho gentilmente na lateral do corpo de Asa de Mariposa. – Você vai ficar bem – murmurou. – Olhe para Estrela de Fogo. Ele não nasceu no clã, mas agora é o líder do Clã do Trovão. – Como a aprendiz ainda parecia insegura, ela acrescentou: – Confie em mim. Quando estiver na frente da Pedra da Lua, entenderá tudo.

O sol começava a se pôr quando os curandeiros se aproximaram de Pedras Altas. A grama áspera da charneca deu lugar a uma encosta íngreme de solo nu, com uma moita de urzes aqui e ali e afloramentos de rocha manchados de líquen amarelo apareciam no meio da vegetação.

Casca de Árvore, que assumira a liderança, parou em uma rocha plana e olhou para cima. Logo abaixo do pico, um buraco escuro se abria na encosta sob um arco de pedra.

– Ali está a Boca da Terra – Pata de Folha explicou a Asa de Mariposa, e então se lembrou de que sua amiga já a teria visto antes, quando fez sua jornada de aprendiz durante seu treinamento de guerreira. – Desculpe – ela acrescentou –, sei que esta não é sua primeira vez.

Os olhos de Asa de Mariposa se arregalaram quando viu a abertura escancarada: – Só vim até aqui – respondeu. – Não fui escolhida para entrar.

– É assustador, eu sei, mas também é maravilhoso – Pata de Folha a tranquilizou.

Asa de Mariposa se empertigou. – Não tenho medo – ela insistiu. – Sou uma guerreira. Não tenho medo de nada.

Nem mesmo da rejeição do Clã das Estrelas? Pata de Folha não ousou colocar em palavras seu pensamento, mas, quando se acomodou ao lado da amiga para esperar o anoitecer, não pôde deixar de notar que Asa de Mariposa estava tremendo.

Por fim, a meia-lua flutuou acima do pico e Pelo de Lama ergueu-se sobre as patas. – Está na hora – murmurou.

Pata de Folha sentiu um aperto na barriga enquanto seguia a mentora encosta acima e por baixo do arco de pedra. Ar frio e úmido fluiu em direção a elas; era quase como se um rio de escuridão fluísse junto, mais negro que a noite que os cercava. Pata de Folha ocupou seu lugar no final da fila de gatos, logo atrás de Asa de Mariposa.

O túnel descia, serpenteando para a frente e para trás até Pata de Folha perder todo o senso de direção. O ar parecia espesso, como se estivessem debaixo da água e também no subsolo. Não conseguia ver nada, nem mesmo Asa de Mariposa, que estava nada mais do que um pulo de coelho à sua frente, embora ouvisse a respiração superficial da gata do Clã do Rio e sentisse o cheiro de medo que ela exalava. Por fim, Pata de Folha sentiu uma onda fria no ar ao redor deles, e seu pelo arrepiou de empolgação quando ela reconheceu o primeiro sinal de que estavam chegando ao coração da colina. Aromas frescos do mundo acima vieram fracamente até ela quando entrou em uma grande caverna; um brilho de estrelas através de um buraco no telhado mostrou suas altas paredes de pedra, e debaixo de suas patas o chão era de pedra lisa e bem gasta. No centro da caverna havia uma rocha com três caudas de altura. Os olhos de Pata de Folha se arregalaram de espanto quando a fitou, embora ainda estivesse escuro, uma formidável presença adormecida.

O pelo de Asa de Mariposa a roçou levemente. – Onde estamos?– ela sussurrou. – O que está acontecendo?

– Asa de Mariposa, aproxime-se da Pedra da Lua – Casca de Árvore anunciou de mais longe na caverna. – Todos devemos esperar até a hora de trocar lambidas com o Clã das Estrelas. – Ele e os outros curandeiros se sentaram ao redor da pedra, a cerca de uma raposa de distância.

Pata de Folha ouviu um suspiro trêmulo da amiga e, para tranquilizá-la, pressionou o ombro da aprendiz do Clã do Rio. – Podemos nos sentar também – sussurrou no ouvido de Asa de Mariposa. Pata de Folha tomou seu lugar atrás de Manto de Cinza, e a amiga, hesitante, sentou-se a seu lado.

Na escuridão, o tempo se estendeu e pareceu a Pata de Folha que esperavam há estações. Então, em um piscar de olhos, uma luz branca forte brilhou na caverna enquanto a lua aparecia pelo buraco no teto. Ela ouviu Asa de Mariposa ofegar. A Pedra da Lua, deslumbrante, despertou para a vida na frente deles, cintilando ao luar como se todo o Tule de Prata tivesse virado para baixo a superfície de cristal.

À medida que os olhos de Pata de Folha se acostumaram com a luz brilhante, ela viu Pelo de Lama erguer-se sobre as patas, virar-se e andar lentamente para ficar à frente de sua aprendiz. A luz branca inundou seu pelo de forma que ele parecia estar coberto de gelo.

– Asa de Mariposa – ele miou solenemente –, é seu desejo adentrar os mistérios do Clã das Estrelas como curandeira?

Asa de Mariposa hesitou. Pata de Folha a viu engolir antes de responder: – Sim.

– Então aproxime-se.

A gata se levantou e seguiu seu mentor pela caverna até pararem perto da pedra. À sua luz, Asa de Mariposa parecia sobrenatural, seu pelo dourado pálido como cinzas e um brilho prateado nos olhos, quase como se ela já tivesse se juntado às fileiras do Clã das Estrelas. Pata de Folha estremeceu. Esse não parecia um bom pensamento; ela o afastou da mente, relutante em acreditar que pudesse ser um presságio.

– Guerreiros do Clã das Estrelas – Pelo de Lama continuou –, apresento a vocês essa aprendiz. Ela escolheu o caminho de curandeira. Concedam-lhe sua sabedoria e seu discernimento para que ela possa entender seus caminhos e curar seu clã de acordo com a vontade de vocês.

Ele acenou com a cauda e disse a Asa de Mariposa: – Deite-se aqui e pressione o nariz contra a pedra.

Movendo-se como em um sonho, Asa de Mariposa obedeceu. Assim que se acomodou, todos os curandeiros avançaram para se deitar na mesma posição ao redor da Pedra da Lua, e Manto de Cinza convidou Pata de Folha a se juntar a eles. O pelo da jovem se arrepiou, pois sabia o que estava prestes a acontecer.

– É hora de falar com o Clã das Estrelas – Casca de Árvore murmurou.

– Falem conosco, ancestrais guerreiros – Nuvenzinha miou. – Mostrem-nos o destino de nossos clãs.

Pata de Folha fechou os olhos e pressionou o nariz contra a superfície da pedra. Imediatamente o frio tomou seu corpo como a garra de um falcão, ou como se ela tivesse caído de cabeça na água escura. Não conseguia ver nem ouvir nada, tampouco sentir o chão de pedra da caverna sob o corpo; estava flutuando em uma noite escura, onde não havia sequer a luz do Tule de Prata.

Então uma série de cenas rápidas começou a aparecer em sua visão. Ela viu Quatro Árvores, mas as grandes árvores estavam nuas, com apenas algumas folhas rasgadas ainda presas aos galhos. Uma das árvores balançava para a frente e para trás, com mais violência do que quando o vento era mais forte, enquanto as outras permaneciam paradas ao seu redor. Quase imediatamente, a imagem foi substituída por uma visão de monstros correndo no Caminho do Trovão e uma longa fila de gatos caminhando pela neve, uma linha escura contra a paisagem branca sem fim. Não havia árvores aqui e nada que sugerisse que estivesse em qualquer lugar dos quatro territórios.

A última cena mostrou sua irmã, Pata de Esquilo, e, embora Pata de Folha soubesse que estava proibida de falar no assunto, mal conseguiu conter um grito de alívio e alegria. Sua irmã estava trotando por um amplo campo verde, e Pata de Folha teve a impressão de vários outros gatos estarem com ela antes que a visão desaparecesse, e ela foi deixada na escuridão mais uma vez.

Gradualmente, a pedra fria sob ela se infiltrou de volta em seu pelo, e o espaço infinito dentro dos sonhos do Clã das Estrelas diminuiu para o frescor comum de uma noite da estação das folhas caídas. Pata de Folha abriu os olhos, piscando, e afastou-se da Pedra da Lua, antes de se erguer trêmula sobre as patas. Sentiu-se estranhamente reconfortada, como se fosse um filhote de novo, protegido pela mãe enquanto dormia. O Clã das Estrelas preservou seu vínculo com Pata de Esquilo, mesmo ela estando tão distante da irmã.

Os outros curandeiros estavam colocando as patas ao seu redor, prontos para voltar à superfície. Asa de Mariposa estava entre eles, olhos brilhando com uma mistura de triunfo e admiração pelas coisas que o Clã das Estrelas havia mostrado. Pata de Folha sentiu uma pontada de alívio quando percebeu que os ancestrais guerreiros certamente tinham aceitado Asa de Mariposa. O que quer que ela sentisse sobre seus companheiros de clã, a gata do Clã do Rio não precisava mais duvidar da aprovação do Clã das Estrelas.

Pelo de Lama tocou a boca de Asa de Mariposa com a ponta da cauda, um sinal de silêncio, e liderou o caminho para fora da caverna. Mais uma vez, Pata de Folha ficou na retaguarda, caminhando ao longo do sinuoso túnel subterrâneo, de volta ao mundo cotidiano.

Assim que chegaram à entrada, Asa de Mariposa saltou para o topo de uma saliência de rocha. Jogou a cabeça para trás e soltou um uivo de puro triunfo.

Pelo de Lama a observou, balançando a cabeça com indulgência. – Não foi tão ruim afinal, foi? Bem – ele continuou enquanto Asa de Mariposa saltava para o seu lado novamente –, você é uma verdadeira aprendiz de curandeiro agora. Como se sente?

– Maravilhosa! – respondeu. – Eu vi Geada de Falcão liderando uma patrulha e... – ela se calou quando Pata de

Folha arregalou os olhos, tentando sinalizar que curandeiros não compartilhavam seus sonhos até ter alguma ideia do significado.

A aprendiz do Clã do Trovão aproximou-se e tocou o nariz da aprendiz do Clã do Rio. – Parabéns – murmurou. – Eu disse que tudo ficaria bem.

– Sim, você disse. – Os olhos de Asa de Mariposa brilharam. – Tudo vai ficar bem agora. O Clã do Rio ouvirá que o Clã das Estrelas me aprova. Eles vão ter de me aceitar agora!

Ela desceu a encosta, deixando os outros seguirem mais devagar. Pata de Folha a observava com o coração cheio de perguntas. O que Asa de Mariposa tinha visto? E que visões o Clã das Estrelas enviou para Manto de Cinza? A curandeira do Clã do Trovão parecia pensativa, mas sua expressão nada revelava. Sufocando um arrepio, Pata de Folha lembrou-se das próprias visões.

O que foi poderoso o suficiente para abalar um dos grandes carvalhos em Quatro Árvores? E por que os gatos estavam viajando no frio intenso da estação sem folhas? Se o Clã das Estrelas havia enviado sinais do que o futuro traria, como deveria interpretá-los?

No entanto, apesar de toda a sua incerteza, Pata de Folha estava cheia de esperança. Mesmo que a irmã estivesse muito longe da floresta, o Clã das Estrelas havia lhe mostrado que ela estava em segurança.

Mande-a de volta logo, Pata de Folha rezou enquanto seguia os outros gatos morro abaixo. *Aonde quer que essa jornada os leve, por favor, traga-os em segurança para casa.*

CAPÍTULO 16

Garra de Amora Doce correu de volta para a cerca viva com Cauda de Pluma logo atrás. Todos os seus instintos lhe diziam para correr para o jardim e resgatar os outros gatos, mas a lembrança do que aconteceu quando cruzaram pela primeira vez o Caminho do Trovão o alertou a ser mais cauteloso. Em vez disso, abriu caminho entre os galhos até poder espiar escondido. O que viu revirou seu estômago. Perto do ninho dos Duas-Pernas, dois gatinhos de gente enormes haviam encurralado Pelo de Tempestade e Pata de Corvo. O aprendiz do Clã do Vento estava agachado junto ao chão, as orelhas achatadas e os lábios repuxados num rosnado. Pelo de Tempestade tinha uma pata estendida à frente, ameaçando os gatinhos de gente com garras desembainhadas. Garra de Amora Doce percebeu que eles não escapariam sem lutar, e não havia para onde recuar, exceto pela porta entreaberta do ninho dos Duas-Pernas.

– Grande Clã das Estrelas! – Cauda de Pluma ofegou em seu ouvido. – Esses gatinhos de gente são maiores que a maioria dos guerreiros!

Garra de Amora Doce não tinha certeza se isso importava. Tamanho e pelo brilhante não bastavam para formar um guerreiro. Não tinha dúvidas de que ele e seus amigos venceriam a batalha, mas os dois gatinhos de gente estavam defendendo seu território e pareciam capazes de causar ferimentos desagradáveis; ferimentos que os gatos do clã não podiam se permitir sofrer se quisessem continuar a jornada.

Enrijeceu os músculos, preparando-se para pular sobre os gatinhos de gente por trás, mas, antes que pudesse se mover, uma faixa cor de fogo brilhou da cerca e atravessou o jardim.

– Pata de Esquilo, não! – Garra de Amora Doce uivou.

A aprendiz não deu atenção; ele nem tinha certeza se ela o ouvira. Lançando-se no meio dos gatos eriçados, ela arranhou o gatinho de gente mais próximo. Ambos se viraram, rosnando.

Imediatamente o jovem guerreiro gritou: – Pelo de Tempestade, Pata de Corvo! Por aqui!

Pata de Corvo disparou pela grama e colidiu com o flanco de Cauda de Pluma enquanto ele investia sob a cerca viva, mas Pelo de Tempestade ficou onde estava, com Pata de Esquilo ao lado, guinchando para os gatinhos de gente que avançavam. No mesmo momento, Pelo de Açafrão apareceu em cima da cerca do jardim ao lado e saltou para se juntar a eles.

– Afastem-se, seus cocôs de raposa! – Pata de Esquilo disparou quando os dois gatinhos de gente chegaram mais perto.

O mais próximo deles tentou atacá-la com a pata, errando por um triz. Então a porta do ninho dos Duas-Pernas se escancarou e uma fêmea saiu gritando e agitando os braços. Os gatinhos de gente fugiram ao redor do ninho, enquanto os gatos do clã correram para o refúgio da sebe. A Duas-Pernas olhou para eles por um momento e se retirou para seu ninho, batendo a porta.

– Pata de Esquilo! – Garra de Amora Doce sibilou quando a aprendiz derrapou até parar. – O que você estava fazendo lá fora? Aqueles dois poderiam ter arrancado seu pelo.

Pata de Esquilo deu de ombros, sem arrependimento. – Não, não poderiam. Todos os gatinhos de gente são fofos – miou. – De qualquer forma, Pelo de Tempestade e Pata de Corvo estavam lá.

– Garra de Amora Doce, não a repreenda. – Os olhos cor de âmbar de Pelo de Tempestade brilharam ao olhar para Pata de Esquilo. – Essa foi a atitude mais corajosa que eu já vi.

Cauda de Pluma murmurou concordando, e Garra de Amora Doce começou a se sentir desconfortável. Pelo de Açafrão deu à jovem um aceno de aprovação também; apenas Pata de Corvo parecia zangado, talvez ciente de que a aprendiz havia se saído melhor do que ele, talvez lamentando que no momento de crise ele tivesse obedecido a uma ordem de Garra de Amora Doce.

– Nunca disse que ela não era corajosa – Garra de Amora Doce se defendeu com veemência. – Só que precisa pensar primeiro. Ainda temos um longo caminho a percorrer e, se algum de nós se ferir, isso nos impedirá.

– Bem, estamos todos aqui agora – apontou Pelo de Açafrão. – Vamos indo.

Garra de Amora Doce liderou o caminho de volta para o terreno acidentado onde havia esperado com Cauda de Pluma. A essa altura o sol já havia se posto, mas listras vermelhas ainda manchavam o céu, mostrando-lhes o caminho a seguir.

– Poderíamos passar a noite aqui – sugeriu Cauda de Pluma. – Há abrigo e presas.

– É muito perto dos ninhos dos Duas-Pernas – argumentou Pelo de Tempestade. – Se atravessarmos o Caminho do Trovão na direção desses campos, poderemos encontrar um lugar mais seguro.

Ninguém discordou. O Clã das Estrelas enviou-lhes uma travessia fácil do segundo Caminho do Trovão e, quando o crepúsculo se aproximava, começaram a caminhada pelos campos. A superfície era áspera, com trechos pantanosos e montes de pedra, como se outrora houvesse ali ninhos de Duas-Pernas que tivessem sido deixados em ruínas. Já estava quase escuro quando chegaram a um trecho de muro derrubado. Samambaias e gramíneas se enraizaram nas rachaduras, proporcionando algum abrigo, e o musgo cobria as pedras caídas.

– Isso não parece tão ruim – miou Pelo de Tempestade. – Podemos parar por aqui.

– Ah, sim, por favor! – Pata de Esquilo concordou. – Estou tão cansada que acho que minhas patas vão cair!

– Bem, *eu* acho que devemos ir um pouco mais longe – Pata de Corvo objetou, teimoso. Garra de Amora Doce suspeitava que ele estivesse apenas tentando ser difícil. – Não há cheiro de presa aqui.

– Percorremos um longo caminho hoje – Garra de Amora Doce miou. – Se formos mais longe, poderemos ter mais problemas ou ter de passar a noite ao relento. Vamos dar uma olhada primeiro e garantir que não haja surpresas desagradáveis. Nenhum texugo ou raposa escondidos por perto.

O restante dos gatos concordou, exceto Pata de Corvo, que grunhiu de forma desagradável. Pata de Esquilo foi investigar do outro lado do muro. Algum tempo depois de ela ter saído, Garra de Amora Doce foi atrás, esperando problemas novamente, mas encontrou-a pulando no caminho das pedras.

– Este é um ótimo lugar! – anunciou, sacudindo gotas de água dos bigodes, enquanto Garra de Amora Doce se perguntava de onde vinha tanta energia. – Tem uma poça do outro lado, com bastante água.

– Água? Leve-me até lá – Pelo de Açafrão miou, trotando na direção que a aprendiz indicou. – Minha boca está tão seca quanto as folhas da última estação.

Um momento depois ela voltou e caminhou ameaçadoramente até Pata de Esquilo com a cauda eriçada. – Isso foi um truque sujo – rosnou.

A jovem pareceu perplexa. – Truque? Não sei o que você quer dizer.

A gata cuspiu. – A água tem um gosto nojento. Cheio de sal ou algo assim.

– Não tem! – Pata de Esquilo protestou. – Tomei um bom gole e estava fresca como devia estar.

Pelo de Açafrão se virou e agarrou com raiva alguns talos suculentos de grama. Pelo de Tempestade lançou um olhar preocupado à jovem. – Espere aí – ordenou. Pouco depois reapareceu com gotas brilhando em seus bigodes. – Não, está tudo bem – relatou.

– Então por que eu peguei um bocado de sal?– Pelo de Açafrão miou. Um arrepio percorreu a espinha de Garra de Amora Doce. – E se ... – ele começou, seu olhar indo de um gato para outro. Engoliu em seco. – E se for um sinal do Clã das Estrelas de que estamos fazendo a coisa certa, tentando encontrar o lugar onde o sol mergulha? Meu sonho era sobre água salgada, lembrem-se.

Os quatro gatos escolhidos se entreolharam, olhos arregalados de admiração e, pensou Garra de Amora Doce, de apreensão também.

– Se você estiver certo – murmurou Cauda de Pluma –, significa que o Clã das Estrelas está nos observando o tempo todo. – Olhou ao redor como se esperasse ver formas estelares caminhando em direção a eles através do campo escuro.

Garra de Amora Doce cravou as garras na terra, sentindo a necessidade de se ancorar em algo real e sólido. – Isso é uma coisa boa – miou.

– Então por que todos nós não recebemos um sinal? – Pata de Corvo perguntou desafiadoramente. – Por que só vocês dois?

– Talvez recebamos um mais tarde – sugeriu Cauda de Pluma, roçando a cauda na lateral do corpo de Pata de Corvo. – Talvez eles apareçam em lugares diferentes para nos avisar que estamos no caminho certo.

– Talvez – Pata de Corvo encolheu os ombros com raiva e foi se enroscar sozinho em uma extremidade do muro.

O restante do grupo também se acalmou. Garra de Amora Doce pensou com saudade nos camundongos do celeiro de Pata Negra; não havia cheiro de presa aqui, e eles iriam dormir com fome. No dia seguinte, teriam de passar algum tempo caçando antes de irem mais longe.

As primeiras estrelas do Tule de Prata começaram a aparecer. *Guerreiros do Clã das Estrelas*, pensou Garra de Amora Doce, sonolento, *observem-nos e nos guiem em nossa jornada.*

Se ao menos eu pudesse falar com vocês agora, pensou. *Gostaria de poder perguntar se estamos realmente fazendo a coisa certa e por que temos de viajar para tão longe. Gostaria de poder perguntar que problemas vocês previram para a floresta.*

As estrelas brilharam ainda mais intensamente, mas nenhuma resposta veio.

CAPÍTULO 17

Garra de Amora Doce acordou sobressaltado quando uma pata cutucou a lateral de seu corpo.

Pata de Esquilo miou com urgência: – Acorde, Garra de Amora Doce! Cauda de Pluma e Pata de Corvo... se foram!

Garra de Amora Doce se sentou, piscando. Pelo de Açafrão estava sentada sobre as patas e Pelo de Tempestade saía do ninho que tinha feito para si mesmo sob uma moita de samambaias. Mas Pata de Esquilo estava certa. Não havia sinal de Cauda de Pluma nem de Pata de Corvo.

Com a cabeça girando, ele cambaleou sobre as patas. O sol já havia subido acima do horizonte em um céu azul brilhante pontilhado de nuvens brancas. Soprava uma brisa forte, ondulando a grama do campo, mas não trazia o cheiro dos gatos desaparecidos. Por alguns tique-taques de coração, Garra de Amora Doce se perguntou se teriam voltado para casa. Será que pelo fato de não terem recebido o sinal de água salgada do Clã das Estrelas eles ficaram com vontade de desistir, como se tivessem sido julgados e considerados indignos? E, se tivessem voltado, será que ele e Pelo de Açafrão poderiam ter sucesso sozinhos?

Então percebeu que estava sendo tolo. Pata de Corvo pode pensar assim, mas Cauda de Pluma nunca pensaria, e, aonde quer que tenham ido, devem estar juntos. E era improvável que um predador os tivesse levado; não havia cheiro de perigo ali e, de qualquer forma, o barulho teria acordado o restante do grupo.

– Veja se foram tomar água na poça – sugeriu a Pata de Esquilo, que ainda o encarava com pânico nos olhos verdes.

– Já fiz isso – miou. – Não tenho cérebro de camundongo.

– Não, OK, então... – Garra de Amora Doce olhou em volta descontrolado, precisando bolar um plano, e avistou duas pequenas figuras, cinza-clara e preta, se aproximando pelo campo. O vento, soprando na direção do muro derrubado, havia trazido seu cheiro. – Estão ali! – exclamou.

Cauda de Pluma e Pata de Corvo trotaram rapidamente até as pedras. Tinham a boca cheia de presas frescas e seus olhos brilhavam de satisfação.

– Onde vocês estavam? – Garra de Amora Doce perguntou. – Estávamos preocupados com vocês.

– Vocês não deveriam ficar por aí assim – acrescentou Pelo de Tempestade à irmã.

– O que vocês acham? – Pata de Corvo vociferou, soltando os dois camundongos que carregava. – Vocês estavam todos roncando como ouriços no inverno, aí resolvemos caçar.

– Há muitas presas por lá – Cauda de Pluma indicou um matagal no campo próximo. – Pegamos uma pilha inteira, mas teremos de voltar e buscar o resto.

– Deixe esses preguiçosos fazerem isso sozinhos – Pata de Corvo murmurou.

– Claro que vamos ajudar – miou Garra de Amora Doce, com a boca já salivando por conta do cheiro de presa fresca. – Vocês foram brilhantes. Fiquem e comam enquanto vamos buscar o resto das presas.

Pata de Corvo já estava agachado, pronto para morder um dos camundongos. – Não fale conosco como se você fosse nosso mentor – rosnou.

Ele estava obviamente determinado a se fazer de difícil, então Garra de Amora Doce o ignorou. Apesar do mau humor do gato mais novo, não podia deixar de se sentir otimista. Haviam sobrevivido ao problema nos jardins dos Duas-Pernas, o sinal de Pelo de Açafrão significava que eles ainda estavam seguindo a vontade do Clã das Estrelas, e agora tinham uma boa refeição pela frente. Enquanto liderava o caminho em direção ao matagal, entendeu que as coisas poderiam ser bem piores.

– O que é *aquilo*? – Garra de Amora Doce perguntou.

Três dias haviam se passado desde o problema nos jardins dos Duas-Pernas, e os viajantes percorreram as terras agrícolas, evitando os ninhos dos Duas-Pernas espalhados aqui e ali, e o que viram de mais ameaçador foram ovelhas. Agora, agachados em uma vala que corria ao longo da linha de uma sebe entre dois campos, depararam com dois dos maiores animais que Garra de Amora Doce já tinha visto, que corriam de um lado para o outro no campo, bufando e jogando as cabeças para cima. O impacto de seus pés enormes fazia o chão estremecer.

– Cavalos – Pata de Corvo respondeu com altivez; seus olhos brilharam como se estivesse encantado por saber algo que Garra de Amora Doce ignorava. – Correm pelo nosso território às vezes com os Duas-Pernas nas costas.

Garra de Amora Doce pensou nunca ter ouvido nada tão louco. – Acho que até os Duas-Pernas querem ter quatro pernas às vezes – brincou.

Pata de Corvo deu de ombros.

– Podemos ir, por favor? – Pata de Esquilo miou, melancólica. – Tem água nessa vala, e minha cauda está ficando molhada.

– Tudo bem – Garra de Amora Doce murmurou. – Mas não gosto de ser esmagado.

– Não acho que os cavalos sejam perigosos – Pelo de Tempestade miou. – Nós os vimos na fazenda na orla do território do Clã do Rio. Eles nunca prestam muita atenção em nós.

– Se pisassem em um de nós, não seria de propósito – acrescentou Cauda de Pluma.

Garra de Amora Doce não achou muito animador; um único golpe de uma pata daquelas, que pareciam pedaços de pedra desgastada, poderia quebrar a espinha de um gato.

– Só precisamos atravessar enquanto eles estão do outro lado – observou Pelo de Açafrão. – Duvido que nos sigam. Devem ser muito burros, ou não carregariam os Duas--Pernas nas costas.

– OK – Isso parecia sensato para Garra de Amora Doce. – Cruzamos diretamente este campo e passamos através da sebe oposta. E, pelo amor ao Clã das Estrelas, vamos ficar juntos desta vez.

Esperaram até que os cavalos galopassem para o outro lado do campo.

– Agora! – miou Garra de Amora Doce.

Ele se lançou no campo aberto, o vento soprando em seu pelo, sabendo que seus companheiros corriam ao seu lado. Pensou ter ouvido o barulho das patas maciças dos cavalos, mas não ousou diminuir a velocidade para olhar. Então saltou a vala que contornava a sebe do outro lado e mergulhou no abrigo de arbustos rasteiros.

Espiou com cautela e viu que os outros haviam chegado com ele a salvo. – Ótimo! – miou. – Acho que estamos começando a pegar o jeito.

– Já estava na hora – Pata de Corvo fungou.

Também havia animais grandes no campo ao lado, reunidos à sombra de algumas árvores, balançando a cauda e mastigando grama. Eram vacas: Garra de Amora Doce as tinha visto perto do celeiro de Pata Negra em sua jornada de aprendiz para Pedras Altas. Tinham peles lisas em preto e branco e olhos enormes como gigantescas placas de turfa.

As vacas pareciam não se importar com o grupo de gatos, então eles atravessaram o campo mais devagar, de olho nos animais que roçavam na grama alta e fresca. Era quase sol alto, e Garra de Amora Doce ficaria feliz em tirar uma soneca, mas sabia que tinham de continuar. Verificava a todo instante a posição do sol, impaciente para vê-lo baixar para ter certeza de que continuavam na direção certa. Onde o sol toca o horizonte era o lugar onde o sol mergulha. Garra de Amora Doce afastou a preocupação incômoda de que não teriam nada para guiá-los se as nuvens escondessem o sol, e esperava que o bom tempo continuasse.

Deixando as vacas para trás, chegaram a um campo tão grande que não conseguiam enxergar o outro lado. Em vez de grama, estava coberto por caules mais grossos, amarelos e esticados como a palha no celeiro de Pata Negra, cortados tão curtos que ficavam duros e pontiagudos, impossibilitando andar sobre eles. Ao longe, ouviam o rugido de um monstro.

– Lá está – Pata de Esquilo havia saltado para um galho baixo de uma árvore mais velha que crescia na sebe – um monstro enorme, no *campo*! Longe de qualquer Caminho do Trovão!

– O quê? Não pode ser! – Garra de Amora Doce saltou para o galho ao seu lado. Para sua surpresa, Pata de Esquilo estava certa. Um monstro muito maior do que os que costumavam passar pelo Caminho do Trovão rugia lentamente pelo campo. Um tipo de nuvem o cercava, enchendo o ar com uma nuvem de poeira amarela.

– Satisfeito? – Pata de Esquilo miou, sarcástica.

– Desculpe – Garra de Amora Doce saltou para se juntar aos outros. – Pata de Esquilo tem razão. Há um monstro no campo.

– Então é melhor seguirmos o mais rápido possível, antes que ele nos veja – miou Pelo de Tempestade.

– Deveriam ficar no Caminho do Trovão – Cauda de Pluma reclamou. – Não é *justo*!

Pata de Corvo enxugou cautelosamente os caules grossos e pontiagudos do campo. – Isso não é bom – disparou. – Todos nós ficaremos com as almofadas das patas arranhadas se tentarmos atravessar. Teremos de ir por fora

Olhou para os outros enquanto falava, como se esperasse ser contestado, mas não houve resposta, exceto um murmúrio de concordância de Cauda de Pluma. Pata de Corvo tinha boas ideias, concluiu Garra de Amora Doce, mas podia ser menos agressivo ao compartilhá-las.

O aprendiz do Clã do Vento abriu o caminho e os outros o seguiram, mantendo-se perto da sebe para que pudessem se esconder, caso o monstro os perseguisse. Havia um estreito gramado entre a sebe e os ásperos caules amarelos, largo o bastante para os gatos andarem em fila indiana.

– Olhe isso! – Pelo de Açafrão exclamou.

Ela torceu as orelhas para um camundongo agachado entre os espinhos, mordiscando as sementes espalhadas no chão. Antes que alguém se movesse, Pata de Esquilo saltou, rolou entre os caules que estalavam e se atrapalhou ao caminhar com o camundongo entre os dentes.

– Tome – ela miou, deixando-o cair na frente de Pelo de Açafrão. – Você viu primeiro.

– Eu posso pegar o meu, obrigada – Pelo de Açafrão miou secamente.

Agora que Garra de Amora Doce sabia o que procurar, percebeu que havia mais camundongos lutando entre os caules, se empanturrando das sementes espalhadas. Quase como se o Clã das Estrelas tivesse dado a eles a chance de caçar e se alimentar bem. Assim que Pata de Esquilo comeu, ele a mandou vigiar em outra árvore, para relatar se o monstro decidisse vir na direção deles.

Mas o monstro manteve distância. O jovem guerreiro do Clã do Trovão sentiu-se mais esperançoso e mais forte por conta da comida, e mais ainda quando o sol começou a se pôr e ele conseguiu verificar a direção que seguiam. Em pouco tempo, conseguiram deixar o campo estranho e cheio de espinhos, e a caminhada ficou mais fácil. O ar estava pesado com o calor do dia; abelhas zumbiam na grama e uma borboleta passou voando. Pata de Esquilo deu-lhe um tapinha, mas sentia-se muito sonolenta para persegui-la.

Pelo de Açafrão assumiu a liderança quando se aproximaram da beira da campina, com Pelo de Tempestade e Pata de Esquilo logo atrás e Pata de Corvo com Cauda de Pluma. Garra de Amora Doce, guardando a retaguarda, mantinha-se atento a possíveis perigos.

Dessa vez não havia sebe, mas uma cerca dos Duas-Pernas, feita de algum material fino e brilhante. Era uma espécie de malha, como galhos entrelaçados, só que os espaços eram regulares. Eram pequenos demais para escalar, mas havia uma abertura no fundo, por onde um gato poderia passar, se arrastando pelo chão.

Garra de Amora Doce rastejou, sentindo a cerca arranhar suas costas. A seu lado, Pelo de Tempestade fez o mesmo. Quando o jovem guerreiro se endireitou novamente, ouviu um lamento furioso mais abaixo na cerca.

— Estou presa!

A voz era de Pata de Esquilo. Suspirando, Garra de Amora Doce se aproximou, caminhando ao longo da cerca, com Pelo de Tempestade ao lado. Pata de Corvo e Cauda de Pluma já estavam ao lado da jovem aprendiz, e Pelo de Açafrão apareceu um momento depois.

— Então, o que vocês estão olhando? – a aprendiz miou. – Me tirem daqui!

Ela estava de cabeça para baixo, com metade do corpo sob a cerca. Exatamente por onde tentou deslizar, o material começou a se desfazer e as pontas ficaram emaranhadas em seu pelo. Toda vez que ela se contorcia, as pontas afiadas da cerca se cravavam em sua pele e a faziam guinchar de dor.

— Fique quieta – Garra de Amora Doce ordenou. Ele se virou e estudou a resistente estaca de madeira. – Aí podemos ver o que fazer... Talvez, se desenterrarmos a estaca, a cerca se solte. – A estaca parecia bem firme no chão, mas se todos ajudassem...

— Seria mais rápido morder a cerca – argumentou Pelo de Tempestade. Puxou os fios brilhantes com os dentes da frente, mas eles não cederam. Endireitou-se e disparou: – Não, é duro demais.

— Se perguntassem, eu teria dito – Pata de Corvo miou. – Muito melhor morder seu pelo e soltá-la.

— Deixe meu pelo em paz, cérebro de camundongo! – Pata de Esquilo vociferou.

O aprendiz do Clã do Vento mostrou os dentes com um resquício de rosnado: – Se você tivesse sido mais cuidadosa, isso não teria acontecido. Se não conseguirmos tirá-la, você vai ter de ficar aqui.

– Não, não vai! – Pelo de Tempestade se voltou para o outro gato. – Fico com ela, se ninguém ficar.

– Ótimo – Pata de Corvo deu de ombros. – Você fica aqui, e nós quatro, que fomos realmente *escolhidos*, iremos sem você.

O pelo do pescoço de Pelo de Tempestade se eriçou, e ele soltou todo seu peso sobre o traseiro, de modo que os músculos das pernas ficaram evidentes sob o pelo cinza--escuro; os dois gatos estavam a um tique-taque de coração de uma briga. Com uma pontada de pânico, Garra de Amora Doce percebeu que duas ou três ovelhas haviam se aproximado e olhavam para o grupo, enquanto um pouco mais ao longe ouvia-se o latido agudo de um cachorro. Eles teriam de ser rápidos.

– Já chega – miou, colocando-se entre os dois gatos hostis. – Ninguém vai ser deixado para trás. Deve haver uma maneira de tirar Pata de Esquilo dali.

Ele se virou para a aprendiz e viu Pelo de Açafrão e Cauda de Pluma agachadas ao lado dela. Cauda de Pluma mastigava folhas de erva azeda. – Francamente! – ela exclamou enquanto cuspia a última folha, lançando um olhar exasperado para Garra de Amora Doce. – Vocês, gatos machos, só fazem discutir?

– É o que fazem de melhor – Pelo de Açafrão miou, um brilho divertido nos olhos. – Isso mesmo, espalhe as folhas de erva azeda no pelo, que vai ficar escorregadio. Prenda o ar, Pata de Esquilo. Você tem comido muitos camundongos.

Garra de Amora Doce observou Cauda de Pluma passar a erva mastigada na pele de Pata de Esquilo, esfregando-a com a pata dianteira no emaranhado de pelos ao redor da cerca.

– Agora tente novamente – Pelo de Açafrão mandou.

Pata de Esquilo rastejou no chão com as patas dianteiras e tentou usar as traseiras para se impulsionar para a frente.

– Não está funcionando! – engasgou.

– Sim, está – a voz de Cauda de Pluma estava tensa, e ela pressionou a pata contra o ombro de Pata de Esquilo, que estava escorregadio com o lodo verde. – Continue.

– E se apresse! – Garra de Amora Doce acrescentou.

O cachorro latiu de novo, e as ovelhas se dispersaram. A brisa trouxe até eles o cheiro cada vez mais forte do animal. Pelo de Tempestade e Pata de Corvo já se preparavam para fugir.

Pata de Esquilo fez um último esforço e disparou para o campo. Um nó de pelo ruivo soltou-se da cerca; alguns fios foram deixados para trás, mas ela estava livre. A gata se levantou e se sacudiu. – Obrigada – miou para Cauda de Pluma e Pelo de Açafrão. – Foi uma ideia brilhante!

Ela estava certa; Garra de Amora Doce desejou ter tido aquela ideia. Mas pelo menos poderiam continuar, indo direto para o caminho do sol poente; e rápido, antes que o cachorro os alcançasse. Liderou o caminho pelo campo seguinte, confiante de que o Clã das Estrelas os estava guiando.

Quando acordou na manhã seguinte, Garra de Amora Doce ficou consternado ao ver o céu coberto por uma espessa camada de nuvens. Sua confiança na orientação do Clã das Estrelas se abalou. Era o que ele temia; talvez tenha sido apenas sorte o que tinha mantido o céu limpo até agora. Como poderia saber para onde ir se não pudesse ver o sol?

Erguendo-se sobre as patas, viu que os companheiros ainda dormiam. Na noite anterior, não encontraram abrigo melhor do que um lugar oco em um campo sob um par de espinheiros esqueléticos. Garra de Amora Doce descobriu que estava ficando cada vez mais nervoso sem a familiar cobertura da floresta. Nunca havia percebido quanto ele e seus companheiros de clã dependiam das árvores para presas, abrigo e esconderijo. A ansiedade sobre a profecia de Estrela Azul ficou ainda mais aguda, como se os dentes de um texugo estivessem se fechando em seu pescoço.

Com as patas ansiosas para partir, escalou a lateral do vale e olhou em volta. O céu estava uniformemente cinzento; o ar estava úmido, como se fosse chover. Ao longe havia um cinturão de árvores e os muros de mais ninhos dos Duas-Pernas. Garra de Amora Doce esperava que seu caminho não os levasse de volta aos Duas-Pernas.

– Garra de Amora Doce! Garra de Amora Doce!

Alguém o chamava com entusiasmo. Garra de Amora Doce se virou e viu Cauda de Pluma correndo em sua direção pela lateral do vale.

– Consegui! – ela exclamou enquanto se aproximava.

– Conseguiu o quê?

– Meu sinal de água salgada! – Cauda de Pluma soltou um ronronar de felicidade. – Sonhei que estava caminhando por um trecho de terreno pedregoso, com água caindo sobre ele. Quando me abaixei para beber, a água estava toda salgada e acordei sentindo o gosto.

– Isso é ótimo, Cauda de Pluma. – A ansiedade de Garra de Amora Doce diminuiu um pouco. O Clã das Estrelas ainda cuidava deles.

– Isso significa que Pata de Corvo é o único de nós que ainda não recebeu um sinal – Cauda de Pluma continuou, olhando para o vale onde Garra de Amora Doce via apenas a curva cinza-escura das costas de Pata de Corvo, que dormia sobre uma moita de grama.

– Então, talvez não devêssemos contar a ele sobre o seu sonho? – ele sugeriu, inquieto.

– Não podemos fazer isso! – Cauda de Pluma pareceu chocada. – Ele descobriria mais cedo ou mais tarde, e então pensaria que o estávamos enganando de propósito. Não – ela acrescentou depois de parar para pensar –, deixe que eu conto. Vou esperar até que esteja de bom humor.

Garra de Amora Doce bufou. – Você vai esperar muito tempo, então. – Cauda de Pluma soltou um leve miado de angústia. – Ah, Garra de Amora Doce, Pata de Corvo não é tão mau. Foi difícil para ele deixar a floresta quando estava prestes a se tornar um guerreiro. Acho que ele está sozinho; eu tenho Pelo de Tempestade e você tem Pelo de Açafrão e Pata de Esquilo. Nós nos conhecíamos antes disso, mas Pata de Corvo está sozinho.

Garra de Amora Doce não tinha pensado nisso. Valia a pena refletir, embora isso não tornasse mais fácil lidar com Pata de Corvo na próxima vez em que ele começasse a discutir por bobagem.

– Somos todos leais aos nossos clãs – miou. – E à floresta e ao Código dos Guerreiros. Pata de Corvo não é diferente. Ele ficaria bem se não quisesse ser o líder o tempo todo, quando não passa de um aprendiz.

Cauda de Pluma ainda parecia inquieta: – Mesmo que você esteja certo, não vai tornar as coisas mais fáceis para ele saber que é o único que não teve uma visão.

Garra de Amora Doce tocou brevemente o nariz de Cauda de Pluma com o seu. – Você conta a ele, então, quando achar melhor. – Olhando ao redor, acrescentou: – É melhor acordar todo mundo e continuar. Se pudermos descobrir o caminho.

– Por ali – Cauda de Pluma parecia confiante ao acenar com a cauda em direção ao cinturão de árvores do outro lado do campo. – Foi onde o sol se pôs ontem à noite.

E depois? Garra de Amora Doce se perguntou. Se não houvesse sol, como poderiam encontrar o caminho? Será que o Clã das Estrelas lhes enviaria outro sinal para ajudá-los a encontrar o lugar onde o sol mergulha? Enquanto descia ao vale para acordar os companheiros, fez uma rápida oração aos ancestrais guerreiros.

Mostrem-nos o caminho, por favor. E protejam a nós todos quando os problemas chegarem, sejam quais forem.

CAPÍTULO 18

– Estamos ficando sem celidônia – Manto de Cinza disse e colocou a cabeça para fora da fenda na rocha. – Usei quase todo o estoque para acalmar os olhos de Rabo Longo. Você acha que poderia sair e pegar mais? – Pata de Folha ergueu os olhos das folhas de margarida que estava mastigando até formar uma pasta. – Claro – miou, cuspindo as últimas sobras. – Isso está quase pronto. Você quer que eu leve para Cauda Sarapintada?

– Não, é melhor eu mesma dar uma olhada. Suas articulações estão doendo muito desde que o tempo ficou tão úmido. – Ela saiu da toca e soltou um ronronar de aprovação enquanto cheirava as folhas mastigadas. – Está ótimo, vá logo, e leve um guerreiro com você. A melhor celidônia cresce perto de Quatro Árvores, na fronteira do Clã do Rio, e eles não estão muito contentes porque os gatos do Clã do Vento continuam indo lá para beber água do rio.

Pata de Folha ficou surpresa. – Ainda? Mas tem chovido tanto... eles já devem ter água própria.

Manto de Cinza deu de ombros. – Tente dizer isso ao Clã do Vento.

Pata de Folha tirou aquela história da cabeça enquanto passava pelo túnel de samambaias até a clareira principal. Aquela briga nada tinha a ver com o Clã do Trovão, e a maior parte dos seus pensamentos estava ocupada com a ansiedade por Pata de Esquilo e Garra de Amora Doce. O sol nascera quatro vezes desde que partiram. Sua intuição quanto a Pata de Esquilo lhe dizia que a irmã estava viva, mas não sabia nada sobre onde estavam ou o que faziam.

Ela não tinha comido naquela manhã, então caminhou até a pilha de presas frescas, onde Cauda de Castanha estava matando um rato-silvestre.

– Oi – a jovem guerreira atartarugada sacudiu a cauda em saudação enquanto Pata de Folha escolhia uma presa e se acomodava para comer.

Pata de Folha retribuiu a saudação e perguntou se a gata estava ocupada naquela manhã.

– Não – ela engoliu o resto da presa e se sentou, passando a língua prazerosamente pelas mandíbulas. – Você queria alguma coisa?

– Manto de Cinza me pediu para subir em direção a Quatro Árvores, na fronteira do Clã do Rio, para colher celidônia. Disse para eu levar um guerreiro comigo.

– Ah, sim! – Cauda de Castanha saltou sobre as patas, a empolgação brilhando nos olhos cor de âmbar. – Caso o Clã do Vento entre acidentalmente no nosso território, não é? Eles que tentem!

Pata de Folha riu e comeu rapidamente o resto do rato-silvestre. – Certo, estou pronta. Vamos!

Ao se aproximarem do final do túnel de tojos, Estrela de Fogo apareceu, seguido por Pelo de Musgo-Renda e Bigode de Chuva. Pata de Folha sentiu um espinho perfurando o coração quando olhou para o pai: cabeça baixa, cauda caída, e até mesmo a pelagem cor de fogo parecia opaca.

– Nada ainda? – Cauda de Castanha perguntou-lhe baixinho. Pata de Folha percebeu que sabia exatamente o que o líder estava fazendo.

Estrela de Fogo balançou a cabeça. – Nenhum rastro deles. Nenhum cheiro, nenhuma marca de pata, nada. Eles desapareceram.

– Devem ter deixado o território dias atrás – Pelo de Musgo-Renda miou sombriamente. – Acho que não faz sentido enviar mais patrulhas para procurá-los.

– Você está certo, Pelo de Musgo-Renda. – Estrela de Fogo soltou um suspiro pesado. – Já estão nas patas do Clã das Estrelas.

Pata de Folha pressionou o nariz contra a lateral do corpo do pai, que respondeu com um carinho nas orelhas da filha antes de se afastar pela clareira. Pata de Folha viu Tempestade de Areia encontrá-lo na base da Pedra Grande e os dois partirem juntos em direção à toca de Estrela de Fogo.

Enquanto seguia Cauda de Castanha para fora do acampamento, Pata de Folha se sentia culpada ao lembrar quanto estava escondendo – sobretudo, a certeza de que a irmã estava segura, embora longe do território do Clã do

Trovão – e cada pelo seu se arrepiou tanto que parecia impossível que os outros não percebessem.

À medida que o sol subia, as névoas da manhã se dissipavam; o dia prometia ser quente, embora as folhas vermelho-douradas das árvores mostrassem que a estação das folhas caídas havia tomado conta da floresta. Pata de Folha e Cauda de Castanha se dirigiram para Quatro Árvores. A aprendiz da curandeira ronronou de satisfação ao observar Cauda de Castanha correndo à frente para examinar cada arbusto e buraco por onde passavam. Não havia sinal da lesão no ombro que manteve Cauda de Castanha longe de sua cerimônia de guerreira por tanto tempo, e nenhum vestígio de amargura por ter esperado o dobro do tempo dos outros aprendizes para receber seu nome de guerreira. Embora fosse mais velha que Pata de Folha, ainda tinha toda a energia alegre de um filhote.

Ao se aproximarem da fronteira do Clã do Rio, Pata de Folha ouviu o barulho suave da água, que vislumbrou brilhando por entre a vegetação rasteira à beira das árvores. Encontrou enormes moitas de celidônia onde Manto de Cinza havia sugerido e se acomodou para morder o máximo de talos que pudesse carregar.

– Posso levar um pouco também – Cauda de Castanha se ofereceu, olhando para trás enquanto caminhava até a fronteira. – Eca... marcas de cheiro do Clã do Rio! Elas fazem meu pelo encrespar.

Ficou olhando para a encosta que descia para o rio, enquanto Pata de Folha continuava com sua tarefa. Estava quase terminando quando ouviu o chamado da amiga.

– Venha ver isso!

Saltando para o lado de Cauda de Castanha, Pata de Folha olhou para baixo da encosta e viu um grande grupo de gatos do Clã do Vento reunidos ao lado da água para beber. Reconheceu Estrela Alta e Bigode Ralo, amigo de Estrela de Fogo.

– Eles *continuam* bebendo no rio! – exclamou.

– E olhe aquilo – Cauda de Castanha apontou para onde uma patrulha do Clã do Rio atravessava a ponte dos Duas-Pernas. – Quer saber? Acho que vai haver problema.

Pé de Bruma estava à frente da patrulha; trouxera o novo guerreiro Geada de Falcão e um gato mais velho e de pelo preto, que Pata de Folha não conhecia. Desceram a encosta e pararam a algumas raposas de distância dos gatos do Clã do Vento. Pé de Bruma gritou alguma coisa, mas estava muito longe para Pata de Folha ouvir.

A cauda de Cauda de Castanha se contraiu. – Gostaria que pudéssemos nos aproximar um pouco mais!

– Acho que cruzar a fronteira seria uma péssima ideia – Pata de Folha miou nervosamente.

– Ah, sei disso. Achei que parecia interessante, só isso. – Ela parecia resignada, como se a ideia de ajudar o Clã do Rio a resolver sua disputa de fronteira a tivesse atraído.

A essa altura, o pelo de Pé de Bruma estava incrivelmente eriçado, a cauda arrepiada com o dobro do volume. Estrela Alta deixou seu companheiro de clã e se aproximou para falar com ela. Geada de Falcão disse algo urgente para a representante do Clã do Rio, mas ela balançou a cabeça e ele deu um passo para trás, parecendo zangado.

Por fim, Estrela Alta voltou para onde estavam os companheiros de clã, que terminaram de beber e partiram para o próprio território. Eles demoraram; parecia a Pata de Folha que estavam saindo porque haviam terminado, não porque Pé de Bruma tivesse ordenado. Vários dos gatos do Clã do Vento sibilaram para a patrulha do Clã do Rio quando passaram, e Pata de Folha percebeu que Pé de Bruma teve muito trabalho para evitar que seus dois companheiros arrumassem uma briga. Eles estavam em desvantagem numérica; Pata de Folha só podia imaginar a frustração de Pé de Bruma por não poder impor os limites de seu território, graças ao acordo da última Assembleia.

Quando os gatos do Clã do Vento desapareceram na direção de Quatro Árvores, Pé de Bruma reuniu sua patrulha para conduzi-la ao longo do rio. Impulsivamente, Pata de Folha a chamou; a representante do Clã do Rio virou-se e a avistou, e depois de um instante de hesitação subiu a encosta para se juntar a ela e a Cauda de Castanha na fronteira.

– Olá! – miou. – Como estão as presas hoje?

– Muito bem, obrigada – respondeu Pata de Folha, que lançou um olhar de advertência para Cauda de Castanha, pensando que seria melhor não mencionar o confronto com o Clã do Vento que acabavam de presenciar. – Está tudo bem no Clã do Rio?

Pé de Bruma inclinou a cabeça. – Sim, está tudo bem, exceto... – Fez uma pausa e continuou: – Você já soube alguma coisa sobre Pelo de Tempestade e Cauda de Pluma? Eles desapareceram de nosso território há quatro madrugadas. Ninguém os viu desde então.

– Nós os rastreamos até Quatro Árvores, mas é claro que não poderíamos procurar nos territórios de outros clãs – acrescentou Geada de Falcão, chegando a tempo de ouvir o que a representante dizia. O guerreiro negro ficou onde estava, vigiando a margem do rio.

Geada de Falcão abaixou a cabeça cortesmente para Pata de Folha e Cauda de Castanha. Era um gato malhado poderoso com pelagem escura e brilhante, e por um tique-taque de coração Pata de Folha pensou que ele a fazia se lembrar de algum gato que vira antes; mas, na floresta, nenhum outro tinha olhos azuis tão frios e penetrantes.

– O que você quer dizer? – perguntou. – Cauda de Pluma e Pelo de Tempestade saíram do Clã do Rio?

– Sim – O olhar de Pé de Bruma parecia preocupado. – Achamos que devem ter decidido ir para o Clã do Trovão para ficar com o pai.

Pata de Folha balançou a cabeça. – Não os vimos.

– Mas também perdemos gatos! – Cauda de Castanha exclamou, chicoteando a cauda ansiosamente. – E, sim, isso foi há quatro madrugadas.

– O quê? – Pé de Bruma olhou para ela sem acreditar. – Quais gatos?

– Garra de Amora Doce e Pata de Esquilo – Pata de Folha respondeu, estremecendo. Preferia que Cauda de Castanha não tivesse deixado escapar; seu instinto tinha sido esconder o desaparecimento dos outros clãs, mas agora não havia como retirar as palavras.

– Alguma coisa os está levando? – Pé de Bruma falou quase para si mesma. – Algum predador? – estremeceu. – Lembro-me daqueles cães...

– Não, tenho certeza de que não foi isso que aconteceu – Pata de Folha queria tranquilizá-la, mas sem revelar o segredo que só ela sabia. – Se fosse uma raposa ou um texugo, haveria vestígios: cheiro, excrementos, alguma coisa.

A representante do Clã do Rio ainda parecia duvidar, mas os olhos de Cauda de Castanha brilhavam.

– Se todos decidiram deixar a floresta, talvez tenham ido juntos – sugeriu.

Pé de Bruma parecia ainda mais confusa. – Sei que Cauda de Pluma e Pelo de Tempestade às vezes se sentiam ainda discriminados por seu pai pertencer ao Clã do Trovão – miou. – E Garra de Amora Doce tem de carregar o fardo de ser filho de Estrela Tigrada. Mas que motivo teria Pata de Esquilo para deixar sua casa?

Apenas a profecia do fogo-e-tigre, pensou Pata de Folha, e se lembrou de que a própria Pata de Esquilo não tinha conhecimento disso, apenas do que deve ter parecido uma reprimenda injusta por parte do pai. Foi a profecia no sonho de Garra de Amora Doce que enviou Pata de Esquilo em sua jornada. Mas, por enquanto, Pata de Folha não poderia dizer nada sobre qualquer uma das profecias.

– Talvez os outros clãs tenham perdido gatos também – Geada de Falcão miou. – Devemos tentar descobrir. Eles podem saber mais do que nós.

– Verdade – Pé de Bruma concordou. Lançando um olhar sombrio para a margem onde os gatos do Clã do Vento se reuniram para beber, acrescentou: – Será fácil perguntar ao Clã do Vento. Mas ninguém conseguirá falar com o Clã das Sombras até a Assembleia.

– Falta pouco – observou Pata de Folha.

– Tem certeza de que vai ser fácil falar com o Clã do Vento? – Cauda de Castanha, ousada, arriscou, como se desafiasse Pé de Bruma a admitir que o Clã do Vento ainda bebia à vontade dentro das fronteiras do Clã do Rio.

Pé de Bruma recuou um passo, ficando subitamente mais alta e com olhos de fogo frio. Depois de dividir ansiosamente suas preocupações com Pata de Folha, ela voltou a ser a representante do Clã do Rio, resguardando as fraquezas de seu clã. – Acho que você viu o que aconteceu – ela sibilou. – Estrela Alta quebrou o espírito de seu acordo com Estrela de Leopardo. Permitiu que descessem até o rio apenas porque não tinham água em seu próprio território, e ele sabe disso.

– Devemos expulsá-los! – A voz de Geada de Falcão era dura, e seus olhos azul-claros fitavam a direção onde os gatos do Clã do Vento haviam desaparecido.

– Você sabe que Estrela de Leopardo proibiu isso. – O tom de Pé de Bruma sugeria que ela já havia tido essa discussão antes. – Ela diz que vai manter sua palavra, não importa o que Estrela Alta faça.

Geada de Falcão abaixou a cabeça em concordância, mas Pata de Folha notou que suas garras se flexionavam para dentro e para fora como se ele ansiasse por cravá-las no pelo dos invasores do território de seu clã. Nascido ou não na floresta, estava se tornando um guerreiro formidável, ela refletiu, tão excepcional quanto a irmã, Asa de Mariposa.

– Diga olá para Asa de Mariposa por mim – ela miou para ele, e com um pensamento repentino voltou apressada aos pedaços de celidônia. Agarrando alguns dos talos que havia mordido, voltou depressa, jogou-os para Geada de Falcão e disse: – Podem ser úteis para ela... Manto de Cinza os usa para ajudar gatos com olhos fracos. Acho que cresce muito melhor do nosso lado da fronteira.

– Obrigado – Geada de Falcão respondeu com um aceno de gratidão.

– É melhor irmos embora – miou Pé de Bruma. – Pata de Folha, conte a seu pai sobre Pelo de Tempestade e Cauda de Pluma e peça que nos avise se souber de alguma coisa.

– Sim, Pé de Bruma, vou contar.

A culpa tomou conta de Pata de Folha mais uma vez ao observar a patrulha do Clã do Rio subir o rio. Sentiu novamente o fardo de ser a única a saber sobre ambas as profecias: uma que enviou Garra de Amora Doce e Pata de Esquilo em uma jornada sabe-se lá para onde, e outra que deixou Estrela de Fogo convencido de que eles estariam envolvidos na destruição de seu clã. E ainda assim saber disso não era suficiente. O Clã das Estrelas não havia escolhido contar a ela sobre o destino da floresta, e Pata de Folha não sentia que mesmo a lua cheia, brilhando na próxima Assembleia, lançaria muita luz sobre suas questões sombrias.

* * *

Quando Pata de Folha e Cauda de Castanha retornaram ao acampamento carregadas de celidônia o sol estava quase alto.

– É melhor nos reportarmos a Estrela de Fogo – Cauda de Castanha miou quando levaram as ervas para Manto de Cinza. – Ele vai querer saber dos gatos desaparecidos do Clã do Rio.

Pata de Folha assentiu e abriu caminho para a toca do pai sob a Pedra Grande. A clareira estava cheia de gatos aproveitando o último calor do início da estação das folhas caídas. Pata de Aranha e Pata Branca estavam esparramados à sombra das samambaias que protegiam sua toca, enquanto Cauda de Nuvem e Coração Brilhante trocavam lambidas em um local onde o sol batia. Nuvem de Avenca, sentada do lado de fora do berçário com Pelagem de Poeira, observava os filhotes brincando.

Uma onda de tristeza tomou conta de Pata de Folha. Era quase como se Garra de Amora Doce e Pata de Esquilo nunca tivessem feito parte do Clã do Trovão, como se tivessem sumido de vista como alguém que se afoga no rio, as águas se fechando sobre sua cabeça.

A sensação diminuiu um pouco quando chegaram à toca de Estrela de Fogo e o chamaram. Pata de Folha o ouviu dizer para entrarem. Ela passou pela cortina de líquen e o viu enrolado em seu ninho; Listra Cinzenta estava ao lado dele, e a ansiedade nos olhos de ambos era suficiente para assegurar à aprendiz que a irmã e Garra de Amora Doce não haviam sido esquecidos.

– Trouxemos notícias – miou Cauda de Castanha imediatamente, e despejou o que Pé de Bruma dissera sobre o desaparecimento de Cauda de Pluma e Pelo de Tempestade.

Os olhos de Estrela de Fogo e de Listra Cinzenta se estreitaram, e o representante pulou nas patas como se quisesse sair correndo no mesmo instante para procurar os filhos desaparecidos.

– Se uma raposa os pegou, vou rastreá-la e esfolar sua pele! – rosnou.

Estrela de Fogo permaneceu no ninho, mas desembainhou suas garras como se as estivesse afundando na pele daquele que roubou sua filha. – Os cachorros não voltaram, não é? – ele murmurou. – Conseguiremos lidar com eles mais de uma vez na vida?

– Não, não há sinal disso – garantiu Pata de Folha. – Cauda de Pluma e Pelo de Tempestade devem ter ido com Garra de Amora Doce e Pata de Esquilo, e isso... isso sugere que tinham algum motivo para partir.

Ela tentou desesperadamente pensar no que poderia informar aos pais ansiosos sem revelar mais do que deveria. Até agora, mantivera em segredo a visão tida na Pedra da Lua sobre os viajantes, até mesmo de sua mentora, Manto de Cinza, mas agora tinha de revelá-la. Não estaria quebrando sua promessa, disse a si mesma; não revelaria nada do que Garra de Amora Doce e Pata de Esquilo lhe contaram no encontro da floresta.

– Estrela de Fogo – continuou, hesitante –, você sabe quanto sou próxima de Pata de Esquilo? Bem, às vezes consigo saber o que ela está fazendo mesmo quando ela está muito longe.

Os olhos de Estrela de Fogo se arregalaram de espanto. – É impossível! – arfou. – Sempre soube que vocês eram próximas, mas isso...

– É verdade, juro. Quando fui para a Pedra da Lua, o Clã das Estrelas me deixou vê-la – continuou Pata de Folha. – Estava em segurança e acompanhada de outros gatos. – O olhar intenso do pai encontrou o da filha, que viu quanto ele queria acreditar. – Pata de Esquilo está viva – continuou – e os outros devem estar com ela. Quatro gatos juntos estão mais seguros do que dois.

Estrela de Fogo piscou, confuso. – Que o Clã das Estrelas permita que você esteja certa!

Os olhos cor de âmbar de Listra Cinzenta permaneceram cheios de medo e incerteza. – Mesmo que seja verdade, por que saíram sem nos dizer para onde iam ou por quê? – miou. – Se Pelo de Tempestade e Cauda de Pluma tinham algum problema, por que não vieram até mim primeiro?

– Achamos que os outros clãs também podem ter perdido gatos – miou Cauda de Castanha. – Devemos perguntar a eles.

Estrela de Fogo e Listra Cinzenta trocaram um olhar. – Talvez – miou Estrela de Fogo; Pata de Folha notou quanto ele lutava para parecer positivo, para agir como um líder de clã em vez de um pai desesperadamente preocupado. – Faltam poucos dias para a próxima Assembleia.

– Que o Clã das Estrelas proteja a todos! – Listra Cinzenta acrescentou fervorosamente. Pata de Folha suspeitava que tivesse pouca fé em sua oração; conhecia muito bem os perigos que espreitavam fora da floresta. Ao deixar a toca do pai, sentiu o fardo de seu conhecimento pesando ainda mais. Na floresta, só ela ouvira falar que havia duas profecias e conhecia o que diziam.

Mas sou apenas uma aprendiz, pensou, ansiosa. *Eu conheço as duas profecias por acidente, e não porque nossos ancestrais guerreiros decidiram me contar. O que o Clã das Estrelas espera que eu faça?*

Pata de Folha teve dificuldade para dormir naquela noite, inquieta em sua cama de samambaias enquanto o Tule de Prata brilhava friamente no alto. Ansiava por saber o que estava acontecendo com os viajantes, mas não tinha como descobrir.

Quando finalmente caiu na inconsciência, viu-se em algum lugar escuro, correndo em pânico entre os troncos das árvores sombrias.

– Pata de Esquilo! Pata de Esquilo!

A resposta foram o pio de uma coruja e o regougo de uma raposa. A morte ofegava fortemente em suas patas, aproximando-se a cada passo e, apesar de todas as suas ondulações e seus giros, Pata de Folha sabia que não havia escapatória.

CAPÍTULO 19

Garra de Amora Doce correu em pânico entre as árvores, disparando de um lado para o outro num esforço frenético para escapar. Atrás dele, ouvia o latido gutural do cachorro que saltara de um matagal quando ele chegou com os companheiros à floresta. Ao olhar para trás, viu a forma negra e magra se chocar contra uma moita de samambaias, com a língua pendurada. Quase podia sentir seus dentes brancos e afiados cravando em sua pele.

– Clã das Estrelas, nos ajude! – Cauda de Pluma arfou enquanto corria a seu lado.

Ficaram para trás em relação aos outros gatos, embora Garra de Amora Doce tenha ouvido um uivo de terror de algum lugar logo à frente.

– Desviem! – gritou. – Tentem despistá-lo!

O cachorro latiu de novo e, mais ao longe, Garra de Amora Doce ouviu um grito dos Duas-Pernas. Perdeu de vista o seu perseguidor e diminuiu a velocidade quando uma onda de alívio o invadiu; a criatura deve ter voltado para o seu Duas-Pernas.

Então ouviu o cachorro fungando, saindo de trás de um tronco de árvore caído. Por um tique-taque de coração, Garra de Amora Doce olhou fixamente em olhos que pareciam chamas. Girando, fugiu por entre as árvores enquanto os latidos recomeçaram.

Confuso de medo, lembrou-se de como Estrela de Fogo e os outros gatos do Clã do Trovão levaram a matilha pela floresta até que caísse no desfiladeiro e se afogasse. Mas como ele e seus amigos poderiam despistar esse cachorro aqui, nesse território desconhecido?

– Subam nas árvores! – uivou, esperando que os amigos o ouvissem, apesar do latido feroz mais alto do que nunca.

Olhou para cima enquanto corria, mas as árvores pareciam todas ter o tronco liso e sem galhos baixos. Não podia parar e procurar; o animal cairia sobre ele imediatamente. Será que já tinha capturado algum gato? Estaria prestes a encontrar um de seus companheiros terrivelmente ferido como Coração Brilhante, ou pior, morto?

A respiração arranhava-lhe a garganta, e as patas queimavam a cada passo; sabia que não conseguiria manter esse ritmo por muito mais tempo. Então, acima de sua cabeça, uma voz sibilou: – Aqui em cima, rápido!

Garra de Amora Doce derrapou até parar ao lado de uma árvore coberta de hera. Um par de olhos brilhou. No mesmo tique-taque de coração, o cachorro passou por um emaranhado de arbustos atrás dele. Com um uivo aterrorizado, Garra de Amora Doce lançou-se para cima, agarrando-se freneticamente aos caules da hera, que cederam sob seu peso e, por um momento de parar o coração, ele balançou impotente; o cachorro saltou, e ele ouviu o trincar de seus dentes e sentiu o hálito quente no pelo.

Então conseguiu afundar as garras em um caule de hera mais forte e se ergueu novamente. Pata de Esquilo apareceu abaixo, passou em disparada pelo nariz do cachorro e subiu na árvore, ultrapassando Garra de Amora Doce para, tremendo, se agachar em um galho. O jovem guerreiro subiu e ficou ao seu lado.

Ele avistou Pelo de Tempestade e Pelo de Açafrão agarrados a outro galho logo acima de sua cabeça, Pata de Corvo subiu para se juntar a eles do outro lado do tronco.

– Cauda de Pluma! – arfou Garra de Amora Doce. – Onde está Cauda de Pluma?

O cachorro estava apoiado nas patas traseiras na base da árvore, a menos de uma raposa de distância. As garras rasgavam a hera e ele rosnava furiosamente, a baba pingando. Ouviu-se novamente o grito do Duas-Pernas, mas muito longe.

Então Garra de Amora Doce notou Cauda de Pluma agachada nos arbustos logo atrás do cachorro, aterrorizada. Se tentasse correr para a segurança da árvore, o cão a pegaria. Quanto tempo, Garra de Amora Doce se perguntou, ele levaria para sentir seu cheiro?

De repente, ouviu Pata de Corvo disparar com raiva: – Cocô de raposa! Já cansei disso. – O aprendiz do Clã do Vento se jogou da árvore, caindo no chão logo atrás do cachorro e errando por pouco. O cão se virou e começou a persegui-lo, as patas em atrito com as folhas secas. Quando ele se distraiu, Cauda de Pluma disparou para fora dos arbustos e atravessou a clareira, num salto desesperado para um galho fino que balançou de forma alarmante sob seu peso.

– Pata de Corvo! – Garra de Amora Doce uivou.

O gato cinza-escuro havia desaparecido nos arbustos. Garra de Amora Doce ouvia o cachorro se debatendo, latindo loucamente, e os gritos do Duas-Pernas cada vez mais próximos. Então Pata de Corvo reapareceu, a barriga perto do chão enquanto corria para a árvore, perseguido de perto pelo cão ofegante.

Garra de Amora Doce fechou os olhos com força e os abriu novamente a tempo de ver Pata de Corvo dar um salto voador e cravar as garras na hera.

No mesmo instante, o Duas-Pernas entrou pesadamente na clareira, correu na direção do cachorro e o agarrou pela coleira. Estava com o rosto vermelho e gritava furiosamente. O cão se esquivou para o lado, mas o Duas-Pernas conseguiu prender uma guia em sua coleira. Os latidos do cachorro mudaram para ganidos enquanto era arrastado, arranhando a grama e as folhas emboloradas ao mesmo tempo que lutava para retornar à presa.

– Obrigada, Pata de Corvo! – Cauda de Pluma arfou, ainda balançando agarrada ao galho. – Você salvou minha vida!

– Sim, você conseguiu – miou Garra de Amora Doce. – Bom trabalho.

Pata de Corvo subiu mais alto até chegar ao galho ao lado de Garra de Amora Doce e Pata de Esquilo. – Brutamontes – murmurou, parecendo envergonhado. – Tropeçou nas próprias patas.

Os olhos azuis de Cauda de Pluma estavam fixos nele, enormes como luas em choque. – Com certeza ele teria me apanhado se você não tivesse vindo me ajudar – ela sussurrou.

À medida que o medo de Garra de Amora Doce diminuía, ele se lembrou pela primeira vez da voz que o havia chamado para a árvore. Não era um dos gatos do clã. Olhando para cima novamente, viu um par de olhos brilhando nas folhas um pouco acima de sua cabeça. Então as folhas farfalharam e um desconhecido surgiu.

Era um gato malhado, velho e rechonchudo, com o pelo desgrenhado, que parecia nunca se dar ao trabalho de se pentear. Com movimentos lentos e cuidadosos, desceu da árvore para se juntar aos seis gatos viajantes.

– Bom – ele murmurou –, vocês são um grupo e tanto, sem dúvida. Vocês não sabem que aquele cachorro anda solto todos os dias, por volta do nascer do sol?

– Como saberíamos? – Pelo de Açafrão disparou – Nunca estivemos aqui antes.

O gato piscou para ela. – Não precisa ser tão arrogante. Você saberá da próxima vez, não é? Saia do caminho, então.

– Não haverá próxima vez – miou Pelo de Tempestade. – Estamos apenas de passagem.

– Obrigado por nos ajudar – acrescentou Garra de Amora Doce. – Estava começando a pensar que nunca escaparíamos.

O gato malhado ignorou os agradecimentos. – Só de passagem, hein? – ele miou. – Aposto que vocês têm uma boa história para contar. Por que não ficam um pouco e me contam? – Ele se levantou e se preparou, pronto para pular na clareira.

– Lá embaixo? – Pata de Esquilo parecia nervosa. – E se o cachorro voltar?

– Sem chance. Já foi para casa. Vamos.

O velho gato desceu do tronco coberto de hera e, desajeitado, despencou no chão da altura da cauda de uma raposa. Olhou para cima e abriu as mandíbulas em um bocejo. – Vocês vêm?

Garra de Amora Doce saltou atrás dele; não ia deixar o ancião, ou gatinho de gente, ou o que quer que fosse, mostrar mais bravura do que guerreiros. Seus companheiros se juntaram a ele, agrupando-se para olhar para o estranho com desconfiança.

– Quem é você? – Pelo de Tempestade perguntou. – Você é um gatinho de gente?

O gato velho parecia não entender: – Gatinho de gente?

– Que mora com os Duas-Pernas – Pata de Esquilo miou, impaciente.

– Duas-Pernas?

– Ah, vamos embora – as orelhas de Pata de Corvo se contraíram com desprezo. – Seu cérebro deve estar cheio de abelhas. Não vamos tirar nada de sensato desse aí.

– Quem você está chamando de insensato, jovem? – A voz do gato malhado era de um estrondo profundo, e suas garras se estenderam para afundar nas folhas sob suas patas.

– Desculpe – Garra de Amora Doce miou apressadamente, com um olhar furioso para Pata de Corvo; o aprendiz tinha demonstrado uma coragem incrível, mas isso não o tornava menos irritante. Virando-se para o velho gato, começou a explicar: – Duas-Pernas, como o que veio buscar o cachorro.

– Ah, você está falando dos Depé. Por que não falou logo? Não, não moro com nenhum Depé. Saiba que até aconteceu uma vez. Bons tempos aqueles! – Acomodou-se ao pé da árvore, olhar distante, como se estivesse vendo o jovem que fora um dia: – Um fogo quentinho para dormir e toda a comida de que pudesse dar conta.

Garra de Amora Doce não tinha certeza se gostava de como isso soava. Estrela de Fogo sempre dizia que comida de gatinho de gente não era nem de longe tão saborosa quanto comida fresca que você mesmo pega. Quanto a dormir ao lado de uma fogueira... Garra de Amora Doce lembrou-se do incêndio que varreu o acampamento do Clã do Trovão, e só de pensar no assunto se arrepiou todo.

– Falando em comida – Pata de Corvo miou alto –, precisamos ir caçar. Deve haver presas em algum lugar entre essas árvores. Ei, você aí... – Ele estendeu uma pata e cutucou o velho gato, que estava cochilando. – Como são as presas por aqui?

O gato malhado abriu os olhos cor de âmbar:

– Gatos jovens – murmurou. – Sempre correndo. Não há necessidade de pegar seus próprios ratos por aqui. Não se você souber aonde ir.

– Bem, nós não sabemos. – Pata de Esquilo jogou as orelhas para trás, irritada.

– Por favor, você não vai nos dizer? – Cauda de Pluma perguntou ao velho gato. – Somos estranhos aqui, não conhecemos os bons lugares. Viajamos por um longo caminho e estamos todos com muita fome.

Seu tom gentil e a súplica com os olhos azuis aquosos pareceram conquistar o velho. – Talvez eu lhe mostre – ele respondeu, coçando-se vigorosamente atrás da orelha com a pata traseira.

– Seria muito gentil de sua parte – acrescentou Pelo de Tempestade, parando ao lado da irmã.

O olhar do velho gato passou por eles, parando finalmente em Garra de Amora Doce. – Vocês são seis – miou. – Um grupo e tanto para alimentar. De qualquer modo, quem são vocês? Por que não têm os próprios Depé?

– Somos guerreiros! – Garra de Amora Doce explicou. Apresentou-se e a seus companheiros. – Você deve ser um isolado – concluiu – se não mora com um Duas-Pernas, quero dizer, Depé. – Tentando soar tão educado quanto Cauda de Pluma, acrescentou: – Não vai nos dizer seu nome?

– Nome? Não pense que tenho um. Depé me alimentam, embora eu não fique com nenhum deles. Me chamam de diferentes nomes... não se pode esperar que um gato se lembre de todos.

– Algum dia você deve ter tido um nome – Pata de Esquilo insistiu, revirando os olhos para Garra de Amora Doce.

– Sim, qual era o seu nome quando morava com o... o Depé onde tinha o fogo? – perguntou Cauda de Pluma.

O velho gato deu uma boa coçada na outra orelha: – Bem, sabe como é ... Isso foi há muito tempo. – Deu um longo suspiro. – Há muito tempo e era muito bom. Peguei mais ratos naquela toca dos Depé do que vocês, jovens, viram em toda a sua vida.

– Se era tão bom, por que você foi embora? – Pelo de Açafrão perguntou; Garra de Amora Doce via, por sua cauda trêmula, que a paciência da gata estava se esgotando.

– Meu Depé morreu. – O gato malhado balançou a cabeça como se tentasse afastar um carrapicho pegajoso. – Adeus, comida, adeus, cafunés perto do fogo, cochilos no colo... Outros Depé vieram depois disso e puseram armadilhas para mim, mas veja, eu era esperto. Fui embora.

– Mas qual era o seu nome? – Pata de Esquilo sibilou com os dentes cerrados. – Como o Depé chamava você?

– Nome, ah, sim, meu nome. Bacana, isso mesmo. Eu me chamava Bacana.

– Até que enfim! – Pata de Esquilo murmurou.

– Vamos chamá-lo de Bacana, então, certo? – Garra de Amora Doce miou, tocando o focinho de Pata de Esquilo com a ponta da cauda. O velho gato malhado ergueu-se sobre as patas. – Sirvam-se. Agora, vocês querem comida ou não?

Ele caminhou por entre as árvores. Garra de Amora Doce trocou um olhar de dúvida com os amigos. – Vocês acham que devemos confiar nele?

– Não! – Pata de Corvo respondeu imediatamente. – Ele era um *gatinho de gente*. Guerreiros não podem confiar nesse tipo de gato.

Pelo de Açafrão murmurou concordando, mas Cauda de Pluma miou: – Estamos todos com muita fome e não conhecemos esta floresta. Faria algum mal confiar só uma vez?

– Estou morrendo de fome! – acrescentou Pata de Esquilo, impaciente, garras flexionadas.

– O Clã das Estrelas sabe que, com alguma ajuda, a gente conseguiria – Pelo de Tempestade miou. – Não posso dizer que gosto, mas contanto que mantenhamos os olhos abertos...

– OK, então – Garra de Amora Doce decidiu. – Vamos arriscar.

Ele foi na frente, saltando rapidamente pela vegetação rasteira para alcançar o velho gato, que avançava como se não se importasse se o seguiam ou não. Para surpresa do jovem guerreiro, Bacana não lhes mostrou nenhum lugar na floresta onde pudessem pegar presas. Em vez disso, foi direto para o outro lado, onde uma estreita faixa de grama separava as últimas árvores de uma fileira de ninhos dos Duas-Pernas. Bacana caminhou confiante pela grama em direção à cerca mais próxima, sem nem mesmo olhar para verificar se havia perigo.

– Ei! – Pata de Corvo parou na beira da floresta. – Para onde você está nos levando? Não vou para um ninho de Duas-Pernas!

Garra de Amora Doce também parou. Pela primeira vez concordou com Pata de Corvo: – Bacana, espere! Somos guerreiros, não vamos a lugares dos Depé.

O velho gato parou na parte inferior da cerca e olhou para trás, com um ar divertido no rosto enrugado. – Com medo, né?

Pata de Corvo deu um único passo à frente, com as pernas rígidas e o pelo do pescoço eriçado. – Diga isso de novo! – sibilou.

Bacana não mexeu nem um bigode, para surpresa de Garra de Amora Doce, que apostava que Pata de Corvo poderia tê-lo feito em pedaços.

– Desconfiado, hein? – o velho gato miou. – Não se preocupe, meu jovem. Ainda não haverá Depé por perto. E há boa comida no jardim deles.

Garra de Amora Doce olhou para os outros: – O que vocês acham?

– Acho que devemos tentar – miou Pelo de Tempestade. – Precisamos de comida.

– Sim, *vamos* continuar – Pelo de Açafrão murmurou.

Cauda de Pluma assentiu, ansiosa, e Pata de Esquilo, animada, deu um pulinho. Apenas Pata de Corvo permaneceu afastado, olhando para a frente sem responder à pergunta de Garra de Amora Doce.

– Vamos, então – Garra de Amora Doce miou.

Depois de um olhar cauteloso para um lado e para o outro, cruzou a grama para se juntar a Bacana, e o restante dos companheiros o seguiu, até Pata de Corvo, embora Garra de Amora Doce tenha notado que ele continuava a olhar para o chão.

– Pata de Corvo sabe sobre meu sonho de água salgada – Cauda de Pluma murmurou no ouvido de Garra de Amora

Doce. – Parecia de bom humor quando acordou, então contei a ele, antes que o cachorro começasse a nos perseguir. Acho que ele está chateado.

– Bem, ele vai ter de superar isso. – A paciência de Garra de Amora Doce estava no fim; tinha muito com que se preocupar sem fazer concessões ao orgulho ferido de Pata de Corvo.

Cauda de Pluma balançou a cabeça em dúvida, mas nesse momento alcançaram Bacana, e ela se calou.

Quando estavam todos juntos, o velho gato malhado abriu caminho por uma brecha na cerca e entraram no jardim dos Duas-Pernas.

Garra de Amora Doce franziu o nariz com os cheiros desconhecidos: pelo menos dois Duas-Pernas, o fedor acre de um monstro, embora para seu alívio fosse rançoso, e toda uma mistura de aromas de plantas desconhecidas. Algumas tinham flores enormes e irregulares, que se dobravam sob o próprio peso; Pata de Esquilo cheirou uma e saltou para trás de surpresa quando recebeu uma chuva de pétalas sobre o pelo.

Bacana caminhou pela grama, sentou-se no meio dela, abanando a cauda de forma cordial. Garra de Amora Doce se aproximou e viu uma poça de água com a borda de um material duro dos Duas-Pernas. Flores pálidas e folhas verdes flutuavam na água, e nas profundezas ele avistou um clarão de ouro, tão brilhante que, por instinto, olhou para cima para saber se o sol havia aparecido, mas todo o céu ainda estava coberto de nuvens.

– É um peixe! – Cauda de Pluma exclamou. – Um peixe dourado!

– Como? Peixes não são dourados! – Pata de Corvo parecia irritado.

– Não, mas esses são – Pelo de Tempestade, ao lado da irmã, olhava para a água. – Nunca vi nada igual. Não pegamos desses no rio.

– Podemos comê-los? – Pelo de Açafrão perguntou.

– Sim, são comida da boa, esses aqui – Bacana afirmou

– Vou tentar! – Pata de Esquilo tocou na água com a pata, experimentando.

– Não é assim! – Pelo de Tempestade miou. – Você vai perturbá-los e vão todos para o fundo. Deixe que Cauda de Pluma e eu mostremos.

Os dois gatos do Clã do Rio estavam sentados à beira da poça, olhos fixos na água. Então, com uma patada de Cauda de Pluma, um peixe dourado brilhante voou no ar, formando um marco de gotas de chuva brilhantes, e caiu na margem, se contorcendo e se debatendo.

– Alguém o pegue antes que caia de volta – ordenou Pelo de Tempestade.

Pata de Esquilo estava mais perto e saltou sobre o peixe, mordendo-o atrás da cabeça. – É bom! – anunciou, engolindo a iguaria.

Pelo de Tempestade já havia pescado mais um, e logo Cauda de Pluma pegou um terceiro, para alimentar Pelo de Açafrão e Garra de Amora Doce. Este provou com alguma desconfiança, sem saber o que esperar, mas comeu rapidamente a carne suculenta.

Quando Pelo de Tempestade pegou o próximo, deu um tapinha na direção de Pata de Corvo: – Vamos, está tudo bem.

Pata de Corvo lançou ao peixe um olhar de desdém: – Devíamos seguir nosso caminho, sem mexer nas coisas dos Duas-Pernas. Nunca teria vindo se imaginasse que a jornada para o lugar onde o sol mergulha – ou qualquer outro lugar – levaria tanto tempo. Estou perdendo o treinamento de guerreiro com meu mentor.

– Acho que você está recebendo um treinamento de guerreiro muito melhor aqui – observou Pelo de Tempestade.

– Venha sentar comigo – Cauda de Pluma miou, persuasiva – e vou ensinar a você como pegá-los.

– Também quero aprender! Por favor! – Pata de Esquilo pediu, ansiosa. Pata de Corvo olhou com desdém para a aprendiz do Clã do Trovão. Caminhou até Cauda de Pluma e sentou-se a seu lado na beira da poça.

– Está bem – ela miou. – O truque é não deixar sua sombra cair na água. Quando vir um peixe, pegue-o o mais rápido que puder, antes que ele tenha tempo de nadar para longe.

Pata de Corvo curvou-se sobre a água, com uma pata meio estendida, e um momento depois enfiou-a dentro da poça. Pegou um peixe, mas ele girou no ar e caiu de volta na água, salpicando o gato com uma chuva de gotas. Pata de Esquilo soltou uma risadinha e Garra de Amora Doce lançou-lhe um olhar penetrante.

– Muito bom para uma primeira tentativa – Cauda de Pluma acalmou o aprendiz irritado. – Mais uma vez.

Mas Pata de Corvo havia se afastado da poça. Abaixou a cabeça e começou a lamber os respingos de água de seu pelo, mas logo parou, infeliz. – Que tipo de água é essa? É salgada!

– Não, não é – miou Pelo de Tempestade, surpreso.

O que quer que ele fosse dizer foi abafado por um estrondo e um grito raivoso dos Duas-Pernas. Garra de Amora Doce ergueu os olhos e viu um deles parado na porta aberta do ninho, gritando. Agarrou algo em uma das mãos e arremessou nos gatos; o objeto pousou entre as flores irregulares, logo atrás de Bacana.

– Ah, não – miou o velho gato malhado. – Hora de ir.

Ele se arrastou de volta para a abertura na cerca. Garra de Amora Doce e Pelo de Tempestade o seguiram; Pelo de Açafrão e Pata de Esquilo correram à frente para passar pela abertura primeiro, com Cauda de Pluma em seus calcanhares. Pata de Corvo, o último, ao sair do jardim e correr pela grama até o abrigo das árvores, cuspia fúria.

– Por que você nos levou lá? – perguntou, virando-se para Bacana. – Nunca deveríamos ter confiado em você. Queria que o Duas-Pernas nos pegasse? Nem os peixes imundos valeram a pena.

– Pata de Corvo, não – implorou Cauda de Pluma, deixando cair o peixe que carregava. – Não há nada de errado com o peixe ou a água.

– Pois digo que era salgada! – Pata de Corvo vociferou.

Garra de Amora Doce estava prestes a intervir, eles haviam perdido muito tempo, primeiro fugindo do cachorro e agora discutindo, até que viu o brilho nos olhos de Cauda de Pluma.

– Você sabe por que ficou salgado para você e não para o resto de nós, não sabe? – ela miou baixinho, apoiando a ponta da cauda no flanco do gato. – É o seu sinal de água salgada, Pata de Corvo. Você finalmente conseguiu!

O gato cinza-escuro abriu a boca para responder, mas nem um som se ouviu. Olhou para o peixe e depois para Cauda de Pluma: – Tem certeza? – miou, parecendo surpreso.

– Claro, sua bola de pelo estúpida – Cauda de Pluma ronronou. Garra de Amora Doce pensou que Cauda de Pluma era a única que poderia chamar Pata de Corvo assim e escapar sem arranhões. – Por que outra razão a água em uma poça dos Duas-Pernas teria gosto salgado? É o sinal do Clã das Estrelas de que continuamos no caminho certo.

Pata de Corvo piscou e esticou o pelo das costas.

– Que história é essa de sinais e água salgada? – Bacana rosnou.

– Estamos em uma jornada realmente importante! – Pata de Esquilo informou-o entusiasmada. – O Clã das Estrelas nos enviou para descobrir algo vital para os nossos clãs.

– Que jornada? Que clãs?

Garra de Amora Doce suspirou. Mesmo que quisesse ir em frente, percebeu que o velho gato malhado estava sozinho; parecia indelicado abandoná-lo sem ao menos lhe dizer por que estavam ali. Afinal, ele os salvara do cachorro e depois os conduzira até o peixe dourado brilhante.

– Venha aqui para a samambaia, onde não seremos vistos, e então lhe contaremos tudo.

Todos os gatos o seguiram; nem mesmo Pata de Corvo se opôs. Pelo de Tempestade e Cauda de Pluma dividiram o peixe, e Pelo de Açafrão vigiava enquanto Pata de Esquilo contava sua história. Garra de Amora Doce interveio para corrigi-la ou explicar quando Bacana não entendia.

– Clã das Estrelas? – o velho miou com um olhar de dúvida quando Pata de Esquilo lhe contou sobre o sonho de Garra de Amora Doce. – Falar com você em sonhos? Nunca soube de nada disso.

A jovem aprendiz, boquiaberta, tinha os olhos verdes cheios de descrença de que algum gato não conhecesse o Clã das Estrelas.

– Apenas continue – Garra de Amora Doce miou para ela, não querendo perder tempo com longas explicações.

A aprendiz revirou os olhos para ele, mas continuou sem discutir. Quando terminou, o isolado ficou em silêncio por um tempo... tanto tempo que Garra de Amora Doce se perguntou se ele havia adormecido. Então ele se aprumou e arregalou os olhos amarelos, agora com um ardor que não havia antes: – Sei onde fica esse lugar onde o sol mergulha – miou inesperadamente. – Falei com gatos que estiveram lá. Não fica longe.

– Onde é? – Pata de Esquilo saltou sobre as patas. – É muito longe daqui?

– Dois, talvez três dias de viagem – Bacana respondeu, os olhos brilhantes. – Vou dizer uma coisa, vou junto e mostro a vocês.

Sua expressão se transformou em decepção quando os felinos da floresta nada disseram. Por fim, Pata de Corvo

expressou o que Garra de Amora Doce estava pensando.
– Sem chance. Você não será capaz de viajar rápido o suficiente.

– E não me lembro de ter convidado você – Pelo de Açafrão murmurou.

– Mas se souber o caminho certo... – Pelo de Tempestade miou. – Talvez devêssemos deixá-lo vir.

– Ele deve conhecer o caminho por este Lugar dos Duas-Pernas – acrescentou Cauda de Pluma, contorcendo a cauda em direção às muitas fileiras de ninhos vermelhos e opacos dos Duas-Pernas que bloqueavam a visão do horizonte.

Isso era verdade, pensou Garra de Amora Doce, lembrando-se do problema que enfrentaram no último Lugar dos Duas-Pernas. Se Bacana realmente conhecesse o caminho para o lugar onde o sol mergulha, poderia ser mais rápido ir com ele, mesmo que não andasse tão depressa. Talvez fosse o guia que o Clã das Estrelas enviara em resposta à oração do jovem guerreiro. Parecia um salvador improvável, mas certamente tinha a coragem de um gato da floresta.

– Tudo bem – ele miou, percebendo com um choque de surpresa que os outros gatos o observavam como se esperassem uma decisão. – Ele pode vir.

CAPÍTULO 20

Bacana conduziu os gatos da floresta pela orla do bosque. Na véspera tinham escapado por pouco do cachorro, e Garra de Amora Doce ainda lutava com dúvidas sobre sua decisão de seguir o velho gato; sabia que Pata de Corvo e Pelo de Açafrão também estavam infelizes. Mas parecia não haver escolha; mais e mais ninhos dos Duas-Pernas enchiam o horizonte, e as nuvens ainda cobriam o céu, então não havia sol para guiá-los até o lugar onde o sol mergulha.

– Alguma chance de conseguirmos mais comida? – perguntou a Bacana enquanto deixavam as árvores para trás e começavam a cruzar um espaço gramado pontilhado de flores de cores vivas. – O peixe de ontem não foi suficiente, e Pata de Corvo não comeu nada.

– Claro, posso levá-los a um lugar – respondeu Bacana com um olhar hostil para Pata de Corvo, o mais franco em expressar sua desconfiança do velho gato.

Ele os conduziu para o outro lado do gramado, onde havia mais uma fileira de ninhos dos Duas-Pernas. Garra de Amora Doce observava inquieto enquanto o velho gato se arrastava sob um portão de madeira, grunhindo com o esforço e se sacudindo vigorosamente até o outro lado.

– Mais Duas-Pernas? – Pata de Corvo sibilou. – Não vou entrar lá.

– Como quiser – Bacana miou, já pegando o caminho que levava à porta, com a cauda erguida.

– É melhor ficarmos todos juntos – Garra de Amora Doce murmurou. – Lembrem-se do que aconteceu na última vez.

Pata de Corvo bufou, mas nada disse, e ninguém discordou. Um a um, espremeram-se sob o portão e seguiram Bacana pela trilha. Pata de Corvo foi o último, lançando olhares cautelosos para trás.

Bacana os esperava na porta entreaberta do ninho dos Duas-Pernas. Um brilho áspero iluminou o interior, cheio de formas e aromas estranhos que Garra de Amora Doce não conhecia.

– Lá? – ele miou para Bacana. – Você acha que vamos entrar em um ninho de Depé?

Bacana mexeu a cauda com impaciência. – É onde está a comida. Eu conheço este lugar. Costumo vir aqui.

– Isso é perda de tempo – Pelo de Açafrão miou. Garra de Amora Doce achou que a irmã parecia assustada; ansiosa, ela flexionou as garras sobre o caminho duro. – *Não* podemos entrar lá. Não somos gatinhos de gente. Comer a comida deles é contra o Código dos Guerreiros.

– Ah, vamos lá – com a cauda, Pelo de Tempestade deu um tapinha amigável na orelha de Pelo de Açafrão. – Não há nenhum mal nisso. Estamos em uma longa jornada e, se conseguirmos comida com facilidade, vamos economizar o tempo que gastaríamos caçando: tempo que talvez precisemos para outra coisa. O Clã das Estrelas vai entender.

Pelo de Açafrão balançou a cabeça, ainda não convencida, mas Cauda de Pluma pareceu tranquilizada pelo raciocínio do irmão, e os dois gatos do Clã do Rio se aventuraram cautelosamente a entrar.

– Isso mesmo – Bacana os encorajou. – Aqui está a comida, vejam, em tigelas ali, tudo pronto para nós.

O estômago de Garra de Amora Doce roncou; o peixe que comera era pequeno, e já fazia muito tempo. – Tudo bem – ele miou. – Acho que Pelo de Tempestade está certo. Vamos, temos de ser rápidos.

Pata de Esquilo não esperou por sua decisão, seguindo os passos de Bacana. Garra de Amora Doce foi atrás, mas Pata de Corvo e Pelo de Açafrão ficaram do lado de fora.

– Vamos ficar de vigia! – Pelo de Açafrão avisou.

Pelo de Tempestade e Cauda de Pluma já estavam agachados ao lado das tigelas, engolindo o conteúdo avidamente. Garra de Amora Doce olhou desconfiado para a comida; eram pelotas duras e redondas como cocô de coelho, mas o cheiro dizia que seria seguro comê-las.

Pata de Esquilo enfiou o focinho na outra tigela; quando olhou para cima, seu pelo estava grudento, com pontas feitas de alguma coisa branca, e seus olhos verdes brilhavam. – É *bom*! – exclamou. – Bacana, o que é isso?

– Leite. Mais ou menos como o leite que você suga da sua mãe.

– E os gatinhos de gente bebem isso todos os dias? – Pata de Esquilo perguntou, surpresa. – Uau! Quase vale a pena ser um gatinho de gente. E mergulhou o focinho de volta na tigela.

Garra de Amora Doce agachou-se ao seu lado e bebeu algumas gotas do líquido branco. A aprendiz estava certa: era bom, saudável e saboroso, quase sem nenhum sabor de Duas-Pernas. Acomodou-se e comeu.

O primeiro indício de problemas foi o som de uma porta se abrindo e uma voz estridente de Duas-Pernas gritando acima de sua cabeça. Garra de Amora Doce saltou sobre as patas a tempo de ver um filhote de Duas-Pernas passar correndo pela porta e pegar Cauda de Pluma nos braços.

Pega de surpresa, Cauda de Pluma soltou um uivo assustado e começou a lutar, mas o jovem Duas-Pernas a segurava com força. Pelo de Tempestade esticou as patas dianteiras, tentando alcançar a irmã, mas o filhote de Duas-Pernas não deu atenção. Garra de Amora Doce olhou consternado. *Cauda de Pluma!* Procurou Bacana em volta e o viu indo calmamente em direção a um Duas-Pernas adulto parado na porta e lhe dar boas-vindas com a cauda.

Então Pata de Corvo apareceu do jardim, um redemoinho negro com olhos cor de âmbar brilhantes. – Viu só? – sibilou para Garra de Amora Doce. – É culpa sua! Você deixou aquele velho saco de sarna nos trazer aqui.

O guerreiro ficou boquiaberto com a acusação, mas Pata de Corvo não esperou resposta. Virou-se para enfrentar o filhote de Duas-Pernas, os lábios retraídos em um rosnado. – Solte-a, ou faço você em pedaços – disparou.

O pequeno Duas-Pernas acariciava Cauda de Pluma alegremente, soltando gritinhos, e nem entendeu a ameaça nem notou o aprendiz negro, que estava pronto para saltar quando Pata de Esquilo deslizou na frente dele. – Espere, cérebro de camundongo! É apenas um filhote. Faça assim.

Ela caminhou até o filhote de Duas-Pernas, ergueu os olhos verdes suplicantes, ronronou e se esfregou em suas pernas.

– Boa ideia! – Pelo de Tempestade exclamou e se aproximou do filhote de Duas-Pernas do outro lado, ronronando.

Os olhos do pequeno Duas-Pernas filhote brilharam. Soltou um grito de alegria e se abaixou para acariciar Pata de Esquilo; no mesmo instante, Cauda de Pluma, sentindo afrouxar o abraço, conseguiu se desvencilhar e pular para o chão.

– Vamos! – Garra de Amora Doce uivou.

Os gatos da floresta dispararam pela porta e correram até o portão. Quando Garra de Amora Doce se espremeu para passar, ouviu o pequeno Duas-Pernas uivar, mas não parou.

– Por aqui! – gritou, rumando para um grupo de arbustos.

Ao mergulhar sob os galhos baixos de folhas lustrosas, percebeu, para seu alívio, que todos os companheiros estavam com ele. Um momento depois, bufando e arranhando o chão, Bacana se juntou a eles.

– Saia daqui!– Pata de Corvo disparou. – Foi você que nos levou até lá, para sermos pegos pelos Duas-Pernas. – Com um olhar aguçado para Garra de Amora Doce, acrescentou: – Se tivesse me ouvido, isso não teria acontecido.

Bacana torceu uma orelha e não deu sinais de ir embora.
– Não sei com o que você está preocupado. Eles são Depé decentes. Não machucariam gato nenhum.

– Iriam apenas mantê-la prisioneira – Pelo de Açafrão rosnou. – Aquele filhote de Duas-Pernas obviamente queria transformar Cauda de Pluma em um gatinho de gente.

– Eu não estava em perigo – Cauda de Pluma disse. – Poderia ter escapado sozinha, só que não queria arranhar o pequeno Duas-Pernas. – Ela piscou agradecida à aprendiz do Clã do Trovão. – Mas Pata de Esquilo teve a melhor ideia.

Pata de Esquilo abaixou a cabeça, parecendo envergonhada. – Se algum de vocês contar em casa que ronronei para um Duas-Pernas – ela miou com os dentes cerrados –, vou transformá-lo em comida de corvo, prometo.

Apesar dos protestos de Pata de Corvo, os gatos viajantes seguiram em frente com Bacana como guia. Durante todo o dia, o gato malhado os conduziu por caminhos duros dos Duas-Pernas que faziam suas patas queimarem, onde tinham de se esgueirar sob o abrigo de muros ou disparar por Caminhos do Trovão sob o nariz de monstros rugindo sobre eles.

No final do dia, Garra de Amora Doce estava exausto, achando difícil colocar uma pata na frente da outra. Seus companheiros não estavam em melhor estado. Pata de Esquilo mancava, a cauda de Pata de Corvo estava caída; Garra de Amora Doce lembrou-se de que o aprendiz de pelo preto ainda não havia comido e se perguntou se seria possível achar alguma presa nas profundezas do território dos Duas-Pernas.

– Bacana! – chamou, obrigando-se a acelerar o passo e alcançar o velho gato. – Existe algum lugar seguro para passarmos a noite? Qualquer lugar onde possamos encontrar comida... não comida de gatinho de gente – acrescentou. – Precisamos de um lugar para caçar.

Bacana parou no cruzamento dos dois Caminhos do Trovão e coçou a orelha com a pata traseira. – Não sei sobre presas – murmurou. – Há um lugar onde podemos passar a noite logo adiante.

– A que distância?– Pelo de Açafrão rosnou. – Minhas patas estão caindo.

– Não é longe – Bacana ergueu-se novamente sobre as patas; Garra de Amora Doce teve de admitir que o velho estava mostrando mais resistência do que imaginara possível naquela jornada aparentemente interminável. – É até bem perto.

Enquanto Garra de Amora Doce se preparava para partir novamente, avistou um leve brilho avermelhado caindo na superfície dura do Caminho do Trovão. Sua cabeça girou e ele olhou horrorizado. As nuvens estavam se dissipando no horizonte, e agora, no vão entre dois dos ninhos dos Duas-Pernas, via o sol se pôr atrás deles. Eles estavam viajando na direção completamente errada!

– Bacana! – Sua voz era um uivo estrangulado. – Olhe!

O velho gato piscou para a luz vermelha no céu. – Tempo bom amanhã, sem problemas.

– Tempo bom! – Pata de Corvo sibilou. – Ele tem nos enganado o dia todo.

Pata de Esquilo afundou no chão duro e apoiou a cabeça nas patas.

– Devíamos estar indo *em direção* ao pôr do sol – apontou Garra de Amora Doce. – Bacana, você sabe *mesmo* como encontrar o lugar onde o sol mergulha?

– Claro que sim – Bacana se defendeu, seu pelo amarrotado começando a eriçar. – É apenas... bem, passando por lugares Depé, você se confunde de vez em quando.

– Ele não sabe – Pelo de Açafrão miou categoricamente.

– Claro que não – Pata de Corvo zombou. – Não consegue encontrar a própria cauda. Vamos deixá-lo aqui e continuar sozinhos.

Outro monstro passou rugindo; Pelo de Tempestade, que estava parado perto da margem do Caminho do Trovão, saltou para trás quando uma chuva de areia respingou em seu pelo.

– Olhe – ele miou –, concordo que Bacana está nos levando para o caminho errado. Mas não podemos sair sozinhos agora. Nunca sairíamos deste Lugar dos Duas-Pernas.

Cauda de Pluma assentiu melancolicamente, aproximando-se do irmão para lamber a areia de seu pelo.

Garra de Amora Doce sabia que estavam certos; controlou a frustração ao pensar no tempo que estavam perdendo.

– Tudo bem – miou. – Bacana, mostre-nos esse lugar onde podemos dormir. Tudo parecerá melhor pela manhã.

Ignorando um ruído de desdém de Pata de Corvo, ele seguiu mais uma vez as pegadas do velho gato malhado.

Ao chegarem ao local de dormir indicado por Bacana, o céu estava quase completamente escuro, mas o caminho estava iluminado por um forte brilho das luzes dos Duas-Pernas como pequenos sóis sujos. O velho gato malhado os conduziu a um trecho de arbustos e grama, cercado por uma cerca pontiaguda com espaços entre as estacas por onde um gato poderia passar facilmente. Havia abrigo, água em poças rasas e até o cheiro de presas.

– Lá! – Bacana miou, contraindo os bigodes com satisfação. – Isso não é tão ruim, é?

Não era nada mau, Garra de Amora Doce constatou, pensando se Bacana realmente pretendia levá-los até lá ou se encontrou o lugar por obra do acaso. Embora cansados, caçaram imediatamente; os camundongos que pegaram eram esqueléticos e cheiravam ao Lugar dos Duas-Pernas, mas tinham gosto de ratos-silvestres suculentos para os famintos gatos da floresta.

Pata de Esquilo jantou tudo, olhou em volta procurando mais e suspirou. – O que não daria por uma tigela de leite de gatinho de gente! Estou *brincando* – acrescentou, enquanto Pata de Corvo fazia uma careta para ela. – Acalme-se, sim?

Pata de Corvo virou as costas, exausto demais para uma briga de verdade.

Para alívio de Garra de Amora Doce, não demorou muito para que todos se acomodassem para dormir. Ele se enroscou sob alguns galhos baixos, onde quase podia se imaginar de volta à toca dos guerreiros. Através dos vãos entre as folhas, olhou para o céu, mas as duras luzes dos Duas-Pernas atrapalhavam o brilho do Tule de Prata. O Clã das Estrelas parecia muito distante.

No dia seguinte, penaram sob as instruções de Bacana. Garra de Amora Doce sentiu como se estivesse se arrastando por uma eternidade, na base dos altos muros dos Duas-Pernas, tão íngremes quanto o penhasco no lugar onde o sol mergulha. A essa altura, estava praticamente convencido de que o velho gato malhado estava andando a esmo, sem se importar se iam na direção certa ou não. Mas os felinos da floresta não tinham esperança de encontrar o próprio caminho para sair do Lugar dos Duas-Pernas. Nuvens cobriram o sol novamente, então de lá não viria ajuda e, de vez em quando, caía uma chuva fria.

– Nunca vamos sair dessa – Pelo de Açafrão ecoou os pensamentos de Garra de Amora Doce enquanto se alinhavam para cruzar outro Caminho do Trovão.

– Você também pode parar de reclamar – retorquiu Pelo de Tempestade. – Não há nada que possamos fazer.

Garra de Amora Doce ficou surpreso ao ouvir uma resposta tão hostil do descontraído guerreiro do Clã do Rio. Mas todos ainda estavam cansados, mesmo depois da noite de sono, e a esperança estava se esvaindo como água caindo na areia. Enquanto Pelo de Açafrão olhava com raiva, o pelo do pescoço eriçado, ele se colocou à sua frente: – Calma, vocês dois – miou.

Foi interrompido quando Pelo de Tempestade girou e disparou pelo Caminho do Trovão, quase direto sob as patas de um monstro que se aproximava. Cauda de Pluma soltou um miado angustiado e saltou também.

– E não corram riscos idiotas! – Garra de Amora Doce gritou.

Os guerreiros do Clã do Rio o ignoraram. Dando de ombros, Garra de Amora Doce virou-se para Pata de Esquilo, que estava agachada a seu lado na beira do Caminho do Trovão, esperando a chance de atravessar. – Vou avisar quando for seguro – ele disse.

– Posso fazer isso! – Pata de Esquilo disparou. – Pare de tentar falar como meu pai. – Ela saltou para a superfície dura do Caminho do Trovão; felizmente nenhum monstro estava à vista.

Garra de Amora Doce correu atrás dela, alcançando-a quando ela chegou do outro lado. Curvou-se sobre a aprendiz até ficarem nariz com nariz, e suas palavras saíram em um silvo de fúria. – Se fizer uma burrice dessas de novo, vai desejar que eu *fosse* seu pai! Vou ser mais duro com você do que ele jamais foi.

– Queria que você fosse meu pai *agora*! – ela retrucou. – Estrela de Fogo saberia qual caminho seguir.

Não havia nada que Garra de Amora Doce pudesse dizer a respeito. Ela estava certa, o heroico líder do Clã do Trovão nunca teria feito tanta confusão nessa jornada. Por que o Clã das Estrelas o escolhera, *por quê*?

Virou-se para o velho gato malhado, que estava passeando pelo Caminho do Trovão como se tivesse todo o tempo do mundo. – Bacana, quanto falta para a fronteira deste Lugar dos Duas-Pernas?

– Ah, falta pouco, muito pouco – Bacana soltou um ronronar divertido. – Vocês, jovens, são impacientes demais.

Um rosnado fraco saiu da garganta de Pata de Corvo, que deu um passo em direção ao guia. – Pelo menos a idade não levou nosso juízo – rebateu. – Mexa-se!

Bacana piscou para ele. – Tudo no tempo certo. – Ficou parado, farejando o ar, e então virou-se, decidido, na direção do Caminho do Trovão. – Por aqui.

– Não tem a menor ideia – Pata de Corvo rosnou, mas ainda assim o seguiu. Como acontecia com todos os gatos da floresta, não era mais uma questão de fé ou coragem. Eles simplesmente não tinham escolha.

O dia parecia se arrastar interminavelmente, e, quando a luz voltou a diminuir, estavam mancando dolorosamente ao lado de uma cerca alta dos Duas-Pernas. Garra de Amora Doce pensou que a pele das almofadinhas de suas patas devia ter se desgastado de tanto andar na pedra; ansiava pelo frescor reconfortante de pisar em plantas cultivadas.

Abriu a boca para pedir a Bacana que encontrasse outro lugar para parar, mas percebeu um cheiro forte e desconhecido no ar. Fez uma pausa, tentando identificá-lo; no mesmo momento, Pelo de Açafrão se aproximou correndo.

– Garra de Amora Doce, você notou esse cheiro? É como o Ponto de Carniça, no limite do território do Clã das Sombras. É melhor ficarmos atentos. Haverá camundongos.

Garra de Amora Doce assentiu. Agora que a irmã o havia lembrado, podia distinguir claramente o cheiro de rato entre os lixos malcheirosos dos Duas-Pernas. Olhando para o caminho por onde viera, viu que os demais companheiros estavam espalhados lá atrás, exaustos pelo medo, pela incerteza e pela dura jornada.

– Apressem-se! – ele chamou. – Fiquem juntos!

Um chiado seco o interrompeu. Girando, viu três ratos enormes se espremendo sob a cerca para invadir seu caminho, com as caudas nuas enroladas no alto das costas. Os olhos brilhavam no focinho maligno em forma de cunha, e podia apenas distinguir o brilho de seus dentes da frente afiados.

Em um tique-taque de coração, o rato líder saltou sobre ele; Garra de Amora Doce saltou para trás e sentiu a dentada a um fio de pelo de sua perna. Ele balançou uma pata e passou as garras pela lateral da cabeça do rato, que caiu para trás, gritando, mas imediatamente outro tomou seu lugar. Apareceram muitos do outro lado da cerca, fluindo para o caminho como um rio caudaloso e barulhento. Garra de Amora Doce teve um vislumbre de Pelo de Açafrão rosnando ferozmente enquanto um rato cravava os dentes em seu ombro. Em seguida, mais dois o atingiram, e ele caiu sob uma massa de corpos retorcidos.

A princípio, mal conseguiu recuperar o fôlego. O fedor repugnante dos ratos encheu suas narinas, sufocando-o. Chutou com as patas traseiras e sentiu suas garras afundarem no pelo e na carne do rato, que guinchou, e o peso sobre ele desapareceu, permitindo que se levantasse, mesmo desajeitadamente, para golpear outra das criaturas vis que mordiam sua orelha.

Bem ao lado dele, Pata de Esquilo se contorcia debaixo de um rato quase tão grande quanto ela; antes que o jovem guerreiro pudesse fazer um movimento para ajudá-la, ela se desvencilhou e se atirou no rato, orelhas achatadas e mandíbulas abertas em um uivo furioso. O rato fugiu; Pata de Esquilo virou-se para apontar suas garras para outro que estava agarrado nas costas de Cauda de Pluma, fazendo jorrar jatos de sangue vermelho e brilhante, que escorriam das garras afiadas.

Garra de Amora Doce voltou à batalha ao lado de Pata de Corvo, que estava sendo arrastado pelo chão com os dentes cravados na perna de um rato. O guerreiro despachou o rato com uma única patada e girou para enfrentar o próximo agressor. Pelo de Tempestade e Cauda de Pluma lutavam lado a lado na base da cerca, e Pelo de Açafrão, com um ombro sangrando muito, sacudiu um rato pelo rabo antes de largá-lo e morder com força sua garganta. Bacana também havia voltado, entrando na massa de ratos e jogando-os para o lado com uma poderosa pancada da pata dianteira.

Com a mesma rapidez que começou, a luta acabou. Os ratos sobreviventes recuaram pelo buraco na cerca; Pata de Corvo deu um golpe no último deles enquanto sua cauda desaparecia.

Garra de Amora Doce ficou ofegante, sentindo uma dentada aguda em sua cauda e na perna traseira, enquanto olhava para os ratos restantes espalhados pelo chão, alguns ainda se contorcendo debilmente. *Presa fresca*, pensou estupidamente, mas não conseguiu reunir energia para juntar os corpos ou para comer. Foi rodeado pelos demais companheiros, todos olhando uns para os outros com olhos arregalados, as brigas esquecidas em seu medo compartilhado.

– Bacana – Garra de Amora Doce miou exausto. – Temos de descansar. Que tal ali?

Ele apontou com a cauda para um vão na parede do outro lado do Caminho do Trovão do Ponto da Carniça onde os ratos estavam. Adiante, tudo estava escuro. Podia sentir o cheiro dos Duas-Pernas, mas era rançoso.

Bacana piscou. – Claro, isso serve.

Dessa vez Garra de Amora Doce liderou o grupo pelo Caminho do Trovão. Os gatos estavam tão exaustos que se aparecesse um monstro acabaria com todos eles, mas o Clã das Estrelas os protegia e tudo estava tranquilo. Pata de Corvo, Pelo de Tempestade e Cauda de Pluma arrastaram ratos com eles, enquanto Pata de Esquilo emprestou seu ombro para ajudar Pelo de Açafrão, que estava mancando muito e deixou um rastro de sangue.

Através da abertura no muro havia uma área escura fechada atrás de um ninho dos Duas-Pernas que parecia desativado. Pedras ásperas estavam presas ao chão; poças de água gordurosa acumuladas entre elas. Pata de Corvo abaixou a cabeça para beber e grunhiu de nojo, mas não teve forças para reclamar em voz alta.

Não havia nada para usar como cama. Os gatos se amontoaram em um canto, exceto Pata de Esquilo, que saiu fuçando o muro e voltou com teias de aranha coladas em uma pata, que pressionou contra o ferimento de Pelo de Açafrão.

– Gostaria de me lembrar da erva que Pata de Folha usa para mordida de rato – miou.

– Mas não temos ervas aqui – Pelo de Açafrão murmurou, estremecendo. – Obrigada, Pata de Esquilo, isso realmente ajuda.

– É melhor ficarmos de vigia – anunciou Garra de Amora Doce. – Aqueles ratos podem voltar. Vou primeiro – ele acrescentou, preocupado que algum gato começasse a protestar. – Os demais durmam um pouco, mas, se tiverem alguma mordida, primeiro deem nela uma boa lambida.

Todos os companheiros, mesmo Pata de Corvo, obedeceram sem questionar. Garra de Amora Doce adivinhou que estavam tão assustados que ficaram felizes por ter alguém lhes dizendo o que fazer.

Ele caminhou de volta para a abertura no muro e se sentou na sombra, olhando através do Caminho do Trovão para o lugar onde os ratos haviam aparecido. Tudo estava tranquilo, deixando-o sem nada para fazer, a não ser se preocupar com o fato de a jornada ter sido um desastre completo. Acima de tudo, se preocupava com Pelo de Açafrão. Todos saíram com arranhões da batalha com os ratos, mas só a irmã sofrera uma mordida profunda; parecia grave, e ele sabia que, de todas as mordidas, as de um rato eram as mais temidas pelos companheiros de clã. O que fariam se a mordida infeccionasse ou se a perna dela endurecesse e ela não pudesse continuar?

Um leve barulho ao seu lado o fez pular, até que viu que era Pata de Esquilo. Seu pelo avermelhado estava arrepiado e o sangue escorria de um arranhão em seu nariz, mas os olhos ainda brilhavam. Garra de Amora Doce se preparou para uma crítica ou algum comentário inteligente, mas quando falou, sua voz era baixa. – Pelo de Açafrão está dormindo.

– Ótimo – Garra de Amora Doce miou. – Você... você lutou bem hoje. Pelagem de Poeira teria ficado orgulhoso. – Ele soltou um longo suspiro, cheio de cansaço e incerteza.

Para sua surpresa, a aprendiz empurrou o nariz confortavelmente em seu pelo. – Não se preocupe – ela miou. – Ficaremos bem. O Clã das Estrelas está olhando por nós.

Inspirando seu perfume suave e quente, Garra de Amora Doce desejou poder acreditar em suas palavras.

CAPÍTULO 21

Pata de Folha saltou de seu ninho nas samambaias do lado de fora da toca de Manto de Cinza. O sol nascia, os raios brilhando em gotas de água que tremiam na folhagem das samambaias e da grama. Havia um frio no ar, lembrando à aprendiz que a estação das folhas caídas logo daria lugar à estação sem folhas.

A princípio não tinha certeza do que a havia acordado. Não havia nenhum som, exceto o suave suspiro do vento nas copas das árvores e o murmúrio distante dos guerreiros despertando na clareira principal. Manto de Cinza não a chamou, mas o pelo de Pata de Folha se arrepiou com a certeza de que tinha de fazer alguma coisa.

Quase por vontade própria, suas patas a levaram até a boca da toca da curandeira. Olhando para a fenda na rocha, miou baixinho: – Manto de Cinza, está acordada?

– Agora estou – respondeu com a voz sonolenta. – Qual é o problema? O Clã das Sombras atacando? O Clã das Estrelas andando entre nós?

– Não, Manto de Cinza. – Pata de Folha arrastou as patas. – Só queria verificar se temos alguma raiz de bardana.

– Raiz de bardana?

A jovem ouviu o barulho das patas da mentora, que, num tique-taque de coração, colocou a cabeça para fora da toca: – Para que você quer isso? Vamos lá, para que usamos a raiz de bardana?

– Mordidas de rato – a jovem miou; sentando-se, envolveu as patas com a cauda, tentando acalmar o coração, que batia como se ela tivesse vindo correndo de Quatro Árvores. – Especialmente se estiverem infectadas.

– Isso mesmo. – Manto de Cinza saiu da toca e deu uma volta rápida pela clareira, cutucando os arbustos de samambaias com uma pata. – Não, exatamente como pensei. Não há ratos aqui – reconheceu finalmente.

– Sei que não há ratos – a aprendiz miou, impotente. – Só precisava verificar se temos raiz de bardana, só isso.

Os olhos da curandeira se estreitaram. – Você tem sonhado?

– Não, eu... – Pata de Folha parou de falar. – Na verdade, acho que talvez tenha, mas não sei o que significa. Nem consigo me lembrar sobre o que era o sonho.

Os olhos azuis de Manto de Cinza a consideraram calmamente por vários segundos: – Isso pode ser um sinal do Clã das Estrelas – miou por fim.

– Então você pode me dizer o que significa? – Pata de Folha implorou. – *Por favor!*

Para seu espanto, Manto de Cinza balançou a cabeça. – O sinal, se for um sinal, é seu – explicou. – Você sabe que o Clã das Estrelas nunca nos fala em palavras simples. As mensagens vêm em pequenas coisas... o arrepiar do pelo, um puxão em nossas patas...

– A sensação de que alguma coisa está certa ou errada – acrescentou Pata de Folha.

– Exatamente – Manto de Cinza assentiu. – Parte de ser um curandeiro é aprender a ler essas mensagens por instinto, e nós duas sabemos como pode ser difícil dar um salto de fé. Isso é o que você tem de fazer agora.

– Não tenho certeza se sei como – a jovem confessou, raspando o chão com uma pata dianteira. – E se eu estiver entendendo errado o significado?

– Você acha que nunca me engano? – O olhar da curandeira de repente ficou intenso. – Você deve confiar no próprio julgamento. Acredite em mim, um dia você será uma maravilhosa curandeira, talvez tão boa quanto Folha Manchada.

Os olhos da jovem se arregalaram. Tinha ouvido muitas histórias sobre a talentosa jovem curandeira que havia sido morta pouco depois de Estrela de Fogo se juntar ao Clã do Trovão. Nunca em seus sonhos mais loucos pensou em ser comparada a ela.

– Manto de Cinza, você não pode estar falando sério!

– Claro que estou – a gata miou secamente. – Não falo pelo prazer de ouvir minha própria voz. Quanto à bardana, você a encontrará crescendo na borda do vale de treinamento. Por que não vai desenterrar algumas raízes? Então teremos bastante, só por precaução.

Enquanto Pata de Folha trotava para fora do acampamento, tentou se lembrar do sonho. Mas nada lhe veio à mente, exceto uma imagem de ninhos escuros dos Duas-Pernas e de uma luz forte brilhando em um Caminho do Trovão. Perguntava-se se o sonho teria sido mesmo um sinal do Clã das Estrelas; em vez disso, teve a sensação de que Pata de Esquilo estava tentando lhe dizer algo, embora a força de seu vínculo tivesse diminuído com a distância. Ela não vira a irmã e os outros gatos viajantes no sonho, mas de alguma forma se convenceu de que Pata de Esquilo havia sido mordida por um rato.

Se ao menos tivesse ido com ela, pensou, impotente. *Eles precisam de uma curandeira. Ah, Pata de Esquilo, onde você está?*

No vale arenoso, Pelo de Rato e Garra de Espinho treinavam seus aprendizes. Pata de Folha parou por uns momentos para observar, mas por alguma razão não sentiu muito interesse. Era como se a luz do sol estivesse drenando toda a sua energia, de modo que mal conseguia colocar uma pata na frente da outra.

As hastes altas da bardana eram fáceis de encontrar. A aprendiz embrenhou-se sob as folhas escuras e perfumadas para desenterrar as raízes. Depois de raspar a maior parte da terra pegajosa, levou-as de volta para a toca da curandeira e as colocou em uma pilha organizada ao lado das outras ervas.

Esta noite aconteceria a Assembleia, lembrou. Quando Manto de Cinza disse que ela iria, ficou animada, sobretudo com a ideia de rever Asa de Mariposa. Agora lhe faltavam forças suficientes para a viagem a Quatro Árvores. Teria desistido de todas as Assembleias a partir de agora até se juntar ao Clã das Estrelas se ao menos pudesse ter certeza de que a irmã estava segura.

Quando os gatos do Clã do Trovão chegaram à Assembleia, Pata de Folha sentia-se melhor. Havia tirado uma breve soneca depois do sol alto, as narinas repletas do cheiro de bardana grudado em seu pelo, e acordou com as patas novamente plenas de energia.

Ao sair dos arbustos na clareira em Quatro Árvores, viu Asa de Mariposa vindo em sua direção.

– Olá, e aí? – Pata de Folha miou. – Como você está?

Asa de Mariposa fez uma pausa: – Tudo bem, acho, mas há muito o que aprender! E há momentos em que não me sinto mais próxima do Clã das Estrelas do que antes de ir para a Boca da Terra.

Pata de Folha soltou um miado irônico. – Todos nós sentimos isso. Acho que todo curandeiro da floresta já sentiu isso alguma vez.

Os enormes olhos cor de âmbar de Asa de Mariposa estavam confusos. – Mas pensei que agora saberia tudo, já que sou curandeira. Pensei que andaria perto do Clã das Estrelas e teria sempre todas as respostas.

Parecia tão abatida que Pata de Folha se inclinou e deu uma lambida reconfortante em sua orelha. – Um dia talvez você tenha. Caminhamos cada dia mais perto do Clã das Estrelas. – Como a gata ainda parecia inquieta, acrescentou: – Há algo em particular incomodando você?

– Ah, não – ela respondeu, sacudindo a cabeça dourada. – Nada mesmo, apenas...

Pata de Folha nunca soube o que ela ia dizer. Um uivo alto abafou a voz de Asa de Mariposa quando Estrela Alta, no topo da Pedra do Conselho, pediu silêncio. Estrela de Leopardo estava ao lado dele e Estrela de Fogo e Estrela Preta, o líder do Clã das Sombras, sentados um pouco atrás.

Estrela de Leopardo foi o primeiro dos líderes a falar: – Estrela Alta, a chuva caiu muitas vezes na floresta desde a última Assembleia. Os riachos correm livremente novamente no território do Clã do Vento?

Estrela Alta inclinou a cabeça na sua direção. – Sim, Estrela de Leopardo.

– Então retiro a permissão que dei a você e a seu clã para entrar em território do Clã do Rio para beber. A partir de agora, meus guerreiros expulsarão qualquer gato do Clã do Vento que encontrarem no interior de nossas fronteiras.

Ela nada falou sobre o fato de o Clã do Vento continuar visitando o rio mesmo quando não havia mais necessidade, mas sua voz era cortante, e Pata de Folha percebeu o descontentamento não expresso em palavras.

Estrela Alta enfrentou a líder do Clã do Rio sem pestanejar. – Estrela de Leopardo, o Clã do Vento agradece a sua ajuda e não vai abusar da sua confiança.

A líder do Clã do Rio fez-lhe um gesto com a cabeça e recuou. De repente, houve uma agitação na clareira, e um gato malhado esguio e com ombros maciços ergueu-se nas patas. Era o irmão de Asa de Mariposa, Geada de Falcão, que disse:

– Com sua permissão, Estrela de Leopardo, eu gostaria de falar.

Pata de Folha ficou surpresa; os jovens guerreiros geralmente não falam nas Assembleias.

– Sim? – Estrela de Leopardo miou.

O gato hesitou, arranhando o chão à sua frente com uma pata em aparente timidez, embora Pata de Folha tenha notado que seus olhos azul-gelo se moviam de um lado para o outro como se para se certificar de que todos os gatos o observavam: – Não tenho certeza se devo dizer isso, mas... bem, quando os gatos do Clã do Vento vinham ao rio, não bebiam apenas. Eu os vi roubando peixes.

– O quê? – Estrela Alta saltou para a beira da rocha e se agachou como se estivesse prestes a atacar o guerreiro do Clã do Rio. – Como você ousa! Nenhum gato do Clã do Vento roubou presa!

Pata de Folha sabia que era mentira; lembrou-se de que Pata de Esquilo lhe contou ter visto uma patrulha do Clã do Vento no território do Clã do Trovão com um rato-silvestre roubado.

– Algum outro gato viu? – Estrela de Leopardo perguntou a Geada de Falcão.

– Acho que não – o gato parecia se desculpar. – Estava sozinho na ocasião.

O olhar de Estrela de Leopardo varreu a clareira, mas ninguém falou. Pata de Folha se perguntou se deveria dizer alguma coisa, mas ela mesma não tinha visto o roubo; Pata de Esquilo e Garra de Amora Doce já tinham ido havia muito tempo, e Pelagem de Poeira, que também fora testemunha, não tinha vindo à Assembleia. Decidiu ficar em silêncio.

Estrela Alta virou-se para a líder do Clã do Rio: – Juro pelo Clã das Estrelas que o Clã do Vento só tirou água do rio. Você vai nos condenar pela palavra de um guerreiro?

O pelo do pescoço de Estrela de Leopardo se eriçou. – Você está dizendo que meu guerreiro está mentindo?

– Você está chamando os gatos do meu clã de ladrões? – os lábios de Estrela Alta recuaram em um rosnado, os dentes arreganhados, as garras desembainhadas.

Uivos de protesto irromperam na clareira tanto dos gatos do Clã do Rio quanto dos do Clã do Vento. Pata de Folha observou os guerreiros se enfrentarem, disparando desafios. Sentiu o pelo se arrepiar, de repente apavorada com a possibilidade de a sagrada trégua da Assembleia ser quebrada.

– Geada de Falcão *tinha* de começar isso? – murmurou, mais para si mesma.

– O que ele deveria fazer? – A voz de Asa de Mariposa era afiada ao defender o irmão. – Ficar quieto e deixar o Clã do Vento se dar bem? Todos do Clã do Rio sabem que por um par de caudas de rato aqueles gatos roubam a pele das suas costas. – Seus olhos cor de âmbar brilharam, e ela saltou sobre as patas como se estivesse pronta para entrar em uma luta a qualquer momento.

Um silvo furioso veio de seu mentor, Pelo de Lama, lembrando-a de que curandeiros foram feitos para manter a paz, e Asa de Mariposa lançou-lhe um olhar meio zangada, meio envergonhado.

– Esperem! – Esta palavra única fez-se ouvir claramente através do vale. Pata de Folha viu que Estrela de Fogo avançava para a beirada da rocha. – O Clã das Estrelas está bravo; olhem para a lua!

Como todos os outros gatos, Pata de Folha olhou para cima. A lua cheia flutuava sobre as árvores; não muito longe, uma única nuvem estava sendo empurrada em sua direção, embora quase não houvesse vento na clareira. Ela estremeceu. Se o Clã das Estrelas estava zangado o suficiente para cobrir a lua, a Assembleia teria de se desfazer.

Os guerreiros se agacharam, a hostilidade se transformando em medo.

A voz de Estrela de Fogo soou novamente. – Estrela de Leopardo, Estrela Alta, vocês levarão seus clãs ao combate baseados na palavra de um guerreiro? Geada de Falcão, é possível que você tenha se enganado no que viu?

Geada de Falcão parou por um momento, olhos estreitados em fendas enquanto olhava para o líder do Clã do Trovão. – Eu acredito no que eu disse – respondeu finalmente –, mas é possível que eu tenha entendido errado. Posso ter ficado com a visão ofuscada pelo sol na água, ou algo assim.

– Então que haja amizade entre o Clã do Rio e o Clã do Vento – Estrela de Fogo miou. – Estrela Alta já prometeu não descer mais ao rio.

– E vou manter a promessa – Estrela Alta disparou. – Mas você deveria ensinar seus jovens guerreiros a mostrar um pouco de respeito, Estrela de Leopardo.

– Não me diga o que fazer! – Estrela de Leopardo ainda estava com raiva, mas Pata de Folha reconheceu que a ameaça de batalha havia acabado. Acima da cabeça deles, a nuvem se afastou da lua, como se a cólera do Clã das Estrelas se desvanecesse.

– Lembrem-se de como a vida é boa na floresta agora – Estrela de Fogo exortou os dois líderes. – Temos presas em abundância e os riachos estão cheios novamente. Estamos todos bem preparados para a estação das folhas caídas e a estação sem folhas. Não há necessidade de invadirmos os territórios uns dos outros. – Lançou um olhar para Estrela Preta, que estava sentado com um jeito astuto, como se estivesse sentindo prazer com o desentendimento entre os outros clãs. – Isso não significa que minhas fronteiras não sejam bem guardadas – acrescentou incisivamente.

– E as do Clã do Rio também – sibilou Estrela de Leopardo, mas recuou um passo, como se reconhecesse que a disputa estava encerrada.

Estrela Alta se afastou também, deixando Estrela de Fogo na frente da rocha. Pata de Folha sabia o que estava por vir; seu pai fez uma pausa antes de começar a falar, e ela adivinhou que escolhia as palavras com cuidado. Não gostaria que os outros clãs pensassem que expulsara os próprios gatos.

– Há um quarto de lua – começou – o guerreiro Garra de Amora Doce e a aprendiz Pata de Esquilo deixaram o

Clã do Trovão. Não sabemos para onde foram, mas temos motivos para acreditar que não foram sozinhos. – Virando-se para os outros líderes, continuou: – Algum dos seus guerreiros desapareceu?

Estrela de Leopardo respondeu de boa vontade; Pata de Folha imaginou que Pé de Bruma havia lhe contado que passara a notícia sobre Pelo de Tempestade e Cauda de Pluma. – Dois guerreiros deixaram o Clã do Rio, Pelo de Tempestade e Cauda de Pluma, pouco antes da meia-lua. A princípio presumimos que haviam cruzado o rio para viver em seu território, Estrela de Fogo. Como eles têm conexões no Clã do Trovão – falou com fria desaprovação da herança meio-clã de seus guerreiros –, deduzimos que todos eles partiram juntos.

Houve uma pausa; então Estrela Alta pigarreou e miou baixinho: – O Clã do Vento perdeu um aprendiz, Pata de Corvo. Mais ou menos na mesma época. – Acrescentou: – Achei que uma raposa ou um texugo poderia tê-lo caçado, mas parece que pode estar com o grupo.

Um murmúrio de inquietação irrompeu na clareira. Um gato gritou: – Como você sabe? Talvez haja algo na floresta nos pegando um por um.

O barulho ficou mais alto, e um gato à beira da multidão soltou um uivo de terror. Pata de Folha viu gatos trocando olhares amedrontados ou saltando sobre as patas como se estivessem prontos para fugir da clareira.

– E os cachorros? – outra voz uivou. – Talvez os cachorros tenham voltado!

Estrela de Fogo caminhou até a borda da Pedra Grande e olhou para baixo. Por um momento, chamou a atenção de Pata de Folha. Estremeceu; certamente ele não iria falar sobre sua ligação com Pata de Esquilo na frente de toda a Assembleia.

Relaxou quando seu pai começou a falar. – Nós nos perguntamos sobre predadores também – miou. – Mas não há nenhum dos sinais que esperaríamos ver na floresta; e acreditem, o Clã do Trovão saberia se os cachorros estivessem de volta. Temos certeza de que esses gatos partiram por conta própria.

Sua voz calma parecia tranquilizar os ouvintes; os gatos que surgiram se sentaram novamente, embora muitos ainda parecessem inquietos.

– E o Clã das Sombras? – Estrela de Fogo virou-se para Estrela Preta. – Também perdeu gatos?

O líder do Clã das Sombras hesitou; sempre foi da natureza daquele clã ser reservado, como se a informação fosse tão preciosa quanto uma presa.

– Pelo de Açafrão – ele miou por fim. – Pensei que ela tivesse voltado para o Clã do Trovão para ficar com o irmão.

Murmúrios encheram a clareira, enquanto os gatos tentavam entender o que tinham acabado de saber.

– Isso é pelo menos um gato de cada clã! – Asa de Mariposa exclamou. – O que isso significa? – Frustrada, ela acrescentou: – Por que o Clã das Estrelas não me contou?

Pata de Folha ansiava por falar à amiga o que Pata de Esquilo e Garra de Amora Doce haviam lhe contado antes de partir. Perguntava-se se Manto de Cinza mencionaria o presságio que viu na samambaia queimando, que fogo e tigre se juntariam, de alguma forma ligados a problemas para toda a floresta. Mas, quando avistou a curandeira agachada ao lado de Nuvenzinha na base da Pedra Grande, sua cabeça estava baixa, e ela não falou.

– O que você sugere que façamos, Estrela de Fogo? – perguntou Estrela Alta.

– Não há muito que possamos fazer – Estrela de Leopardo interrompeu antes que Estrela de Fogo pudesse responder. – Eles foram embora. Podem estar em qualquer lugar.

Estrela Alta parecia perturbado: – Não entendo por que tiveram de ir todos juntos assim, mas certamente têm alguma ideia na cabeça. Juraria que Pata de Corvo era leal ao seu clã.

Estrela de Fogo assentiu. – Eles são todos gatos leais. – Pata de Folha sabia que devia estar pensando em suas brigas com Garra de Amora Doce e Pata de Esquilo antes de partirem, e em suas preocupações com a profecia.

– Deve haver algo que possamos fazer – Estrela Alta afirmou. – Não podemos simplesmente fingir que eles nunca existiram.

– Muito nobre de sua parte essa preocupação, Estrela Alta – Estrela de Fogo miou. – Mas concordo com Estrela de Leopardo. Não há nada que possamos fazer. Estão todos nas patas do Clã das Estrelas. E que o Clã das Estrelas permita que um dia em breve voltem em segurança.

Estrela Preta, que não havia feito nenhuma sugestão até então, acrescentou ironicamente: – A esperança é fácil, mas não captura presas. Se vocês me perguntarem, digo que não os veremos mais.

De algum lugar atrás de Pata de Folha, um gato murmurou: – Ele está certo. É perigoso lá fora.

Pata de Folha sentiu como se uma enorme garra lhe apertasse o coração. Seus temores por Pata de Esquilo a inundaram novamente, e lembrou-se de seu sonho sobre as mordidas de rato. *Pata de Esquilo*, pensou, *deve haver algo que eu possa fazer para ajudá-la.*

Achou difícil ouvir o relato de Estrela Preta sobre mais atividades dos Duas-Pernas no Caminho do Trovão, ainda mais quando parecia que os novos monstros estavam todos reunidos em torno de um terreno pantanoso aonde os gatos nunca iam.

O que importa?, pensou distraidamente. *Quem se importa com o que os Duas-Pernas fazem?*

Quando a Assembleia foi encerrada, ela se despediu de Asa de Mariposa e correu para encontrar Manto de Cinza. Uma ideia lhe ocorrera; estava ansiosa para voltar ao acampamento e ver se dava certo. No regresso ao acampamento do Clã do Trovão obrigou-se a manter o passo lento de Manto de Cinza, até que as duas curandeiras estavam caminhando sozinhas, atrás dos outros.

– Gatos dos quatro clãs desapareceram, não é? – Manto de Cinza divagou. Fez uma breve pausa para olhar para a lua cheia, agora afundando sob as árvores. – Pata de Folha, você está preocupada com Pata de Esquilo, não é? Você tem noção de onde ela está agora?

A pergunta direta surpreendeu Pata de Folha, que, por alguns tique-taques de coração, não soube como responder.

– Vamos, Pata de Folha. – Manto de Cinza estreitou os olhos. – Não tente me dizer que não sabe *de nada*.

A jovem parou e encarou a mentora, grata pela chance de dizer a verdade: – Sei que ela está viva e que está com os outros gatos que partiram. Mas não sei onde estão ou o que andam fazendo. Estão muito longe, acho... mais longe do que qualquer um dos felinos da floresta já foi.

Manto de Cinza assentiu; Pata de Folha se perguntou se o Clã das Estrelas havia lhe contado alguma coisa sobre a viagem, mas se contaram, a curandeira nada disse.

– Você deveria dizer isso a seu pai – miou. – Ajudaria a tranquilizá-lo.

– Sim, vou dizer.

Finalmente chegaram à ravina; Pata de Folha sentia as pernas cansadas enquanto seguia a mentora pelo túnel de tojos até o acampamento.

– Manto de Cinza – ela miou –, vai me fazer mal comer um pouco da raiz de bardana?

– Você pode ficar com dor de barriga se comer demais. Por quê?

– Só uma ideia que tive. – *Se puder dizer o que se passa na cabeça de Pata de Esquilo,* pensou, *talvez ela possa pegar alguma coisa de mim.* Quase se sentiu idiota por imaginar que alcançaria a irmã vencendo distâncias tão grandes, mas sabia que precisava tentar.

Os olhos de Manto de Cinza brilharam de entusiasmo, e ela não pressionou a aprendiz a dizer mais nada. Antes de ir para seu ninho nas samambaias, Pata de Folha mordeu com força uma das raízes de bardana armazenadas na toca e se acomodou para dormir com o bocado amargo entre os dentes.

Raiz de bardana. Raiz de bardana, a jovem sussurrou. *Você pode me ouvir? Raiz de bardana para mordidas de rato.*

CAPÍTULO 22

Agachado entre os arbustos, Garra de Amora Doce observava a lua cheia suspensa no céu azul escuro. Em Quatro Árvores, os clãs deviam ter se encontrado para a Assembleia. Pensar na clareira cheia de gatos, nas fofocas trocadas e nas histórias contadas o fazia sentir-se mais solitário do que nunca.

Por mais um dia interminável haviam percorrido o Lugar dos Duas-Pernas, ao longo de Caminhos do Trovão, através de cercas, por cima de muros. Pelo menos haviam deixado o pior do solo duro para trás; agora os Caminhos do Trovão eram margeados de grama, e jardins cercavam os ninhos dos Duas-Pernas. Encontraram abrigo para passar a noite sob alguns arbustos e até conseguiram caçar. No entanto, os dentes afiados da ansiedade mantiveram Garra de Amora Doce acordado.

Continuava sem saber se estavam no caminho certo. Bacana os conduzia com confiança, mas a rota tortuosa que tomara entre os ninhos dos Duas-Pernas não levara em conta o sol, e Garra de Amora Doce sentia como se o lugar onde o sol mergulha estivesse tão distante quanto antes.

– Acho que estamos mais longe do que nunca – Pata de Corvo disse com desdém antes de se acomodar para dormir.

O pior de tudo eram as preocupações com o ombro de Pelo de Açafrão. Embora a irmã fosse orgulhosa demais para admitir que doía, quando pararam para dormir ela mal conseguia andar. A mordida de rato havia parado de sangrar, mas o ombro estava inchado, e a carne onde o pelo havia sido arrancado estava vermelha e inchada. Garra de Amora Doce não precisava ser curandeiro para saber que a mordida estava infectada. Pata de Esquilo e Cauda de Pluma se revezavam para lamber a ferida enquanto Pelo de Açafrão dormia um sono inquieto e superficial, mas todos sabiam que seria preciso mais do que isso para curá-la.

Garra de Amora Doce saltou ao ouvir um som de arranhar perto dos arbustos, mas relaxou quando Pelo de Tempestade apareceu e se agachou a seu lado.

– Posso vigiar um pouco, se quiser – miou o guerreiro cinza.

– Obrigado – Garra de Amora Doce arqueou as costas e se alongou. – Mas não tenho certeza se consigo dormir.

– Tente – aconselhou Pelo de Tempestade. – Vai precisar de toda força para amanhã.

– Eu sei. – Olhando de novo para a lua, acrescentou: – Gostaria que estivéssemos todos em segurança em Quatro Árvores.

Para sua surpresa, Pelo de Tempestade piscou com simpatia: – Em breve estaremos. Não se preocupe. O Clã das Estrelas está conosco aqui, como se estivéssemos na Assembleia com os nossos clãs.

Garra de Amora Doce soltou um suspiro. De alguma forma, emaranhados como estavam no Lugar dos Duas-Pernas, era difícil imaginar os guerreiros das estrelas circulando entre eles. Com um último olhar para a lua, encolheu-se, fechou os olhos e finalmente conseguiu pegar no sono.

* * *

O latido de um cachorro o acordou. Deu um salto, tremendo, e percebeu com alívio que o som estava muito distante para representar ameaça; não havia cheiro de cachorro por perto. Uma luz cinzenta filtrava-se pelos arbustos e as folhas agitavam-se com uma brisa fria que cheirava a umidade, como se a chuva não estivesse longe.

Os companheiros de Garra de Amora Doce estavam todos dormindo ao seu redor, exceto Pelo de Tempestade, que não estava à vista. Garra de Amora Doce preparou-se para acordá-los e fazê-los começar o dia, quando Pata de Corvo ergueu a cabeça e se levantou sobre as patas, sacudindo o bolor das folhas do pelo:

– Ouça, Garra de Amora Doce – miou, parecendo menos agressivo do que o normal. – Temos de sair daqui hoje. As coisas seriam melhores se pudéssemos encontrar uma floresta, ou mesmo uma plantação. Talvez precisemos parar um pouco para deixar Pelo de Açafrão descansar, e não podemos fazer isso no meio de todos esses Duas-Pernas.

Garra de Amora Doce tentou esconder a surpresa ao perceber quanto o jovem estava sendo razoável, sobretudo pela preocupação com Pelo de Açafrão. – Você está certo – concordou. – Mas não tenho certeza. Não temos escolha a não ser confiar em Bacana para nos tirar daqui.

– É uma pena termos deixado ele vir conosco – Pata de Corvo rosnou. Caminhou até onde Bacana estava dormindo, uma pilha desarrumada de pelo malhado, roncando e se contorcendo. Pata de Corvo cutucou-o com força nas costelas: – Acorde!

– Ei? Que... – Bacana piscou e se ergueu até se sentar. – Pra que a pressa?

– Precisamos continuar. – O tom cortante de Pata de Corvo estava de volta. – Ou você esqueceu?

Cansado e ansioso demais para acalmar os ânimos inflamados, Garra de Amora Doce deixou-o tentar tirar alguma informação de Bacana e foi acordar os outros. Pelo de Açafrão ficou para o fim: curvou-se para cheirar seu ferimento e examiná-lo de perto.

– Não melhorou – Cauda de Pluma murmurou por cima do ombro. – Não tenho certeza se ela conseguirá ir longe hoje.

Enquanto ele falava, Pelo de Açafrão abriu os olhos. – Garra de Amora Doce? É hora de partir? – A gata tentou se sentar, mas Garra de Amora Doce viu que suas pernas mal a sustentavam.

– Fique quieta um pouco – Cauda de Pluma lhe disse. – Deixe-me dar outra lambida nessa mordida.

Ela se agachou e passou a língua em um ritmo reconfortante sobre a carne inchada. Pelo de Açafrão deixou a cabeça cair sobre as patas novamente. Enquanto Garra de Amora Doce assistia, Pelo de Tempestade reapareceu com um camundongo entre as mandíbulas, e deixou-o cair perto do focinho de Pelo de Açafrão.

– Aí está. Presa fresca – ele miou.

Pelo de Açafrão piscou para ele. – Ah, Pelo de Tempestade... obrigada. Mas eu mesma deveria ir caçar.

A barriga de Garra de Amora Doce se contraiu de pena. Ninguém jamais parecera tão incapaz de caçar.

Pelo de Tempestade apenas tocou a orelha da gata com o nariz: – Coma esse – murmurou. – Você precisa ficar forte. Posso pegar mais depois.

Com um pequeno aceno de gratidão, Pelo de Açafrão começou a comer. Ignorando a discussão que estava acontecendo entre Bacana e Pata de Corvo, Garra de Amora Doce foi ver o que Pata de Esquilo estava fazendo.

A aprendiz ruiva estava sentada no ninho de folhas que havia feito na noite anterior. Murmurava algo baixinho e continuava passando a língua sobre os lábios como se quisesse se livrar de um gosto ruim.

– Qual é o problema? – Garra de Amora Doce perguntou. E, de brincadeira, acrescentou: – Você comeu seu próprio pelo?

Pela primeira vez, a aprendiz não reagiu. – Não – respondeu, ainda lambendo os lábios. – É apenas um gosto engraçado. Continuo achando que deveria me lembrar do que é.

– Espero que não seja sal. – Garra de Amora Doce sugeriu como quem não quer nada. Nunca pensou que sentiria falta dos comentários sarcásticos de Pata de Esquilo, mas aquela seriedade o deixava ansioso.

– Não, é outra coisa. Apenas deixe-me pensar e vou me lembrar daqui a pouco. Algo me diz que é importante.

Partiram novamente, Bacana na liderança. A noite de sono parecia ter ajudado Pelo de Açafrão, e ela mancava bravamente, conseguindo acompanhar o passo de Bacana. Garra de Amora Doce ficou de olho nela, determinado a parar para descansar se achasse que a irmã precisava.

O velho gato malhado conduziu-os por outros jardins dos Duas-Pernas e para um Caminho do Trovão estreito, limitado de um lado por uma cerca de madeira e do outro por um muro alto. Dois ou três monstros estavam agachados na beira do Caminho do Trovão, seus olhos enormes brilhando. Garra de Amora Doce os olhou com desconfiança quando passou com os companheiros, prontos para fugir se os monstros voltassem à vida.

O Caminho do Trovão fazia uma curva acentuada para um lado; Bacana fez a curva e Garra de Amora Doce viu Cauda de Pluma parar e olhar, incrédula, para o que tinha à frente.

– Não! – disparou com fúria incomum. – É demais! Não podemos ir por aí, sua bola de pelo!

Como se respondesse, um cachorro começou a latir do outro lado do muro. Garra de Amora Doce olhou em volta alarmado, mas não viu como o cão poderia alcançá-los. Ansioso, saltou para a frente e, quando alcançou Cauda de Pluma, viu o que a havia perturbado. Algumas raposas de distância à frente, o Caminho do Trovão terminava abruptamente em um muro alto que bloqueava o caminho com as mesmas pedras vermelhas opacas que os cercavam há dias. Era impossível prosseguir. Cada músculo do corpo de Garra de Amora Doce gritava em protesto ao pensar em ter de refazer seus passos.

Bacana parou para olhar para trás, com uma expressão magoada no rosto. – E essa agora... eu não contava com isso.

– Você não tem ideia de onde estamos, tem? – Cauda de Pluma perguntou. Ela havia achatado o corpo contra a dura superfície do solo; Garra de Amora Doce não sabia se ela tentava se esconder ou se ela se preparava para atacar o guia desesperado. Se fosse esse o caso, ele a impediria? – Temos um gato ferido conosco. Não podemos passar o dia todo atrás de você para cima e para baixo... neste lugar horrível!

– Calma. – Pata de Corvo se aproximou e, curvando-se sobre Cauda de Pluma, deu uma lambida em sua orelha. – Apenas ignore o velho tolo. Vamos bolar um plano para sair daqui sozinhos.

Cauda de Pluma mostrou os dentes para ele. – Como faremos isso? Nem sabemos onde estamos.

Atrás do muro, o cachorro estava enlouquecendo, latindo em voz alta. Garra de Amora Doce se retesou, pronto para correr se o animal conseguisse fugir do jardim. Atrás dele, Pelo de Tempestade deu a volta e, ao perceber que o cachorro não representava perigo imediato, diminuiu o passo e foi até a irmã. Um momento depois, Pata de Esquilo chegou com Pelo de Açafrão.

– O que está acontecendo? – perguntou a aprendiz do Clã do Trovão. – Onde está Bacana?

Garra de Amora Doce percebeu que o velho gato havia desaparecido. Não tinha certeza se deveria se sentir aliviado ou com raiva.

– Boa viagem – rosnou Pata de Corvo.

Mal acabou de pronunciar essas palavras, a cabeça de Bacana reapareceu numa abertura ao lado do muro que Garra de Amora Doce não havia notado até então.

– E aí? – o velho gato miou. – Vocês vêm ou não?

Ele sumiu de novo; Garra de Amora Doce caminhou até o painel da cerca quebrada e olhou para fora. Esperava ver mais ninhos dos Duas-Pernas, mas ficou boquiaberto com o que viu: do outro lado de uma trilha estreita e empoeirada havia uma encosta coberta de grama pontilhada de moitas de tojos e, além dela... árvores! Árvores até a vista se perder, sem que se percebesse qualquer ninho dos Duas-Pernas.

– O que é? – Pata de Esquilo perguntou, impaciente.

– Uma floresta! – A voz de Garra de Amora Doce guinchou como a de um gatinho. – Finalmente uma verdadeira floresta. Vamos, todos.

Ele deslizou pela abertura para ficar ao lado de Bacana. O velho gato malhado o fitava com um brilho esperto nos olhos. – Satisfeito agora? – ronronou. – Você queria sair; trouxe você para fora.

– Ahn… sim. Obrigado, Bacana, isso é ótimo.

– Nada de "bola de pelo estúpida" agora, hein? – Bacana retrucou, com um olhar significativo para Pata de Corvo enquanto o aprendiz do Clã do Vento deslizava pela brecha.

Garra de Amora Doce e Pata de Corvo trocaram um olhar. O guerreiro suspeitava que Bacana tivesse ficado tão surpreso quanto os demais ao encontrar a saída do Lugar dos Duas-Pernas, mas o velho gato nunca iria admitir. Enfim, agora não importava mais. O Lugar dos Duas-Pernas ficara para trás, e poderiam voltar a procurar o lugar onde o sol mergulha.

Atravessaram a trilha e começaram a subir a ladeira. Garra de Amora Doce deleitava-se com a sensação de grama fresca nas almofadinhas das patas e com os aromas da floresta trazidos pela brisa leve. Sob as árvores, sentiam-se como se tivessem voltado para casa.

– Assim é melhor! – Pelo de Tempestade miou, olhando ao redor para as moitas de samambaias e a grama alta e fresca. – Voto por ficarmos aqui pelo resto do dia e à noite. Pelo de Açafrão pode dormir bem, e o resto de nós pode caçar.

Garra de Amora Doce reprimiu um protesto; a urgência de ir para o lugar onde o sol mergulha aumentava à medida que o tempo passava, mas sabia que seria melhor pararem para recuperar as forças.

Os outros concordaram, exceto Pelo de Açafrão. – Vocês não têm de parar por mim.

– Não é só por você, cérebro de rato. – Pata de Esquilo passou carinhosamente o nariz no pelo da gata do Clã das Sombras. – Todos nós precisamos descansar e comer.

Lentamente, os gatos começaram a penetrar na floresta, agrupados e alertas para o perigo enquanto procuravam um bom lugar para descansar. Garra de Amora Doce parava de vez em quando para sorver o ar, mas não sentia cheiro de raposa nem de texugo nem de outros gatos – nada que pudesse causar problemas. Mas o ar estava repleto de cheiro de presa; a ideia de cravar os dentes num camundongo rechonchudo ou, melhor ainda, num coelho, o fez começar a salivar.

Não demoraram a chegar a um ponto onde o chão descia em direção a um fino filete de água sob densos arbustos de espinheiro.

– Melhor, impossível – Pata de Corvo miou. – Há água e abrigo, e, se houver predadores por perto, não acharão nada fácil se esgueirar até nós.

Pelo de Açafrão, que voltara a mancar muito, meio que escorregou, meio que desceu a encosta e se arrastou para um ninho de musgo entre duas raízes retorcidas. Seus olhos verdes estavam nublados por causa da dor e da exaustão. Cauda de Pluma se acomodou a seu lado e começou a lamber a ferida de novo. Bacana caiu do outro lado e imediatamente se enrolou e foi dormir.

– Certo, vocês três fiquem aqui – Pata de Corvo miou – e o resto de nós vai caçar.

Garra de Amora Doce abriu a boca para desafiá-lo por dar ordens a todos, mas decidiu que não valia a pena. Além disso, era uma boa mudança não esperarem que fosse sempre ele que tomasse todas as decisões. Em vez disso, foi até Pata de Esquilo e perguntou: – Gostaria de caçar comigo?

A gata apenas balançou a cabeça, como se uma parte de seus pensamentos estivesse em outro lugar. Seguiu o guerreiro rio acima, e mal estavam fora de vista de seu acampamento temporário quando Garra de Amora Doce avistou um camundongo se arrastando na grama, perto da beira da água. Com um movimento suave, agachou-se e saltou, matando a presa com um golpe certeiro. Virando-se para mostrar a Pata de Esquilo, viu-a de pé com a cabeça erguida e o maxilar aberto sorvendo os aromas da floresta.

– Pata de Esquilo, você está bem?

A aprendiz saltou. – O quê? Ah, sim, tudo bem, obrigada. Há algo que não consigo... – Sua voz sumiu, e ela lambeu os lábios novamente.

Entendendo que ela não lhe daria qualquer informação, Garra de Amora Doce cobriu de terra a presa fresca para mantê-la segura até que viesse buscá-la e avançou para o interior da floresta. Todo o lugar era rico em presas, e mal pareciam saber o que era um predador. Foi uma das caçadas mais fáceis de sua vida.

Pata de Esquilo ajudou, mas ficou claro que não estava focada na tarefa. Normalmente era uma caçadora habilidosa, mas hoje, por hesitar muito, deixara escapar um melro e errou completamente um esquilo que mordiscava uma noz a apenas uma raposa de distância.

Então, enquanto Garra de Amora Doce se aproximava furtivamente de um coelho, ela gritou: – É isso! Lá!

Imediatamente o coelho disparou para cima na grama, e um tique-taque de coração depois, Garra de Amora Doce só via sua cauda branca balançando para cima e para baixo enquanto ele fugia.

– Ei! – exclamou indignado. – Por que você fez isso?

Pata de Esquilo não estava ouvindo. Havia disparado em direção à beira da água, onde aglomerados de plantas altas com folhas verde-escuro cresciam. Enquanto Garra de Amora Doce olhava perplexo, ela começou a raspar vigorosamente a base dos caules.

– Pata de Esquilo, o que você está fazendo? – perguntou.

A aprendiz fez uma pausa longa o suficiente para fitá-lo, os olhos verdes brilhando em triunfo. – Bardana! – Ofegou, atacando os caules novamente. – É o que Pelo de Açafrão precisa para curar a mordida de rato. Ajude-me a desenterrar as raízes.

– Como você sabe? – o gato perguntou enquanto cavava.

– Lembra aquele gosto que mencionei? Pensei nisso a manhã toda. Pata de Folha deve ter mencionado quando se despediu.

Garra de Amora Doce fez uma pausa e a olhou. Pata de Folha de fato havia mencionado várias ervas que achava que poderiam precisar, mas não se lembrava de raiz de bardana ser uma delas. Então deu de ombros e cavou com mais força.

Não havia outra explicação para o fato de Pata de Esquilo ter descoberto isso. Depois de desenterrarem três ou quatro raízes, Pata de Esquilo as empurrou para a água para lavar a terra e depois as agarrou com os dentes para levá-las ao acampamento. Garra de Amora Doce seguia mais devagar, coletando o máximo de presas que podia carregar.

Quando retornaram ao local de descanso, descobriu que Pata de Esquilo já havia mastigado um pouco da raiz e estava pressionando suavemente a polpa no ombro ferido de Pelo de Açafrão. A guerreira do Clã da Sombras ficou imóvel, observando, mas, quando o suco da raiz penetrou na ferida, ela relaxou soltando um longo suspiro.

– Melhor assim, está ficando dormente. Não sinto mais dor.

– Ótimo – Garra de Amora Doce miou.

– Acho que você é uma curandeira secreta – Pelo de Açafrão disse para Pata de Esquilo, ajeitando-se mais confortavelmente no musgo. – Talvez esteja carregando um pouco do espírito de sua irmã – piscando sonolenta, voltou a dormir.

Pata de Esquilo observava Pelo de Açafrão com olhos brilhantes, e Garra de Amora Doce sentiu o pelo se arrepiar. Pata de Folha realmente tinha mencionado a raiz de bardana na floresta ou havia algo mais misterioso acontecendo entre as irmãs?

Ele voltou à floresta para recolher o resto da presa. Pelo de Tempestade e Pata de Corvo também levaram uma boa quantidade de caça. Pela primeira vez em muitos dias, puderam comer à vontade. Bacana acordou e engoliu uma presa fresca com entusiasmo, como se fosse muito mais saborosa do que a comida de gatinho de gente com que estava acostumado.

Todos dormiram bem. Quando acordou, Garra de Amora Doce viu que as nuvens haviam desaparecido e a luz do sol se projetava entre as árvores, banhando a floresta com um brilho avermelhado. Saltando, escalou o mais alto que pôde acima do riacho e conseguiu encontrar uma brecha nas árvores parar ver onde o sol se punha.

– Esse é o caminho que temos de seguir – Pelo de Tempestade subiu a encosta para ficar ao lado dele, e sua voz era tão calma e determinada como se ele próprio tivesse compartilhado as visões. – É aí que encontraremos o que a meia-noite nos diz.

As patas de Garra de Amora Doce coçavam desejando correr em direção ao sol poente, como se tivesse certeza de que Estrela Azul estava lá para lhe dizer exatamente como poderia salvar a floresta. Mas sabia que era mais sensato manter o plano original e passar a noite na floresta. Observando cuidadosamente a direção que precisavam seguir, voltou para perto dos amigos ao lado do riacho.

Pelo de Açafrão devorava avidamente um coelho. Fez uma pausa para cumprimentar Garra de Amora Doce assim que o viu. – Estou faminta – admitiu. – E meu ombro está muito melhor. O que você disse que colocou nele, Pata de Esquilo?

– Raiz de bardana. – Garra de Amora Doce notou que a aprendiz não tentou explicar como sabia que a raiz era o remédio certo para a mordida infectada. Talvez ela estivesse se perguntando a mesma coisa.

Começou a mastigar mais uma raiz e, quando Pelo de Açafrão terminou de comer, aplicou mais na ferida. Garra de Amora Doce notou que o inchaço havia diminuído, e o vermelho vivo da ferida havia desaparecido. Em silêncio, agradeceu ao Clã das Estrelas – e a Pata de Folha – pela recuperação da irmã.

Quando partiram na manhã seguinte, depois de outra boa refeição, Pelo de Açafrão parecia quase completamente recuperada. Quase não mancava, e seus olhos brilhavam de novo.

Muito antes do nascer do sol, chegaram à orla da floresta. À frente deles havia campo aberto até onde podiam ver. O terreno subia e descia com suavidade. O vento ondulava a grama curta e delicada, intercalada com trevo rastejante e tomilho selvagem. Tudo parecia tranquilo, e o ar tinha um sabor fresco.

– É como estar em casa! – Pata de Corvo murmurou, obviamente se lembrando da charneca aberta do Clã do Vento.

Diferentemente do aprendiz do Clã do Vento, Garra de Amora Doce relutava em deixar as árvores para trás. O abrigo das copas era reconfortante. Mas a comida e o descanso tinham dado novas forças a todos, e esperava que finalmente estivessem chegando ao fim da jornada.

Para sua surpresa, Bacana se despediu deles antes que deixassem as árvores. – Não me sinto bem a céu aberto –

confessou, expressando os pensamentos de Garra de Amora Doce. – Acho que já tive muitos Depé me perseguindo. Gosto de estar num lugar onde possa me esconder. Além disso, vocês não precisam mais de mim. O Clã das Estrelas, seja lá o que for, não me espera à meia-noite – acrescentou com um brilho nos olhos.

– Talvez não – miou Garra de Amora Doce. – Obrigado por tudo, de qualquer maneira. Sentiremos sua falta. – Com surpresa, percebeu que era verdade; passara a sentir algo como afeição pelo velho gato exasperante. – Se alguma vez passar pela nossa floresta, será bem-vindo no Clã do Trovão.

Ao terminar de falar, foi inevitável ouvir Pata de Corvo miar baixinho para Pelo de Açafrão: – Seu irmão pode sentir falta dele, mas eu não!

Garra de Amora Doce franziu os lábios em advertência ao gato do Clã do Vento, mas Bacana não chegou a escutar as palavras que o aprendiz murmurou. – Vou esperar vocês aqui uns dois ou três dias – prometeu. – Caso precisem de ajuda para encontrar o caminho de volta.

Garra de Amora Doce olhou para Pata de Corvo a tempo de vê-lo revirando os olhos para Cauda de Pluma, que apenas deu de ombros.

– Supondo que vocês voltem, é claro – Bacana continuou enquanto se afastava com a cauda erguida. – Vocês não deveriam chegar tão perto do lugar onde o sol mergulha. Não me surpreenderia se vocês todos acabassem mergulhando também.

– Pois é – Pata de Esquilo murmurou no ouvido de Garra de Amora Doce. – Bela maneira de manter viva a nossa esperança!

Mas no final daquele dia até mesmo as esperanças de Garra de Amora Doce começavam a desaparecer. O calor do sol havia drenado sua energia e, sem água naquelas colinas ondulantes, sua boca parecia o chão arenoso do vale de treinamento. Seus companheiros não estavam em melhor situação, arrastando-se com a cabeça baixa e a cauda pelo chão. Pelo de Açafrão voltara a mancar, mas não deixava ninguém examinar o ferimento. Garra de Amora Doce viu que o lugar estava inchado mais uma vez e se perguntava quanto tempo ainda a gata aguentaria. Não havia raiz de bardana por ali.

Bem na frente deles, o sol se punha como uma chama escarlate, línguas de fogo se espalhavam pelo céu. – Pelo menos estamos na direção certa – Cauda de Pluma murmurou.

– Sim, mas até onde ainda temos de ir? – Garra de Amora Doce tentou não compartilhar suas dúvidas, mas não estava dando conta de tanta ansiedade. – O lugar onde o sol mergulha pode estar a dias de distância.

– Sempre disse que isso era uma ideia de cérebro de rato – comentou Pata de Corvo, embora parecesse exausto demais para ser agressivo.

– Bem, por quanto tempo ainda continuaremos? – perguntou Pelo de Tempestade. Como todos se viraram para olhá-lo, continuou: – Se não encontrarmos o lugar, mais cedo ou mais tarde teremos de decidir... vamos desistir ou continuar tentando?

Garra de Amora Doce sabia que o outro estava certo. Em algum momento, talvez tivessem de admitir a derrota. Mas o que significaria para seus clãs ignorar a vontade do Clã das Estrelas e voltar para casa com a jornada inacabada?

Então Pata de Esquilo, que sorvia os aromas trazidos pelo vento, virou-se e encarou os outros, os olhos brilhando de empolgação.

– Garra de Amora Doce – arfou –, sinto cheiro de sal!

CAPÍTULO 23

Garra de Amora Doce olhou para a aprendiz por um momento antes de abrir a boca e ele mesmo experimentar o ar. Pata de Esquilo estava certa. O sabor salgado era inconfundível, levando-o de volta a seu sonho e ao sabor amargo da água que o rodeava.

– *É* sal! – miou. – Devemos estar perto. Vamos!

Ele correu contra o vento com o sol ofuscando sua visão. Um rápido olhar para trás mostrou que os companheiros o seguiam. Até Pelo de Açafrão conseguia mancar mais rápido. Garra de Amora Doce sentiu uma nova força derramando-se em seus membros, como se pudesse continuar correndo para sempre até que se elevasse no céu ardente como um dos pássaros brancos que giravam e gritavam acima deles.

Em vez disso, parou derrapando, aterrorizado na beira de um enorme penhasco. Encostas íngremes de areia caíam a apenas um rato de distância na frente de suas patas. As ondas quebravam no fundo, e à sua frente havia uma extensão de água azul-esverdeada. O sol se punha no horizonte, com chamas tão brilhantes que Garra de Amora Doce teve de estreitar os olhos. O fogo laranja fazia um caminho como sangue através da água, quase chegando ao sopé do penhasco.

Por alguns momentos, ninguém conseguiu fazer nada além de olhar. Então Garra de Amora Doce se sacudiu. – Temos de nos apressar – miou. – Precisamos encontrar a caverna com dentes antes do escurecer.

– E então esperar pela meia-noite – acrescentou Cauda de Pluma.

Garra de Amora Doce olhou de um lado para o outro, mas não conseguiu ver nada que lhe indicasse para onde ir. Escolhendo uma direção ao acaso, liderou o caminho ao longo do topo do penhasco. De vez em quando paravam e espiavam por cima da borda para procurar a caverna. O guerreiro cravou suas garras firmemente na grama dura; era fácil demais imaginar escorregar e cair, cair, cair nas ondas famintas.

Aos poucos, o terreno foi descendo até que a água estivesse apenas na altura de uma árvore abaixo deles. O topo do penhasco se projetava e assim não conseguiam ver o fundo, e a superfície quase íngreme estava profundamente marcada por antigos riachos de chuva. À medida que o penhasco se tornava menos íngreme, os felinos arranhavam o chão e desciam um pouco, aproximando-se da água, às vezes até ao alcance de uma onda salgada. Fendas, cortadas por riachos antigos, dividiam a rocha, às vezes tão largas que eles tinham de pular sobre elas, e a grama frequentemente dava lugar a buracos onde alguns arbustos retorcidos se agarravam ao solo escasso.

– Há muitos lugares para nos abrigarmos durante a noite, se não encontrarmos a caverna – observou Pelo de Tempestade.

Garra de Amora Doce começava a pensar que precisariam encontrar um lugar para parar. O sol já tinha mergulhado na água, embora grandes labaredas alaranjadas ainda riscassem o céu. A brisa estava ficando mais fria. Pelo menos Pelo de Açafrão poderia se deitar, pensou, enquanto os outros continuariam procurando.

Sua irmã havia ficado um pouco para trás. Garra de Amora Doce estava voltando para buscá-la, contornando a borda de uma das fendas, quando suas patas escorregaram e ele se viu deslizando impotente para dentro do buraco. Arranhou a terra solta, que cedeu sob suas garras, cobrindo-o de sujeira. Continuou deslizando; nas sombras não conseguia ver o fundo e soltou um uivo de alarme.

– Garra de Amora Doce! – Pelo de Tempestade saltou para o buraco a seu lado e tentou afundar as garras no ombro do guerreiro, o que acabou fazendo o solo ceder mais e ambos deslizaram para baixo mais rapidamente do que antes. A terra espirrou no rosto de Garra de Amora Doce, ardendo em seus olhos e sufocando-o. De algum lugar acima ouviu um uivo ensurdecedor e Pata de Esquilo praticamente se jogou em cima dele.

– Não, volte! – ele arfou, pegando um bocado de terra.

Então até mesmo o solo movediço desapareceu, e não havia absolutamente nada abaixo dele; caiu por alguns segundos, apavorado e uivando, e aterrissou com um baque em seixos úmidos.

Por um momento, ficou atordoado. Um eco estrondoso trovejou em seus ouvidos e sentiu como se o mundo inteiro estivesse girando. Abriu os olhos e viu, horrorizado, delineada contra o céu vermelho da noite, a forma de uma enorme boca escancarada com dentes se fechando sobre ele. Tentou se levantar, mas uma corrente repentina de água o derrubou. Seu uivo de terror foi interrompido abruptamente quando a água entrou em redemoinhos em sua boca, com o terrível sabor salgado de seu sonho.

Garra de Amora Doce se debateu com todas as forças, mas as ondas o arremessavam impiedosamente contra os dentes e depois o jogaram de volta, bem abaixo do penhasco. Não sabia onde estava ou para que lado nadar. A água encheu seus olhos e ouvidos, rugindo ao seu redor. Engasgou ao respirar, engolindo mais água salgada.

Estava perdendo a força na sua luta frenética, e as ondas frias e sufocantes se fechavam sobre sua cabeça, quando sentiu uma dor aguda em um ombro. De repente, a pressão em seu pelo desapareceu e pôde respirar novamente. Tossindo água, virou a cabeça e viu os olhos de Pata de Esquilo brilhando para ele, os dentes dela cravados firmemente em seu pelo.

– Não! – ele arfou. – Você não pode… você vai se afogar.

A aprendiz não podia responder sem soltá-lo. Retrucou com um chute forte com as quatro patas. Garra de Amora Doce sentiu as pedras se movendo sob seus pés, e então as ondas os levaram de volta para os dentes.

Reunindo as últimas forças, o gato se debateu, tentando afastar a si mesmo e a Pata de Esquilo das rochas pontiagudas. A água subiu e os ergueu; ele teve um breve vislumbre de pelo cinza-escuro encharcado – Pelo de Tempestade – ao seu lado, antes que as ondas os mandassem para o chão duro.

Sem fôlego, Garra de Amora Doce rastejou entre as pedras que rolavam enquanto a água rasa o sugava e ameaçava arrastá-lo de volta. Pata de Esquilo, ainda segurando seu ombro, puxou-o para cima, e ele sentiu outro gato lhe dar um empurrão por trás. Por fim, desabou sobre a rocha sólida e caiu imóvel, deixando o mundo se afastar.

Foi despertado por uma cutucada no flanco: – Garra de Amora Doce? – Era a aprendiz, desesperadamente ansiosa. – Você, você está bem?

O guerreiro abriu a boca e soltou um gemido. Estava gelado, o pelo encharcado, exausto demais para se mover; cada músculo gritava de dor, e seu estômago parecia distendido de tanta água que engolira. Mas pelo menos estava vivo.

Ele conseguiu levantar a cabeça. – Estou bem – murmurou.

– Ah, pensei que você estivesse morto!

Quando sua visão clareou, viu a aprendiz inclinada sobre ele. Não conseguia se lembrar de tê-la visto tão chateada, nem mesmo quando o pai ficava bravo com ela na floresta. A visão de seus olhos perturbados o motivou a fazer um esforço: sentou-se e imediatamente vomitou vários goles de água salgada.

– Não estou morto – tossiu. – Graças a você. Você foi ótima.

– Ela correu um grande risco – disse Pelo de Tempestade; o guerreiro cinza estava de pé, também inclinado sobre Garra de Amora Doce. Com o pelo grudado no corpo, parecia muito menor do que Garra de Amora Doce lembrava. O tom era de desaprovação, mas seus olhos brilharam ao indicar Pata de Esquilo. – Ela foi muito corajosa.

– E idiota – com um sobressalto de surpresa, Garra de Amora Doce percebeu que Pelo de Açafrão também estava ali perto, com água em torno das patas e olhos raivosos e estreitados. – E se vocês dois tivessem se afogado?

– Bem, não nos afogamos – Pata de Esquilo piscou para ela.

– Eu poderia ter ajudado.

– Com aquela mordida infeccionada? – a jovem aprendiz pressionou o nariz brevemente contra o flanco de Pelo de Açafrão. – O Clã das Estrelas sabe como você conseguiu chegar até aqui.

– Caí, como todos vocês – a voz de Pelo de Açafrão era irônica e relaxou um pouco enquanto olhava para Pata de Esquilo. – Sinto muito – miou. – Você foi mesmo corajosa. É que estou achando difícil estar machucada e não poder ajudar. Como você, eu... Achei que tínhamos perdido Garra de Amora Doce para sempre.

A essa altura Garra de Amora Doce começava a se sentir melhor, o suficiente para olhar em volta e reconhecer a caverna de seu sonho. Ele estava *dentro* dela. A boca escancarada com seu anel de dentes estava em uma extremidade. A água passou por ela em um ritmo estranho e incessante, batendo com um rugido e depois sibilando de novo, rolando as pedras pelo chão enquanto avançava. As paredes de pedra eram lisas e arredondadas. O terreno subia até o fundo da caverna, que se perdia nas sombras; a única luz vinha da boca e de um pequeno buraco no alto do telhado, de onde Cauda de Pluma e Pata de Corvo olhavam ansiosamente para baixo.

– Você está bem? – Cauda de Pluma perguntou.

– Estou – Garra de Amora Doce ergueu-se trêmulo sobre as patas. – Acho que encontramos o que procurávamos.

– Espere, estamos descendo – miou Pata de Corvo.

Garra de Amora Doce quase gritou uma ordem para ficarem onde estavam (que Pata de Corvo certamente teria desobedecido), mas, quando olhou mais de perto, viu uma série de saliências e fendas na parede de rocha por meio das quais seria possível descer com segurança e depois sair novamente. Cauda de Pluma e Pata de Corvo desceram com cuidado até chegarem ao chão da caverna e ficaram olhando em volta, piscando.

– Temos de ficar aqui até meia-noite? – Pata de Esquilo perguntou, erguendo a cabeça depois de lamber o pelo úmido do peito. Sua voz ecoou estranhamente pelas paredes.

– Acho que sim... – Garra de Amora Doce começou, mas de repente parou, os músculos tensos.

Da escuridão no fundo da caverna veio um forte ruído de arranhão. Um cheiro forte e rançoso atingiu suas narinas. Uma sombra se moveu, não totalmente preta, mas manchada de branco. Então, caminhando pesadamente na penumbra, apareceu uma forma terrivelmente familiar: um dos inimigos mais mortais dos felinos da floresta.

Um texugo!

CAPÍTULO 24

Garra de Amora Doce deu uma olhada desesperada por cima do ombro, mas não havia outra saída a não ser a água; a subida até o teto da caverna era difícil e levaria muito tempo. A culpa caiu sobre ele com a força fria das ondas que quase o afogaram. Suas visões e certezas o haviam conduzido a esse lugar pavoroso, onde eles não encontrariam nem conhecimento nem visão do Clã das Estrelas, mas apenas uma morte sem sentido e atroz. De que adiantavam fé e coragem agora que estavam presos como coelhos na toca?

Pata de Corvo se achatou no chão e rastejou para a frente com os dentes arreganhados em um rosnado. Pelo de Tempestade contornou o texugo para tentar atacá-lo pela lateral. O guerreiro estava desesperado, pois sabia que estavam indo ao encontro da morte. Mesmo que fossem seis, estavam fracos, famintos e exaustos por conta das viagens e da luta na água: não poderiam derrotar um texugo. Presos pelas ondas sufocantes como estavam, não demoraria muito para que as garras sem fio e as mandíbulas cortantes os pegassem um por um.

O texugo havia parado nas sombras do fundo da caverna. Os ombros poderosos se projetavam e as garras raspavam na rocha. A cabeça balançava para a frente e para trás, as riscas brancas brilhando, como se estivesse decidindo qual atacaria primeiro.

Então o texugo falou:

– Meia-Noite chegou.

Garra de Amora Doce ficou sem palavras e por um instante sentiu como se, de novo, o chão tivesse sumido sob suas patas. Um texugo falando, dizendo palavras compreensíveis e que realmente significavam algo. Olhava incrédulo, o coração disparado.

– *Eu* ser Meia-Noite. – A voz era profunda e áspera, como o som das pedras girando sob as ondas. – Com você devo falar.

– Cocô de rato! – Pata de Corvo disparou. O aprendiz do Clã do Vento estava agachado e continuava pronto para saltar. – Um movimento e enfio as garras nos seus olhos.

– Não, Pata de Corvo, espere.

A risada gutural do texugo interrompeu Garra de Amora Doce. – Feroz, não é? Clã das Estrelas escolheu bem. Mas não haverá garra hoje. Aqui é conversa, não briga.

Garra de Amora Doce e os companheiros se entreolharam vacilantes, as caudas eriçadas. Pata de Corvo colocou em palavras o que todos estavam pensando. – Vamos confiar nele?

– Que escolha temos? – Cauda de Pluma respondeu, piscando.

Garra de Amora Doce considerou o texugo novamente. Era menor do que aquele que tinha visto nas Rochas das Cobras, provavelmente uma fêmea, mas nem por isso menos perigoso. Acreditar no que dizia ia contra tudo o que havia aprendido quando criança. No entanto, até agora ele não fizera nenhum movimento para atacá-los; diria até que havia percebido um brilho de humor em seus olhos.

Olhou para os amigos. Pata de Corvo, Pelo de Tempestade e Cauda de Pluma conseguiriam lutar bem, mas ele e Pata de Esquilo estavam exaustos do quase afogamento, enquanto Pelo de Açafrão havia afundado no chão da caverna segurando desajeitadamente o ombro ferido e mal parecia estar consciente.

– Venham – o texugo murmurou. – Não podemos esperar a noite toda.

Garra de Amora Doce tinha certeza de que não era um texugo comum. Nunca se soube de um texugo que se comunicasse usando uma língua compreensível aos gatos; e menos ainda que falasse do Clã das Estrelas como se conhecesse mais seus desejos do que todos os felinos.

– Cauda de Pluma está certa – sibilou. – Que escolha temos? Poderia ter nos transformado em comida de corvo. Acho que foi isso o que Estrela Azul quis dizer no sonho quando me mandou ouvir a Meia-Noite. Não se tratava de um horário. – Virando-se para a texugo, perguntou em voz alta: – Meia-Noite é você? Tem uma mensagem para nós do Clã das Estrelas?

A texugo assentiu: – Meia-Noite fui chamada. E me mostraram que aqui me encontraria com vocês... embora quatro fossem contados para mim, não seis.

– Então vamos ouvir o que você tem a dizer – Garra de Amora Doce falou. – Tem razão; quatro foram escolhidos, mas seis vieram, e todos merecem estar aqui.

– Mas um movimento errado... – Pata de Corvo ameaçou.

– Ah, cale a boca, cérebro de rato! – Pata de Esquilo rosnou. – Não vê que foi para isso que viemos até aqui? "Ouça o que Meia-Noite tem a dizer." *Esta* é Meia-Noite.

Pata de Corvo olhou-a zangado na escuridão crescente, mas não respondeu.

Meia-Noite virou-se e disse uma única palavra – Venham – e dirigiu-se para o fundo da caverna. Garra de Amora Doce mal conseguia distinguir a abertura escura de um túnel. Respirando fundo, miou: – OK, estamos indo.

Pelo de Tempestade assumiu a liderança, com Pata de Corvo logo atrás; Garra de Amora Doce esperava que o aprendiz parasse de procurar briga pelo menos o tempo suficiente para ouvir o que a texugo tinha a dizer.

Cauda de Pluma gentilmente ajudou Pelo de Açafrão a se levantar e emprestou seu ombro como apoio enquanto ela cambaleava para dentro do túnel. Garra de Amora Doce trocou um olhar com Pata de Esquilo e surpreendeu-se ao ver que, apesar de molhada e exausta, os olhos brilhavam de empolgação.

– Vamos ter muita história para contar quando chegarmos em casa! – ela miou, entrando no túnel atrás de Cauda de Pluma.

Garra de Amora Doce ficou na retaguarda, dando uma olhada final por cima do ombro às rochas com forma de dentes que emolduravam a boca da caverna e as ondas que iam e vinham sem parar. Os últimos raios carmesins do sol que mergulhara ainda manchavam o céu; num tique-taque de coração, Garra de Amora Doce pensou ter visto um rio de sangue interminável se derramando sobre ele, enchendo seus ouvidos com os gritos de gatos moribundos.

– Garra de Amora Doce? – a voz de Pata de Esquilo interrompeu os sons aterrorizantes. – Você vem?

A visão se foi; Garra de Amora Doce estava de volta à caverna cheia de ondas e constatou que as cores desapareciam rapidamente no céu e que lá brilhava um único guerreiro do Clã das Estrelas. Tremendo, seguiu os amigos e Meia-Noite.

O túnel se inclinava para cima. Garra de Amora Doce não conseguia ver nada na escuridão total, mas sentia o solo arenoso sob as patas, em vez de seixos ou rochas. Além do cheiro dos amigos, havia um forte fedor de texugo.

Então chegaram a outra caverna. O ar que sentia no pelo era mais fresco e, na outra extremidade, um buraco abria-se para o lado de fora. O brilho prateado que entrava dizia a Garra de Amora Doce que, lá fora, a lua cruzava o céu. Essa luz permitiu-lhe ver que a caverna havia sido cavada na terra, com raízes retorcidas emaranhadas no teto e o chão coberto por uma espessa camada de samambaias. Cauda de Pluma já ajudara Pelo de Açafrão a fazer um ninho entre as folhas macias e se acomodara ao lado dela para lamber seu ferimento de novo.

– Você tem um machucado? – Meia-Noite perguntou à guerreira do Clã das Sombras. – O que é isso?

– Mordida de rato – Pelo de Açafrão respondeu com os dentes cerrados. A texugo fez um barulho gorgolejante. – É ruim. Espere – e desapareceu nas sombras de um lado da caverna, voltando um momento depois com uma raiz presa nas mandíbulas.

– Raiz de bardana! – Pata de Esquilo exclamou, com um olhar triunfante para Garra de Amora Doce. – Você também usa?

– Bom para mordida, bom para pata infectada, bom para todas as feridas. – A texugo mastigou a raiz e colocou a polpa na ferida de Pelo de Açafrão, assim como Pata de Esquilo havia feito na floresta.

– Agora é hora de conversar. – Esperou até que todos se acomodassem entre as samambaias. Garra de Amora Doce sentiu a empolgação aumentar. Estava apenas começando a perceber que haviam chegado ao fim da jornada. Encontraram o local para onde o Clã das Estrelas os enviara, e agora iam ouvir o que Meia-Noite tinha a lhes dizer.

– Como é que você consegue falar conosco? – perguntou, curioso.

– Viajei muito e aprendi muitas línguas – Meia-Noite disse. – Línguas de outros gatos, que não falam a sua língua.

De raposa e de coelho também – grunhiu. – Não interessante o que falam. Raposa fala de matar. Coelho tem mato no lugar do cérebro.

Pata de Esquilo soltou uma gargalhada. Garra de Amora Doce percebeu que seu pelo estava liso novamente e as orelhas eretas. – Então, o que você quer nos dizer? – ela miou.

– Muito, na hora certa – respondeu a texugo. – Primeiro, vocês contam sobre jornada. Como vieram de suas tribos?

Pelo de Tempestade parecia confuso. – Tribos?

Meia-Noite balançou a cabeça, irritada. – Meu cérebro também tem mato. Esqueço que tipo de gatos aqui. Vocês dizem clãs, não?

– Isso mesmo – miou Garra de Amora Doce afastando o pensamento inquietante de que havia outros gatos como eles, não isolados, vivendo em clãs conhecidos como tribos. Não os tinham visto em sua jornada, provavelmente viviam em uma direção diferente.

Com os outros ajudando, ele começou a contar a história de sua jornada, desde os primeiros sonhos que quatro deles haviam compartilhado, até o próprio sonho, do lugar onde o sol mergulha, e a decisão de deixar a floresta. Meia-Noite ouviu atentamente, rindo baixo quando os gatos lhe contaram as desventuras com Bacana, e fazendo um aceno de cabeça compreensivo quando descreveram como todos, no final, receberam o próprio sinal de água salgada.

– E aqui estamos – Garra de Amora Doce terminou –, prontos para saber qual é a mensagem do Clã das Estrelas.

– E por que tivemos de vir até aqui para descobrir – Pata de Corvo acrescentou. – Por que o Clã das Estrelas não nos contou o que precisávamos saber lá na floresta?

O tom ainda era hostil, como se não tivesse aceitado que Meia-Noite não era uma ameaça, mas isso não parecia incomodar a texugo. Cauda de Pluma fez um carinho com a cauda para acalmá-lo e, com o toque, o aprendiz do Clã do Vento relaxou um pouco.

– Pense, pequeno guerreiro – Meia-Noite respondeu. – Quando vocês partiram eram quatro. Viraram seis com os amigos que vieram junto. Agora vocês são um. – Sua voz ficou mais profunda e a Garra de Amora Doce parecia cheia de presságios. Ela prosseguiu: – Nos próximos dias, todos os clãs devem se tornar um. Caso contrário, problemas destruirão vocês.

Garra de Amora Doce sentiu garras geladas descerem pela espinha. O tremor que o percorreu nada tinha a ver com o pelo encharcado. – Que problemas? – sussurrou.

Meia-Noite hesitou, o olhar profundo e escuro ia de um gato para outro: – Vocês devem deixar a floresta – rosnou por fim. – Todos os gatos devem ir embora.

– O quê? – Pelo de Tempestade saltou sobre as patas. – Que ideia de cérebro de rato! Sempre houve gatos na floresta.

A texugo soltou um longo suspiro: – Não mais.

– Mas por quê? – Cauda de Pluma perguntou, amassando ansiosamente as patas no leito de samambaias.

– Duas-Pernas – Meia-Noite suspirou novamente. – Sempre os Duas-Pernas. Logo vêm com máquinas monstros, é como dizem, não? Árvores eles arrancam, rochas eles quebram, própria terra se despedaça. Não mais lugar para gatos. Vocês ficam, os monstros também destroem, ou gatos morrem de fome sem presa.

Houve silêncio na caverna iluminada pela lua. Garra de Amora Doce lutava com a terrível visão evocada pela texugo. Imaginou os monstros dos Duas-Pernas, criaturas enormes, brilhantes, em cores não naturais, rugindo através de seu amado acampamento. Quase podia escutar novamente os gritos que ouvira na caverna com dentes, embora agora fossem os gritos aterrorizados de seus companheiros de clã enquanto fugiam. Tudo nele lutava contra o que ouvira, mas não podia dizer a Meia-Noite que não acreditava nela. Cada palavra que dissera estava cheia de verdade.

– Como você sabe tudo isso? – Pelo de Tempestade miou baixinho; não havia desafio em sua voz, apenas uma necessidade desesperada de explicação.

– Aconteceu com o meu bando, muitas temporadas atrás. Já vi tudo isso antes; posso ver o que virá agora. Assim como estrelas falam com vocês, falam comigo também. Tudo o que precisam saber está escrito lá. Não é difícil de ler, quando se sabe.

– Não há mais Rochas Ensolaradas? – Pata de Esquilo miou baixo; parecia tão assustada quanto um filhote sem a mãe. – Não há mais vale de treinamento? Não há mais Quatro Árvores?

Meia-Noite balançou a cabeça, os olhos minúsculos eram jaboticabas brilhantes nas sombras.

– Mas *por que* os Duas-Pernas fariam isso? – Garra de Amora Doce perguntou. – Que mal fizemos a eles?

– Não fizeram mal. Os Duas-Pernas mal sabem vocês estão lá. Fazem isso para construir novo Caminho do Trovão: ir aqui e ali mais rápido.

– Isso não vai acontecer – Pata de Corvo levantou-se com um brilho feroz nos olhos, como se estivesse pronto para enfrentar toda a raça dos Duas-Pernas com uma única pata. – O Clã das Estrelas não permitirá.

– O Clã das Estrelas não pode impedir.

Pata de Corvo abriu a boca para protestar novamente, mas a voz não saiu. Parecia totalmente perplexo ao pensar em um desastre além do poder do Clã das Estrelas.

– Então por que nos trouxeram aqui? – miou uma voz fraca. De seu ninho de samambaias, Pelo de Açafrão levantou a cabeça e fixou o olhar em Meia-Noite. – Devemos ir para casa e assistir a nossos clãs serem destruídos?

– Não, de fato, guerreira ferida – a voz da texugo tornou-se subitamente gentil. – Esperança é dada a vocês. Esperança vocês devem carregar. Vocês lideram os clãs para longe da floresta e encontram novo lar.

– Isso é tudo? – Pata de Corvo soltou um bufo de desgosto. – Devo ir ao líder do meu clã e dizer: "Desculpe, Estrela Alta, nós temos de partir?". Ele arrancaria minhas orelhas, se não morresse de rir antes.

A resposta de Meia-Noite retumbou do fundo do peito:
– Quando você em casa, descobrirá que até líderes dos clãs vão ouvir.

O terror tomou conta de Garra de Amora Doce. O que mais a texugo vira nas estrelas? Quando voltassem para a floresta, iriam descobrir que a destruição já havia começado?

Ele saltou sobre as patas. – Precisamos ir agora!

– Não, não – Meia-Noite balançou a cabeça de um lado para o outro. – Tempo é para descansar esta noite. Caçar ao luar. Comam bem. Deixem amiga ferida dormir. Amanhã melhor para viajar.

Garra de Amora Doce olhou para os amigos e assentiu com relutância: – Faz sentido.

– Mas você não nos disse para onde ir – Cauda de Pluma observou, os olhos azuis perturbados. – Onde podemos encontrar outra floresta onde os clãs vivam em paz?

– Não temam. Vocês encontrarão, longe do Lugar dos Duas-Pernas, onde está paz. Colinas, bosques de carvalho para abrigo, riachos correndo.

– Mas como? – Garra de Amora Doce insistiu. – Você vem conosco para nos guiar?

– Não – Meia-Noite murmurou. – Muito já viajei, não mais. Agora basta caverna, rugido do mar, vento nas folhas. Mas não ficarão sem guia. Ao retornar, fiquem na Pedra do Conselho quando o Tule de Prata brilhar no céu. Guerreiro moribundo o caminho mostrará.

O medo invadiu Garra de Amora Doce com mais força. As palavras de Meia-Noite soaram mais como ameaça do que como promessa. – Um de nós vai morrer? – sussurrou.

– Isso eu não falei. Façam como eu disse e verão.

Evidentemente, a texugo não estava preparada para dizer mais nada, se é que sabia mais. Garra de Amora Doce não duvidava de seu conhecimento, mas percebia que nem tudo lhe havia sido revelado. Sua respiração ficou trêmula quando vislumbrou outros poderes além do Clã das Estrelas: talvez um poder tão grande que todo o brilho do Tule de Prata não era mais do que o reflexo do luar na água.

– Tudo bem – miou, deixando escapar um longo suspiro. – Obrigado, Meia-Noite. Faremos o que você diz.

– E agora é melhor caçarmos – acrescentou Pelo de Tempestade.

Abaixando a cabeça em profundo respeito à texugo, passou por ela pelo túnel e saiu para a noite. Pata de Corvo e Cauda de Pluma o seguiram.

– Pata de Esquilo, você fica com Pelo de Açafrão – Garra de Amora Doce miou. – Descanse e seque seu pelo.

Para sua surpresa, Pata de Esquilo concordou sem questionar, dando até mesmo uma lambida rápida em sua orelha antes de se acomodar na samambaia ao lado da irmã. Garra de Amora Doce observou-as por um momento, percebendo quanto significavam para ele... até mesmo a irritante aprendiz ruiva que tanto tentou deixar para trás. Pelo de Tempestade e Cauda de Pluma também eram amigos verdadeiros, e até Pata de Corvo havia se tornado um aliado que gostaria de ter a seu lado em qualquer batalha.

– Você tem razão – miou pensativamente para Meia-Noite. – Nós nos tornamos Um.

A texugo assentiu gravemente: – Próximos dias, precisam um do outro.

Pronunciou as palavras com toda a força de uma profecia do Clã das Estrelas:

– Jornada não termina aqui, pequeno guerreiro. Apenas está começando.

EPÍLOGO

A GRAMA ALTA QUE MARGEAVA O CAMINHO DO TROVÃO se abriu e Estrela de Fogo viu-se ao ar livre, o sol fraco da estação das folhas caídas fazia seu pelo alaranjado brilhar como chamas. A seu lado, Listra Cinzenta, desconfiado, farejava o ar.

– Grande Clã das Estrelas, tudo está cheirando mal hoje! – ele exclamou. Cauda de Nuvem e Tempestade de Areia se juntaram a eles, e Pata de Folha, o último membro da patrulha, afastou-se da moita de calêndulas que examinava. Cauda de Nuvem soltou um bufo de desgosto e reclamou: – Toda vez que venho aqui, levo o dia inteiro para tirar a fedentina do meu pelo.

Tempestade de Areia revirou os olhos, mas não disse nada.

– Sabe, há algo estranho hoje – Estrela de Fogo miou, olhando toda a extensão do Caminho do Trovão. – Não há nenhum monstro à vista, mas o cheiro está pior do que nunca.

– Estou ouvindo alguma coisa – Pata de Folha acrescentou, as orelhas em pé.

O vento trazia na direção dos gatos um rugido profundo, fraco por causa da distância, mas que se acentuava cada vez mais. Cauda de Nuvem virou-se para o líder de seu clã, os olhos azuis um pouco confusos.

– O que é isso? Nunca ouvi... – A voz falhou e ele ficou boquiaberto.

Do alto do Caminho do Trovão vinha o maior monstro que os gatos já tinham visto. A luz do sol fazia resplandecer seu corpo brilhante e sua forma ondulava no calor que subia da superfície do Caminho do Trovão. Seu rugido gutural foi crescendo e crescendo até preencher toda a floresta.

Vinha lentamente, seguido por outro e mais outro. Como numa boleia, os Duas-Pernas vinham grudados feito carrapatos sobre eles, uivando uns para os outros palavras quase abafadas pelo rugido dos monstros.

Então, quando o líder dos monstros se aproximou dos cinco gatos que observavam, o impensável aconteceu. Em vez de passar, desviou, passou pela estreita faixa de grama que margeava o Caminho do Trovão e foi direto na direção deles.

– O que está acontecendo? – Listra Cinzenta gritou, e Estrela de Fogo ordenou:

– Dispersar!

Para se proteger, o gato listrado mergulhou numa moita de samambaias enquanto seu representante fugia para o interior da floresta e se virava para olhar por baixo de um espinheiro. Cauda de Nuvem subiu na árvore mais próxima e se agachou na bifurcação entre dois galhos, olhando para baixo. Tempestade de Areia se dirigiu para uma ravina estreita com um filete de água no fundo, só parando para olhar para trás quando alcançou o outro lado, o pelo eriçado em uma mistura de choque e raiva. Pata de Folha a seguiu e achatou o corpo na grama alta.

O monstro avançou esmagando tudo pelo caminho com as enormes patas negras. Enquanto os cinco observavam, congelados de horror, o monstro usou o ombro para dar vários golpes contra um freixo; a árvore estremeceu com o impacto, e então, como se todas as presas na floresta estivessem morrendo ao mesmo tempo, um uivo ecoou e as raízes do freixo se soltaram da terra.

A árvore caiu no chão. O monstro rolou por cima dela. A destruição da floresta havia começado.